혈비도무랑

혈비도 무랑 6

김종휘 新무협 판타지 소설

초판 1쇄 찍은 날 § 2004년 1월 1일
초판 1쇄 펴낸 날 § 2004년 1월 10일

지은이 § 김종휘
펴낸이 § 서경석

편집장 § 문혜영
편집책임 § 유경화
편집 § 장상수 · 서지현
마케팅 § 정필 · 강양원 · 이선구 · 김규진 · 홍현경

펴낸곳 § 도서출판 청어람
등록번호 § 제1081-1-89호
등록일자 § 1999. 5. 31
어람번호 § 제2-0308호

주소 § 경기도 부천시 원미구 심곡1동 350-1 남성B/D 3F (우) 420-011
전화 § 032-656-4452   팩스 § 032-656-4453
http://www.chungeoram.com
E-mail § eoram99@chollian.net

값 8,000원

ISBN 89-5505-940-X 04810
ISBN 89-5505-774-1 (SET)

혈뢰무랑

김종휘 新 무협 판타지 소설

6

쌍도문의 복수

도서출판
청어람

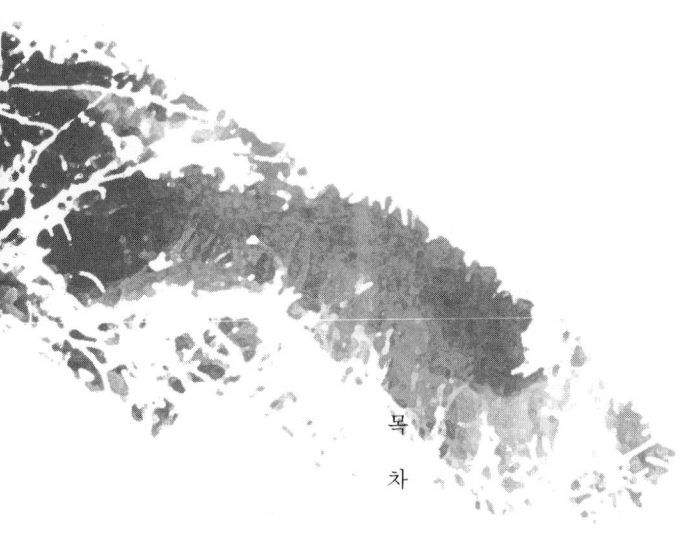

목

차

제35장 혼돈의 강호(2) / 7

제36장 십대신병 소유자들의 싸움 / 52

제37장 혈사의 원흉을 찾아 / 115

제38장 데비드와의 재회 / 165

제39장 쌍도문의 복수 / 185

제40장 은원방과 독문의 대결 / 235

제35장
혼돈의 강호(2)

"뭐야!!"

대사련 중심부에 위치한 만사전은 난데없는 소식에 큰 소란이 일고 있었다. 사파를 이끌고 있다고 할 수 있는 대사련의 련주 유일랑은 황당함을 감추지 못했다.

"사파십대거두 중 연락이 닿아 있는 다섯 명이 모두 죽었다는 것이 말이나 되는가! 도대체 그자들을 죽일 수 있는 자가 중원에 몇이나 있다고!!"

"그것이……."

련주의 노한 목소리에 소식을 올린 자가 말을 잇지 못하자 부련주 양진이 그의 앞을 막으며 말했다.

"련주, 일단 흉수를 알아내는 것이 더 중요할 듯합니다."

"음… 그렇군. 그래, 흉수의 정체에 대해선 밝혀진 것이 있는가?"

"그것이……."

아직 아무것도 알아내지 못함을 보여주는 양지의 모습에 유일랑은 고개를 내젓고는 자리에 털썩 주저앉아 손을 까딱거리며 다른 이들을 모두 내보낸 후 양진만 남겨놓은 후 말했다.

"휴… 그들 다섯 명으로 계획했던 일이 모조리 사라지는 판이군."

"그렇습니다."

과연 유일랑은 사파십대거두 중 다섯 사람의 힘으로 무엇을 계획하고 있었던 것일까?

물론 그들이 사라진 지금 계획이 크게 틀어짐은 당연한 일이었다.

"양진, 네 생각으로 누구의 짓일 것 같으냐?"

"어떻게 생각해 보아도 둘 중 하나일 듯합니다."

"그렇겠지. 그들 다섯을 한번에 처리할 수 있는 인재를 보유하고 있는 곳이라면 무림맹과 마교뿐일 테니 말이야."

사파십대거두는 단순한 인물들이 아니었다.

강호에서도 상위 서열의 무공을 지닌 인물로 그들 한 사람 한 사람 일당백, 아니, 그 부수적인 효과를 생각한다면 일당천, 일당만이라고 해도 과언이 아닌 인물이었다.

은거하고 있었다고는 하지만 그들의 주위에 몰려든 사파의 무사들의 숫자는 무시 못할 것이었으니, 그런 그들을 같은 시기에 모두 제거할 수 있다는 것은 개인의 힘으로는 불가능한 일이었다. 때문에 유일랑은 현 무림을 삼 분하고 있는 세력 중 두 개인 무림맹과 마교를 생각할 수밖에 없었다.

옆에 놓여 있는 탁자를 손가락으로 두드리며 한참 생각에 잠겨 있던 유일랑은 탁자에 놓여 있던 찻잔을 들어서는 차를 한 모금 마신 후 말했다.

"아무래도 마교 쪽이겠군. 무림맹은 혈비도 무랑의 제자라는 놈과 용문산의 냉혈살마의 일로 정신이 없었을 테니 말이야."

"대충 저도 그렇게 예상하고 있습니다."

"어떻게 해줘야 될까? 대가를 치르게 해야겠지?"

유일랑의 말에 양진은 미소 짓고는 가볍게 포권하며 말했다.

"련주께선 그리 말씀하신다면 강남의 쓰레기들을 모두 쓸어버리도록 하겠습니다."

"부련주, 너에게 모두 일임하겠다."

현 무림의 세력은 크게 분류하면 정파를 위시한 무림맹이 강북에서 강세를, 대사련을 위시한 사파의 세력이 강남에서 강세를 유지하고 있으며, 마교의 경우에는 사천의 북서부와 청해, 신강에서 무소불의의 힘을 유지하고 있었다.

물론 이 세 세력들이 각자의 영역에서 강세를 보이고 있다 하지만, 타지에서 이들의 지부가 없는 것은 아니었다. 다만 대문파를 중심으로 하지 않아 그 뿌리가 약한 것뿐이었다.

각자 타지에서 일부분이나마 지부를 이용하여 작은 세력을 유지하고 있었지만, 마교는 정파나 사파에 비해 그 상황이 더욱 심각하여 강북과 강남에 있는 지부들은 일반 교도들이 주를 이룰 뿐 마교 무인들의 숫자는 적은 수에 불과했다.

이런 상황에서 강남의 대사련이 마교를 겨냥하여 한꺼번에 움직이자 각지에서는 혈풍이 불 수밖에 없었다.

강남에 있는 홍련교의 지부는 총 서른네 개. 대사련의 련주가 부련주에게 모든 것을 일임한 지 단 오 일 만에 지부의 평교도 삼만 명이 목숨을 잃었고, 사천 명에 가까운 무인이 사파무사들의 칼에 죽임을 당했다.

난데없이 대사련이 강남에 있는 모든 교의 지부들을 전멸시키자 홍련교의 총단에선 큰 소란이 일 수밖에 없었다.

"도대체 대사련이 무슨 이유로 강남의 지부를 전멸시켰단 말인가!"

천마 문천익은 자신의 아들인 문성을 옆에 두고 강남 지부의 몰살을 보고한 자들에게 호통을 치고 있었지만 그 연유를 알지 못하는 자들은 모두 꿀 먹은 벙어리가 될 수밖에 없었다.

"확실히 배교자 장천에게 무림대살령이 내려진 지금 대사련이 마교에게 칼을 겨눈다는 것은 누군가의 계략일 것이 분명하오이다."

노한 표정의 천마를 보며 외팔이가 된 불괴대제는 통증을 참기 위해 피우게 된 아편의 연기를 뿜으며 말했다.

"계략이라 하심은……?"

"본 교를 탐탁지 않게 생각하는 무리들일 테지요. 어쩌면 대사련은 혈비도 무랑과도 손을 잡았을지도 모르외다. 무림의 공적인 그의 제자를 추적하는 중에 칼을 돌린다는 것은 그것밖에는 생각할 수 없는 것이 아니겠소?"

"음……."

불괴대제의 말에 천마 역시 고개를 끄덕였다.

혈비도 무랑, 그 혼자의 이름으로도 전 무림이 두려워하는 존재. 만약 대사련과 같은 거대 세력이 혈비도 무랑을 지지하고 나선다면 무림의 판도는 뒤집어질 것이 분명한 일이었다.

혈비도 무랑의 이름을 내세우게 된다면 지금까지 무림맹이나 홍련교에 의해 크게 피해를 입거나 위축되어 있던 문파들 모두가 그 세력에 붙을 것은 뻔하기 때문이다.

"음… 그렇다면 조금 곤란한 터인데……."

"어쨌든 우리 역시 대사련에 뒤질 것은 없소이다. 아직 대사련이 혈비도 무랑을 정면에 내세운 것이 아니니 우리는 그들에게 당한 것에 상응하는 복수를 함과 동시에 정파에게 은근히 정보를 뿌린다면 녀석들의 계획을 파해할 수 있을 것이오."

"과연 불괴대제요. 좋소. 그대의 의견을 따르도록 하겠소."

불괴대제의 말에 고개를 끄덕인 천마는 부하들에게 지시를 내렸고, 드디어 대사련과 홍련교의 본격적인 싸움의 서막이 오르기 시작했다.

하지만 이들의 대화를 모두 듣고 있는 문성으로선 그들의 선택이 마음에 들 리가 없었다.

'휴, 형…….'

교주의 좌에 앉아 있다고는 해도 실질적인 권력은 천마와 불괴대제, 우경들에게 나뉘어져 있는 상황에서 문성은 그저 아무런 힘도 없는 허수아비와도 같은 입장이었고, 그가 주최로 회의를 진행함에 있어도 단 하나의 안건조차 넘어가는 일이 없었다.

그 때문에 이들의 결정을 반대하고 싶어도 자신의 뜻을 따라주는 수하들이 거의 없는 문성의 입장에선 그저 포기하고 이들의 뜻에 따를 수밖에 없었다.

문성으로선 이런 이유 때문인지는 몰라도 사라진 장천이 그리울 수밖에 없었다. 적어도 그를 동생같이 생각하는 장천이라면 지금과 같은 처지까지는 오지 않았을 것이 분명했기 때문이다.

'아무래도 운성과 이야기를 나누어야겠군.'

회의가 마무리 지어지는 것을 보며 문성은 마운성에게 가보아야겠다는 생각이 들었다.

교 내에서 그래도 허심탄회하게 이야기를 나눌 수 있는 사람은 장천에게서 무공을 전수받아 제자와도 같은 마운성 외에는 없었기 때문이다.

회의가 끝난 후 문성은 마운성이 거처하고 있는 저택으로 걸음을 옮겼다. 저택에 들어서자 마운성이 한 청년의 지도를 받으며 무공을 연성하고 있는 모습을 볼 수 있었다.

그런 두 사람을 보며 문성은 반가운 미소를 지을 수 있었다.

"여기서 기다리고 있도록 하여라."

"예."

자신을 호위하던 무사들을 대기하게 한 문성은 두 사람 쪽으로 걸음을 옮겼다.

"운성아!"

"아! 교주님, 언제 오셨습니까?"

개인적으로는 누구보다 친밀한 두 사람이었지만, 교 내에서의 직위가 있는 만큼 마운성은 그를 보자 공손히 포권하며 인사를 올렸다.

"이야기할 것이 있어서 말이야."

"이야기요? 알겠습니다. 안으로 들어가서서 차라도 한잔하시지요."

"그래."

마운성의 안내로 방 안으로 들어가자 호위를 맡고 있던 부관 여명은 주위를 한 번 돌아보고는 미소를 지으며 말했다.

"근처에 아무도 없습니다."

"알았다. 형, 도대체 무슨 일이야? 갑자기 찾아오고 말이야?"

"이번 회의에 결정된 일을 말해 주려고."

"이번 회의?"

마운성의 말에 그는 고개를 끄덕이며 말했다.

"강남 쪽의 지부가 대사련에 의해 습격당한 것은 알고 있겠지?"

"응."

"그 일로 본 교에서 대사련과 크게 붙을 모양이야. 그리고 정파 쪽에 소문을 흘려서 두 세력의 사이를 틀어놓을 모양인데, 아무래도 천이 형을 이용할 가능성이 높아서 말이야."

"음… 역시나……."

어느 정도 예상하고 있었는지 마운성은 턱을 괴고는 잠시 생각에 잠겼다.

"도대체 무슨 생각을 하고 계시는지 모르겠군. 지금 남아 있는 본 교의 힘으로는 대사련과 싸울 경우 교 자체가 흔들릴 수도 있는데 말이야."

마운성의 말에 여명은 자신의 생각을 말했다.

"제 생각에는 정파의 시선을 대사련 쪽으로 돌리려는 듯합니다."

"암영신군인 형을 이용하면 대사련을 효과적으로 억누를 수 있다는 생각인가?"

"하지만 과연 그것이 생각대로 이루어질까가 문제 아니겠습니까?"

"그렇지. 사람 일이라는 것이 한 치 앞을 알 수 없는 일이니까 말이야."

마운성과 그의 부관인 여명이 열심히 이야기를 나누고 있을 때 문성의 귀로 누군가의 전음이 들려왔다.

[주군, 누군가가 오고 있습니다.]

"응. 운성, 지금 누가 이쪽으로 오고 있대."

전음을 듣자 문성은 두 사람에게 사람이 오고 있다는 것을 전했고, 문성의 말에 마운성은 고개를 끄덕이고 차를 한 모금 음미하고는 표정을 바꾸어 대소를 터뜨리며 말했다.

"하하하! 정말 재밌어요!"

드르륵!

그 순간 문이 열리며 일단의 무리들이 방 안으로 들어왔고, 이들은 문성의 앞에 고개를 숙여 정중히 인사를 올렸다.

"이런, 교주님께서 와 계셨군요."

"불괴대제, 잠시 귀하의 자제와 이야기를 나누고 있었소이다."

"그렇습니까? 그럼 전 잠시 물러나 있도록 하지요."

문성이 있음을 뻔히 알고 있었음에도 불구하고 부하들과 함께 방으로 들이닥친 불괴대제가 문성으로선 마음에 들 리 없었지만, 이런 일이 한두 번도 아니었기에 아무렇지도 않다는 표정을 지으며 말했고, 그의 말에 불괴대제는 고개를 끄덕이고는 물러났다.

[두 명의 무인이 문밖에서 엿듣고 있으니 전음으로 대화를 나누시기

바랍니다.]

또다시 들려오는 전음에 문성은 고개를 끄덕이고는 일상적인 대화를 나누는 동시에 두 사람에게 전음을 던졌다.

[지금 두 사람이 우리 대화를 엿듣고 있으니 전음으로 대화를 나누도록 하자.]

[응. 그나저나 아버지도 우리가 자신들의 뜻에 따르지 않는다는 것을 알고 있는 것 같아.]

[조금 귀찮긴 하지.]

장천과 두 사람의 관계가 친밀했음을 잘 아는 천마와 불괴대제는 혹시 이들이 자신의 뜻을 저버리고 수를 쓰지 않을까 생각하며 철저히 감시하고 있었던 것이다.

[아무튼 천이 형이 문성 형에게 보내준 호위는 잘 있나보네?]

[응. 어딨는지 모르지만, 위급할 땐 도움이 많이 된다니까.]

문성의 주위에서 숨어서 그를 보호하고 있는 사람은 바로 장천이 사로잡은 이진천의 제자인 정찬필로, 그는 승부에서 패한 후 몸을 치료하곤 계속 문성의 주위를 돌며 그를 호위하고 있었다.

장천이 사라지기 전 그에게 무서를 건네준 덕에 그의 무공은 전과는 비교도 안 될 정도로 는 상태였기에 불괴대제조차 그가 은신을 하고 있으면 찾아내지 못할 정도였다.

[어쨌든 이야기는 나중에 하자고. 아무래도 우리 아버지가 계속 내버려 둘 턱이 없으니까 말이야.]

[그러지.]

마운성의 말에 그는 자리에서 일어나 천천히 밖으로 걸음을 옮겼다.

"가자!"

"예."

문성이 나오자 그의 호위 무사들이 주위를 둘러쌌다. 교주의 호위 무사라고는 하지만 실제로는 천마의 수족이라 할 수 있었기에 문성으로선 혼자 움직이는 것조차 힘든 형편이었다.

홍련교 수뇌부들의 회의가 있은 지 십 일 후, 하북의 명문문파 중 하나인 형의문이 의문의 집단에 의해 멸문되는 일이 벌어졌다.

오백 명이 넘는 식솔들 중 단 한 사람도 살아남지 못한 혈사가 벌어지자 무림맹에선 백 명이 넘는 정예로 이루어진 무사단을 보내어 이 사건을 조사하게 하였고, 일주일 만에 무사단은 이 혈사의 주범이 대사련이라는 것을 밝혀냈다.

형의문의 대청에서 자신의 아들과 아내를 지키기 위해 싸웠다고 생각되는 형의문 문주 안철산의 몸에서 대사련의 암기로 유명한 은형방(隱形幫)의 독침이 발견되었기 때문이다.

이 사건으로 무림맹은 강남의 대사련이 혈비도 무랑의 등장으로 인한 소란을 틈타 강북으로 대거 진출하려 한다고 생각하게 되었다.

형의문은 강남에서 강북으로 진출하기 위한 교두보로 상당히 중요한 지점이었기 때문이다. 이 때문에 무림대살령으로 잠시간 손을 잡은 정, 사, 마는 다시금 서로의 피를 보지 않으면 안 되는 상황에 이르게 되었다.

물론 이 형의문의 혈사를 일으킨 주범은 홍련교의 무리였다. 형의문의 멸문을 대사련에게 뒤집어씌운 것이다.

한편 이 시간 장천과 유능예는 쌍도문의 피신처를 향해 걸음을 옮기고 있었다.

"이상하군, 이상해."

"무슨……?"

장천이 인적이 드문 산길로 능예와 함께 걸어가며 계속 이상하다는 말을 되뇌이고 있었기에 그녀로선 물어보지 않을 수 없었다.

"내가 용문산으로 갈 때만 해도 나를 노리는 자들이 상당히 많았는데, 이상하게 그 숫자가 점점 줄어들더니 지금에 와서는 좀처럼 찾아볼 수가 없어서 말이야."

"아!"

"아무래도 강호에 무슨 일이 벌어진 것 같은데… 좀처럼 외부의 소식을 전해 들을 수 없으니 알 수가 없단 말이야."

"일단 마을로 내려가는 것이 어떻겠어요?"

"음… 그렇게 하지."

전 무림에 공적으로 지목된 상황에서 마을로 내려간다는 것은 조금 위험한 일이기는 했지만, 외부의 상황을 모르는 채 있는 것보단 능예의 의견을 따르는 것이 좋겠다는 생각을 한 장천은 그녀와 함께 마을로 내려갔다.

마을의 외곽 쪽에 있는 객잔에 도착한 두 사람은 안으로 걸음을 옮겼다. 객잔은 해가 질 무렵이라 꽤 많은 사람들이 모여 있었는데, 그들은 대부분이 무인인지라 장천은 근처에서 심상치 않은 일이 벌어지고 있다는 것을 알 수 있었다.

능예와 함께 자리를 잡고 앉은 장천은 근처에 있던 무인들의 대화에 귀를 기울였다.

"아무래도 우리 문파도 조만간 휩쓸릴 것 같단 말이야."

"빌어먹을. 사파 녀석들, 형의문을 멸문시킨 것도 모자라 이번에는 대정문(大正門)을 멸문시켰다고 하더군."

"대정문까지?"

"그래. 요즘 들어 강호가 그리 조용하지 않다 했더니 대사련이 무림 일통의 꿈까지 꾸나보더군."

대정문이라면 과거 쌍도문의 문주였던 등평의 생일 때 문파 사람들을 본 적이 있었기에 장천은 조금 놀랄 수밖에 없었다.

'대정문은 작은 문파는 아닌데, 도대체 누가……?'

대정문이 크게 이름난 명문은 아니지만 그렇다고 쉽사리 멸문을 당할 정도로 작은 문파는 아니었다. 그 정도의 문파를 멸문시킬 정도라면 이것은 문파 간의 다툼이라 볼 수 없었다.

"형의문의 멸문이 대사련의 소행이라니 무슨 소리입니까?"

장천은 이야기를 나누고 있는 무사들에게 넌지시 물었다.

"이런, 소식도 못 들었소?"

"형의문의 식솔들이 모두 몰살당했는데, 무림맹에서 조사해 보니 형의문 문주의 몸에서 은형방의 독침이 발견됐답니다."

"은형방이라… 하지만 은형방의 세력으로는 형의문이나 대정문을 멸문시키기에는 어렵지 않습니까?"

은형방 역시 중간 정도의 문파였는지라 장천은 고개를 갸우뚱거리며 물어보았다.

"제대로 발견된 흔적은 그것뿐이기는 하지만 그 밖에 다른 문파들의 흔적도 여러 군데 보였다고 합디다."

그의 말에 장천은 잠시 생각에 잠겼다.

도상이나 검상은 웬만한 식견이 없는 한 그 무공의 종류를 알아보기 어려웠다. 강호에서 도와 검을 쓰는 무사는 흔한지라 특징있는 검상이나 도상이라 할지라도 찾아보면 많게는 수십 종류나 되었다.

'음… 대사련의 소행이라 여기는 이유가 은형방의 암기라는 것은 조금 음모의 냄새가 풍기는 듯하군.'

장천은 이 일련의 사태가 누군가에 의해 조작되고 있는 것이 아닐까 하는 생각이 들었다. 하지만 무림맹은 왜 훤히 드러나 보이는 사실을 애써 무시하고 대사련의 소행으로 몰아가고 있는 것일까?

이해할 수 없는 일이었다.

그렇게 골머리를 앓고 있을 때 객잔의 문이 열리면서 십여 명의 무인들이 모습을 드러냈다. 한눈에 봐도 사파의 인물처럼 보이는지라 객잔 안에 있던 이들의 표정이 달라지기 시작했다.

"헉!"

그리고 이들의 모습을 본 점소이는 안색이 변해서는 도망가기 시작했다.

심상치 않은 기운에 장천 역시 주위를 돌아보니 방금 전 이야기를 나누던 무인들도 병기에 손을 가져가는 것을 볼 수 있었다.

"이런……."

"당신도 조심하시오."

"무슨 일입니까?"

"아무래도 한바탕 싸움이 일어날 것 같소. 당신도 무사인 듯한데 병기를 드는 것이 좋을 거요."

객잔에 있던 이들의 행동을 보며 장천은 이런 일이 자주 일어났음을 알 수 있었다.

전에는 한 객잔 안에서 정파나 사파의 무인들이 마주 처도 표정만 찡그릴 정도였는데, 지금은 살기까지 돌고 있었기에 잠시 강호에서 숨어 지내는 동안 크게 변해 있다는 것을 느낄 수 있었다.

채재재쟁!

사파의 무인들이 걸음을 옮겨 다가오자 정파무인들 중 한 명이 검을 뽑아 들었고, 그것을 시작으로 주위에 있던 무사들이 병기를 뽑아 들어 싸울 준비를 하기 시작했다.

"능예, 뒤에 숨어 있어."

"예."

장천은 등 뒤로 능예를 물러서게 한 후 허리에서 병장기를 뽑아 들었다.

물론 화룡신도는 사람들에게 정체를 들킬 수 있기 때문에 뽑지 않았다. 사실 그의 무공이라면 이곳에 있는 모든 사람들이 덤벼도 상대할 수 없는 수준이기에 그리 문제되진 않았다.

쿵!

두 무리들이 대치하고 있을 때, 한쪽 구석에서 큰 소리와 함께 탁자가 부서지니 모두의 시선은 그쪽으로 돌아갔다.

"낭군, 저자의 무공이 상당한 듯해요."

장천의 뒤에 있던 능예의 말에 그 역시 고개를 끄덕였다.

사람들의 시선을 받은 이는 오 척 이 촌 정도의 작은 키에 불과했지만, 어깨가 크게 벌어졌고, 팔이 길어 권공을 익히기에 좋은 몸인데다 태양혈이 크게 두드러진 것이 상당한 내공을 가진 인물로 볼 수 있었다.

그 때문인지 큰 소란을 일으켰음에도 정파와 사파의 무사들 중 누구도 그에게 소리치는 이가 없었다.

"크흐흐흑……."

그는 술을 마시며 눈물을 흘리고 있는지라 사람들은 크게 이상하게 생각할 수밖에 없었다.

"저 사람에게 크게 상심한 일이 있는가 봐요."

"그런 것 같군."

사람들의 시선이 자신에게 쏠리고 있는 것을 아는지 모르는지 그는 한참을 그렇게 울더니 무사들을 돌아보며 갑자기 웃음을 터뜨리며 말했다.

"크크크, 꼭두각시놀음인지도 모르고 쌈박질이나 하고 돌아다니기는. 크크크……."

미친 듯이 괴소를 터뜨리는 그를 보며 사람들은 미친놈이라고 생각할 수밖에 없었다.

"뭐야, 저놈은?"

"미친놈 아냐?"

하지만 다른 이들과 달리 장천은 그에게서 무엇인가 다른 것이 있다는 생각이 들었다.

'뭔가 있다.'

광인과 같은 행동을 하지만 그의 눈빛은 이지가 흐린 눈빛이 아니었다. 아니, 오히려 정광이 넘치는 눈을 가진 자였다.

"아!"

이런 그를 보며 등 뒤에 있던 능예가 무슨 생각이 들었는지 손뼉을 쳤고, 장천은 그녀가 무엇인가 알아챘다는 생각에 고개를 돌려 물어보았다.

"무슨 일이야?"

"저 사람이 누군지 생각났어요."

"저 사람이 누군데?"

"예. 전에 아버지가 한 강호의 기인에 대해서 이야기해 준 적이 있어요. 오 척 이 촌의 단신에 큰 눈과 긴 팔, 권장에 능하지만 그보다 뛰어난 것은 머리 속의 지식이이라고 했던 사람이에요."

"지식?"

"강호에서 그가 모르는 것은 없다고 할 정도예요."

"설마……?!"

그녀의 말을 듣자 장천은 무엇인가 생각이 났다.

"만박광인(萬博狂人) 오경(吳擎)?"

만박광인 오경. 유서 깊은 남경의 문가 자손으로 태어나 열여덟에 대과 시험을 치고 장원급제를 했지만, 모든 것을 버리고 강호를 떠돌며 낭인이 된 사람이었다.

강호를 떠돌던 오경은 스물여덟 늦은 나이에 은거기인을 만나 무공을 익혔고, 십 년 후 강호에 출두하여 낭아권(狼牙拳)으로 크게 이름을 날렸다.

그 후 다시 십 년 동안 강호를 돌아다니며 세상의 지식을 습득한 오경은 만박이라는 명성을 얻게 되었지만, 수많은 괴행으로 인해 광인이라는 명호까지 덤으로 얻었다.

"오경을 만나게 되다니 재밌군."

장천 역시 오경에 대해 이야기를 들은 적이 있는지라 호기심 어린 얼굴로 그의 앞으로 걸어가서는 말했다.

"대협께 인사드립니다."

"크크크. 수십 년 만에 무림대살령에 오른 놈 같지 않구나. 마누라까지 데리고 다닐 정도니 말이야. 크크크."

"무림대살령?!"

오경의 말에 순식간에 객잔에 있던 사람들은 모두 크게 놀라지 않을 수 없었으니, 정, 사, 마 모두에게 혈성이라 알려져 있는 혈비도 무랑의 제자가 무림대살령의 주인공이라는 것을 알기 때문이었다.

"크크크. 놀라기는. 니들도 다 똑같은 놈들 아니냐?"

"똑같은 놈?"

장천은 그의 말에서 무엇인가 이상한 것이 느껴졌다.

왜 오경은 자신과 객잔에 있는 이들은 싸잡아서 욕을 하고 있는 것일까?

"무슨 말씀이십니까?"

"크크크… 정, 사, 마 모두 계략에 빠져 미친놈들처럼 돌아다니니 똑같은 놈이 아니고 무엇이겠느냐? 크크크."

"계략에 빠지다니요? 그게 무슨 말씀이십니까?"

"크크크. 수십 년 동안 조용하던 강호가 제대로 된 명분도 없이 정,

사, 마가 지 잘났다고 쌈박질을 하는데, 그게 계략에 빠진 게 아니고 무엇이겠느냐?"

"명분이라면 있지 않습니까?"

"명분? 몇몇 문파가 이유도 없이 멸문당한 것도 명분에 속하더냐? 도대체 그 명분의 주인공이 누구란 말이냐?"

"……."

솔직히 이상하긴 이상했다.

근래 들어 계속 이유없이 유명 문파들의 멸문 사태가 이어지고 있었다. 물론 이런 일이 그동안 아예 없었던 것은 아니다. 지난 수십 년 동안 문파 간의 다툼이라던가 이해 다툼으로 정, 사, 마의 싸움이 간혹 있기는 했지만, 이렇게 사태가 크게 번진 것은 이번이 처음이었다.

"그렇다면 누군가가 강호에 이런 혼란을 야기시키고 있다는 말씀이십니까?"

"그렇지 않고서야 어찌 이런 일이 계속되겠느냐? 멍청한 녀석들은 그저 지네들 명분에 휩싸여 꼭두각시처럼 조종되어 서로 죽고 죽이기를 당연시하니 어찌 눈물이 흐르지 않고, 어찌 웃음이 나오지 않겠는가? 크크크크… 흐… 흑흑……."

과연 광인이라고 할 만큼 성격을 종잡을 수가 없는 인물이었다.

울다가 웃다가, 다시 울고 있는 그는 주위에 있던 기물을 부수며 광기에 사로잡혀 있었기에 그의 모습에 다른 이들은 아무것도 못하고 그저 바라볼 뿐이었다.

"강호를 혼란시키는 인물이 누군인지 아십니까?"

장천의 물음에 오경이 객잔의 기물을 파괴하며 발광하다 멈추고는 말했다.

"그걸 알면 내가 여기서 발광하고 있겠냐?"

"……."

할 말이 없었다.

잠시 후 또다시 오경의 발광이 시작됐고, 더 이상 대화할 필요성을 느끼지 못한 장천은 고개를 저으며 뒤로 돌아섰다. 한데 주위 사람들의 모습이 조금 이상하다는 것을 느꼈다.

"젠장!"

무림대살령의 주인공이라는 것을 안 이상 그들이 자신을 가만두지 않으리라는 것이 생각난 것이다.

사람들의 눈에는 살기와 함께 무엇인가 다른 눈빛을 보이고 있었는데, 그것은 탐욕의 눈빛이었다.

"흐흐흐흐……."

무림대살령의 주인을 죽인다면 정, 사, 마 가릴 것 없이 평생 먹고살 돈은 물론 그만큼의 명예까지 얻을 수 있는 것이었다.

방금 전까지는 대의를 위해서 싸우려 하던 그들이 이제는 물욕에 눈이 어두워 장천을 노리고 있는 것이다.

"할 말이 없군."

하나 장천으로선 이들에게 죽을 수는 없는지라 오경의 일로 집어넣었던 도를 뽑아 들어 그들과 대치했다.

"여보……."

능예 역시 이들의 모습에 검을 뽑아 들었고, 장천을 중심으로 한바탕 싸움이 일어날 순간이었다.

쿠구궁!

하지만 일촉즉발의 상황을 종식시키는 사람이 있었으니, 바로 오경이었다. 그는 부서진 탁자를 그들에게 집어 던지고는 발광을 하듯 소리쳤다.

"멍청한 녀석들! 아까 내가 한 말을 못 알아들었냐!!"

"대협께서는 이 일에서 물러나 주십시오."

하지만 그들은 무림에서도 배분이 높은 오경의 말을 들을 생각도 하지 않으니 사람들의 말에 그의 미간은 일그러질 수밖에 없었다.

"건방진 녀석들!!"

오경은 화가 머리끝까지 뻗쳤는지 그들을 향해 일장을 뻗었고, 그 순간 강맹한 바람이 불어와 그들을 밀어붙이기 시작했다.

"끄악!!"

상당한 내력이 서려 있는 장풍을 내쏘자 사람들은 낙엽이 흩날리듯이 나둥그러졌다.

쿠구구궁!

단 일 장에 장천들을 제외한 모든 무사가 당해내지 못하고 쓰러지자 사람들은 크게 놀란 표정을 지었다. 만박광인 오경이 강호에 대한 식견이 뛰어난 것은 알았지만 설마 자신들 모두를 날려 버릴 정도로 무공이 뛰어나다고는 생각지 못했기 때문이다.

'엄청난 내력이다!'

장천은 그의 무공이 자신과 비교해도 크게 뒤처지지 않는다는 것을 깨닫고는 기인들에 대한 경외심을 느꼈다.

"흥! 늙은이를 상대할 실력도 없는 놈들이 감히. 퉤!"

오경은 쓰러져 있는 이들을 향해 침을 한 번 뱉고는 다시 난동을 부리기 시작했다. 그의 그런 행동에 장천은 혀를 내두를 뿐이었다. 하지만 어쨌든 자신을 도와준 사람이기에 장천은 그에게 다가가서는 포권하며 감사의 말을 했다.

"대협, 도와주셔서 감사합니다."

"흥! 감사하긴. 네 녀석이 한 사람을 죽일 때마다 강호는 빌어먹을 녀석의 계략대로 흘러가니 그것을 막았을 뿐이다."

"……."

장천은 말문이 막혔다. 그의 말대로 객잔에 있는 사람들과 싸웠다면 한 사람 정도는 죽었을지도 모를 일이었기 때문이다.

하지만 일을 이렇게 벌인 사람은 오경이 아니었던가?

병 주고 약 주는 듯한 행위에 머리를 긁적이는 장천이었다.

"어쨌든 본노는 당분간 네 녀석을 따라다닐 생각이니 그리 알도록 해라."

"예?"

"네 녀석을 따라다니면 분명 강호를 농락하는 녀석도 모습을 보일 터이니 당연하지 않느냐?"

"…알겠습니다."

그의 말을 거부하고 싶기는 했지만, 그가 따라다닌다고 해서 별문제 될 것은 없는 데다가 그의 박식한 지식은 도움이 될 듯하기에 허락했다.

다행히 객잔에 있던 사람들은 만박광인이 어디서 훔쳐 들었는지 그들의 죄를 파헤치며 하나하나 협박한 끝에 이곳에서의 일을 함구할 것을 약조받을 수 있었다. 그 덕에 장천은 다른 이들의 추적 없이 다시 조용히 여행을 할 수 있었다.

하지만 그들의 여행은 그리 순탄할 수 없었는데 바로 만박광인 때문이었다.

여기저기 일을 벌이고 다니는 것은 둘째 치고, 그가 타고 있는 나귀는 주인인 만박광인보다 더 게으른지라 길을 가는 시간보다 쉬는 시간이 더 많았기 때문이다.

물론 그 주인인 만박광인 역시 나귀를 독촉하는 성격이 아니었기 때문에 여정은 숨어서 다니던 때보다 더 더딜 수밖에 없었다.

"십오 년 전이었던가? 혈비도 무량을 잡기 위해 정파의 떨거지들이 모인 적이 있었는데 말이야, 군웅들은 산속의 낡은 장원에 놈이 있다는 정보를 얻고 몰려갔지만, 애석하게도 그곳에는 꼬맹이 하나밖에 없었다고 하지."

"음……."

길을 가면서 만박광인은 장천에게 말을 건넸고, 그 이야기의 주인공이 자신이라는 것을 알고 있는 장천은 그의 이야기에 귀를 기울일 수밖에 없었다.

만박광인과 같은 자가 자신이 뻔히 알고 있을 법한 일을 말할 리는 없었기 때문이다.

"아이는 감숙의 장춘삼의 양자로 들어갔다고 하지. 그리고 후에 소문주까지 되었다고 하니 사람 일이란 모르는 거야. 안 그런가?"

"도대체 무엇을 말하고자 하시는 것입니까?"

장천은 더 이상 참을 수 없었기에 그를 보며 단도직입적으로 물었고, 장천의 표정을 보며 오경은 킥킥거리며 한참을 웃고는 말했다.

"크크크. 별것 아니야. 왜 혈비도 무랑이 있는 곳에 그 꼬맹이가 있고, 십수 년이 지난 후에 혈비도 무랑의 제자라는 이름으로 무림대살령에 쫓기게 되었느냐는 거지."

"저 역시 그것이 궁금하군요."

"크크크. 궁금하다, 궁금해!"

나귀의 등에서 웃음을 참지 못해 뒹구는 듯한 모습을 보이는 오경의 모습에 장천은 더 이상 말하기도 싫다는 듯이 고개를 돌리고 말았다.

"근래에 아는 친구에게 들었는데, 마교 총단에서 큰일이 있었다고 하더군."

"……."

"교 내에 반란이 일어났고, 천마의 아들이 새로운 교주로 등극했다 하더군."

"……."

"하지만 내가 재밌게 생각하는 부분은 그게 아니야. 천마의 세력에서 정파의 첩자로 죽었다고 알려져 있던 인물이 암영신군이란 이름으로 다시 등장했고, 또다시 그들 간의 내분으로 인해 암영자를 비롯한 암영신군이 교에서 쫓겨나게 되었다는 것이지."

"큭."

자신에 대해서 너무나 자세히 알고 있었기에 장천은 더 이상 참을 수가 없었다.

"선배! 도대체 저에게 무엇을 원하시는 것입니까!"

"원하는 거라… 자네, 혈비도 무랑을 본 적이 있지?"

"마교에서의 싸움에서 혈비도 무랑을 본 적이 있습니다."

"현 마교의 수뇌부 중 두 사람에게 상처를 입혔다고 하던데 사실인가?"

"그렇습니다."

장천은 고개를 끄덕이며 사실을 인정했다.

"왜 그가 자네를 구했을까?"

"글쎄요."

"물론 자네 역시 그 이유를 알지 못하고 있으리란 생각은 했네. 하지만 자네를 구했다는 것을 생각해도 연관이 없다 할 수 없겠지."

자신 역시 그와 같은 생각을 했던지라 장천은 아무 말도 할 수가 없었다.

"혈비도 무랑의 비도술은 어디서 배웠는가?"

"……마교에 들어갔을 때 우연히 비도문이란 곳에서 배울 수 있었습니다."

"혈비도 무랑의 문파라… 위치는?"

"가르쳐 드릴 수 없습니다."

"음… 이해하네. 나 역시 그것이 밝혀지며 생기는 강호의 혼란을 바라지 않으니까 말이야."

그의 말대로 만약 천하제일고수라 할 수 있는 혈비도 무랑의 문파가 외부에 밝혀진다면 수많은 사람들이 그의 무공을 빼앗기 위해 비도문으로 모여들 것은 당연한 일이었다.

아무리 그것이 무림공적의 무공일지라도 천하제일의 무공이라면 모든 것을 감수하고라도 익히고 싶어하는 것은 당연한 일이기 때문이다.

"강호에서 어느 누구도 찾을 수 없었던 혈비도 무랑의 문파. 그것을 자네는 어떻게 찾을 수 있었을까? 단순히 기연일 뿐이려냐?"

"…저 역시 알지 못합니다."

"크크크크. 기연이겠지, 기연."

모든 것을 알고 있는 듯한 그의 말에 장천은 미간이 찌푸려질 수밖에 없었다.

"이대로 무당으로 향하도록 하지."

"거절하겠습니다."

갑작스런 그의 말에 장천은 거절했다.

무림대살령에 쫓기고 있는 와중에 정파를 지탱하는 두 개의 산맥 중 하나인 무당으로 가자고 하는 말을 어찌 승낙할 수 있겠는가?

"무당파의 신검 진인을 만나볼 생각은 없는가?"

"신검 진인!"

이어지는 오경의 말에 장천은 크게 놀란 표정을 지었으니, 신검 진인은 자신의 태사부인 오립산의 의형제이기 때문이다.

"그래. 신검 진인이라면 적어도 네 녀석을 보호해 줄 수 있는 힘은 있을 테니 문제가 없을 것 아니냐?"

"…알겠습니다. 무당으로 가지요."

무당으로 향하던 장천은 문득 자신도 모르게 허리에 차 있던 냉혈검을 쳐다보았다.

'도대체 이 검은 어떻게 해서 신검 진인의 손에서 나에게 들어온 것일까?

소림과 무당에서의 일을 모르는 장천인지라 냉혈검이 왜 신검 진인의 손에서 벗어나 자신의 손에 들어왔는지 궁금했지만, 그 내용은 신검 진인에게 들을 수 있다는 생각에 고개를 내젓고는 만박광인을 쳐다보았다.

또 장천이 무당으로 가는 것을 그리 반대하지 않은 이유가 더 있었으니, 바로 양의심공 때문이었다.

광무자가 말한 좌검우도의 무공을 완전히 자기의 것으로 만들기 위해선 반드시 필요한 것이 양의심공이기 때문이다.

현재 장천은 화의 무공과 소수마공 둘을 모두 익히고 있었으나 무공을 시전할 때는 둘 중 하나밖에 시전하지 못하는데, 만약 양의심공을 익히게 되면 이 두 가지 무공은 사용할 수 있는 능력을 얻을 수 있게 되는 것이다.

하지만 그것은 바람일 뿐, 과연 무당으로 가서 양의심공을 얻을 수 있을지는 알 수 없는 일이었다.

어쩌면 이것이 함정일 수도 있었으니 장천으로선 불안한 마음을 버릴 수가 없었는데, 그런 것을 아는지 모르는지 만박광인 오경은 언제나 같은 모습을 보일 뿐이었다.

"자네는 무림십대신병에 대해서 얼마나 알고 있는가?"

갑작스러운 오경의 물음에 과거 공동파의 문주인 천무성자 양세기에게 들었던 이야기가 있는지라 그 이야기를 해주었다.

"천무성자님의 이야기로는 태사부가 만든 것이란 이야기를 들었습니다."

그의 말에 고개를 끄덕인 오경은 그에게 놀라운 이야기를 해주었다.

"그런데 조금 이상하지 않은가? 무림십대신병에는 혈비도 무랑이 쓴다고 하는 비도가 포함되어 있다는 것이 말이야."

"……혈비도 무랑은 우연히 얻은 것이 아닐까요?"

"그렇다고 보기에는 조금 이상하지 않은가? 그 비도는 자네의 태사부가 태어나기 전에도 존재한 신병이니 말이야."

"아!"

그제야 장천은 오경이 이야기하고 있는 바를 이해할 수 있었다.

혈비도 무랑의 전설 중 하나가 보검마저 꿰뚫어 버리는 비도술인데, 아무리 내공이 뛰어나다 할지라도 잘라내거나 부러뜨린다면 모를까, 보검을 꿰뚫는다는 것은 힘든 일. 하나 무랑이 이전부터 십대신병의 수좌인 탈혼섬광구비도를 지니고 있었다면 이상할 것이 없었다. 이를 미루어 생각해 보면 십대신병에 속하는 비도는 이전부터 존재하고 있었다는 뜻이기도 한 것이다. 또 탈혼섬광구비도뿐 아니라 마교의 천마패와 혈교의 흑마겸 역시 오립산 이전에 존재한 십대신병이었다.

"설마……."

장천은 그 순간 무엇인가가 생각났지만, 잠시 후 고개를 젓고 말았다.

자신이 생각하고 있는 것이 사실이라면 쌍도문을 비롯하여 마교나 혈교는 모두 혈비도 무랑의 일문과 관계가 있는 것이 되기 때문이다.

"무림에서 내가 조사해 본 바에 의하면 무림십대신병 중 세 가지인 혈비도 무랑의 탈혼섬광구비도와 마교의 천마패, 그리고 혈교의 흑마겸은 수백 년 전부터 존재하고 있던 병기네."

"……."

"십대신병에 사용된 쇠는 중원에서 찾아볼 수 없을 뿐 아니라 그것을 제련하는 것조차 불가능하다 알려져 있네. 그렇다면 자네의 태사부는 어떻게 그 쇠를 제련하여 나머지 일곱 개의 신병을 만든 것일까? 궁금하지 않은가?"

"…선배님께선 저희 태사부께서 세 개의 세력과 관계가 있다고 말씀하시는 겁니까?"

장천의 말에 그는 고개를 저으며 말했다.

"아니, 마교나 혈교는 아니네. 내가 관계있을 것이라 생각한 세력은 단 한 곳뿐이지."

"말도 안 되는 소리입니다!!"

혈비도 무랑과 태사부가 관계있다는 말에 장천은 부정할 수밖에 없었다.

만약 정말 그것이 사실이라면 쌍도문은 혈비도 무랑의 문파나 다름없기 때문이다.

"삼류문파가 단숨에 대문파로 부상하는 것이 가능할 것이라 생각하는가? 쌍도문이 소유하고 있는 수많은 영약과 놀라운 내공심법들이 돈만 있다고 쉽게 구해지는 것인가?"

"큭."

장천은 아무런 부정도 할 수 없었다.

그의 말대로 영약이나 내공심법을 구하는 것은 돈만 있어서 되는 일이 아니었다.

"선배께서는 쌍도문이 혈비도 무랑이란 자의 계획 아래 만들어진 문파라 말씀하시는 겁니까?"

그 말을 하는 장천은 분노로 주먹이 크게 떨리고 있었다.

정파로서 정의를 위해 싸운 쌍도문의 정신이 그의 한마디로 모두 무너지고 있었기 때문이다.

"자네의 발견 역시 이상하지 않은가? 제자조차 받아들이지 않던 장춘삼이 왜 자네를 양자로 받아들였는가? 쌍도문 내에서도 충분히 찾아볼 수 있을 텐데 말이야. 마교로 잠입해 들어간 네 녀석이 어떻게 수백 년 동안 아무도 본 적이 없는 비도문에 들어갔고, 혈비도 무랑의 무공을 배운 것일까? 마교에서 배신자로 쫓길 때 자네를 살린 사람은 과연 누구일까? 또 마교에서 혈비도 무랑은 왜 자네를 구해주었을까? 우연이라고 하기에는 너무 이상하지 않은가?"

"큭."

"여보……."

그 모든 것은 장천 역시 이상하게 생각하고 있던 문제들이었다.

유능예는 장천의 얼굴이 점차 파랗게 되어가는 것을 보며 걱정스러운 마음에 그의 손을 잡았지만, 그의 충격은 쉽게 사라지지 않았다.

"하하하하. 믿거나 말거나 그것은 자네가 알아서 하게. 난 그저 생각나는 대로 지껄였을 뿐이니 말이야."

"큭."

장천이 분노로 이상하게 변하는 것을 보며 재빨리 빠져나가는 오경이니 이를 갈 수밖에 없었다. 하지만 계속 흥분하고 있을 일은 아니기에 장천은 오경이 말한 일에 대해서 생각해 보았다.

그의 말대로 의문점은 한두 가지가 아니었다.

하지만 그의 말대로라면 자신을 아들로 받아들인 아버지 장춘삼마저도 혈비도 무랑의 계획에 의한 것이 되기 때문에 도저히 그것을 사실로 믿을 수가 없었다.

'도대체 난 누구지?'

그리고 그 생각의 끝은 자신이 누구인가에까지 이르렀다.

만약 혈비도 무랑의 계획에 속한 사람이라면 장천 자신은 비도문과 밀접한 관계가 있는 사람이라는 것이 된다. 지금까지는 무림대살령이 떨어진 자신의 처지를 누명이라 생각했지만, 오경의 생각대로라면 사실이 되어버리기 때문이다.

지금까지 자신이 믿었던 모든 사실이 거짓이 되는지라 장천은 힘이 빠질 수밖에 없었다.

오경과 함께 무당으로 간 장천은 드디어 신검 진인을 만나게 되었다.

신검 진인은 무당의 본산이 아닌 서북쪽으로 떨어진 곳의 작은 오두막에 거처하고 있었는데, 작은 산길조차도 수풀에 가려 보이지 않을 정도인 것을 보며 장천은 사람들이 많이 드나들지 않는다는 것을 알 수 있었다.

신검 진인 정도의 인물이라면 무당에서도 많은 사람들이 드나들 텐데도 오두막은 아무도 살지 않는 것처럼 낡아 바람이라도 세게 불면 쓰러질 것 같은 모습이었다.

'신검 진인은 속가제자이지만 그래도 무당이 자랑하는 고수 중 한 사람인데 이런 곳에서 머물고 있다니······.'

장천은 무림 서열로 치면 이십위권 안에 들고도 남을 초고수인 신검 진인이 살고 있는 오두막을 보며 고개를 갸우뚱거렸다. 그때 옆쪽의 수풀에서 부스럭거리는 소리가 들려왔다.

"노제(老弟)인가?"

지저분한 몰골로 보아 숲에서 한바탕 뒹굴었는지 긴 수염에 잔가지가 걸려 흔들거리는 모습의 노인이었다. 그는 호미와 바구니를 든 채 오경을 보고는 가물거리는 듯 눈을 깜빡거리며 말했고, 오경은 그의 모습에 한숨을 쉬며 말했다.

"휴… 제발 무당에서 시동이라도 좀 받으시유. 나이 구십 줄이 넘어서 뭐 하는 짓인지…….."

"허허허. 내 오늘 귀한 손님이 올 줄 알고 산에 좀 올라갔었네."

노인이 너털웃음을 지으며 바구니를 흔들어 보이는데, 그곳에는 버섯과 여러 가지 산나물들이 가득 담겨 있었다.

장천은 그가 혹시 무당의 신검 진인이 아닐까 하는 생각을 했다.

하지만 눈앞의 노인은 산속에서 약초를 캐는 촌노와 다를 바 없는지라 지금껏 신검 진인 하면 도복에 단정한 모습으로 긴 수염을 쓰다듬으며 신선 같은 모습을 하고 있을 것이라 생각한 장천으로선 도무지 믿어지지가 않았다.

"다, 당신이 신검 진인이십니까?"

"허허허. 그렇다네."

"……."

신검 진인은 장천의 말에 너털웃음을 짓더니 일행을 오두막 안으로 안내해 들어갔다.

삐그덕거리는 의자에 앉아 있는 일행에게 신검 진인은 미리 준비한 듯한 차를 내왔는데, 그 향이 맑고 상쾌한 기분을 주는지라 장천은 크게 탄복했다.

지금껏 용정차 같은 값비싼 차도 맛보았지만, 신검 진인이 내준 차만큼 향이 뛰어난 것은 단 한 번도 접한 적이 없었기 때문이다.

"오! 자네에게 냉혈검이 있었군."

"아!"

신검 진인은 일행에게 차를 내어오던 중 장천의 허리에서 작은 냉기를 느끼고는 그에게 냉혈검이 있다는 것을 알았다.

장천은 그 검이 신검 진인의 소유였다는 것을 아는지라 냉혈검을 건네주려 했는데, 그는 고개를 저으며 말했다.

"되었네. 아무래도 냉혈검은 자네가 가지고 있는 것이 나을 듯하네."

"감사합니다, 신검 진인님."

장천이 고마워하며 다시 검을 허리에 차자, 무슨 생각이 났는지 신검 진인은 책장에서 무엇인가를 찾아 뒤적거리다가 책 한 권을 꺼내어서는 장천에게 건네주었다.

"이건?"

"양의심공이네."

"아!"

신검 진인이 양의심공까지 건네주자 장천으로선 크게 놀랄 수밖에 없었다.

그에게 이 심공이 필요한 것은 사실이지만, 지금까지 신검 진인에게 양의심공을 바라고 있다는 말을 한 적은 단 한 번도 없었기 때문이다.

"어떻게 제가 양의심공을 필요로 하고 있는지 알고 계셨습니까?"

"허허허. 화룡신도와 냉혈검 두 개를 취했으니 그것을 융합시키려면 양의심공이 필요하지 않겠는가?"

"하지만 제가 이 심공을 받을 자격이 있을지……."

"자네는 당금 무림의 혼란을 해결할 수 있는 유일한 사람이네."

"네? 그게 무슨 말씀이신지……?"

"자네가 의형제이기도 한 오립산과 혈연 관계가 있을 수도 있다면 어떡하겠는가?"

"예? 혈연 관계라니요?"

도저히 믿기지 않는 일이었다. 얼굴도 본 적 없는 사조와 자신이 피로 연결되어 있는 관계라는 것을 어떻게 믿을 수 있겠는가?

"내가 이리 생각하는 것은 바로 자네의 양부인 장춘삼 때문이네."

"아버지가요?"

아버지가 그 원인이라는 것에 더 큰 의문이 밀려오는 장천이었다. 오경은 신검 진인이 가져온 차를 한 모금 마신 후 무엇인가를 생각하는 표정을 짓고는 말했다.

"내가 처음 오립산을 만난 것은 이십오 년 전이었지. 그때 쌍도문의 이름은 강호에 그리 알려져 있지 않았지만, 그는 달랐네. 뛰어난 수완을 발휘해 모은 자금으로 무림의 명문가들과 밀접한 관계를 유지하고 있었고, 학문적 지식은 물론 무공 역시 상당한 수준에 이르고 있었네."

"무공이라고요? 오립산 사조께서는 무공을 익히지 않았다고 들었는데……?"

"물론 많은 사람들이 그렇게 알고 있었었지. 하지만 등평이나 장춘삼 같은 뛰어난 제자를 길러낼 정도의 인물이 무공을 익히지 않았다는 것이 말이나 되는가?"

"음."

오경의 말에 장천은 고개를 끄덕일 수밖에 없었다.

아무리 지식이 뛰어난 사람이라고 해도 무공을 익히지 않은 사람이 자신의 백부나 양부와 같은 고수를 길러내는 것은 불가능하기 때문이다. 무공은 단순한 지식만으로 일힐 수 있는 것이 아니라 오랜 시간 동안의 경험과 함께 여러 가지 요소가 복합적으로 작용해야 익힐 수 있는 것이다.

"그 당시 그에게는 세 명의 제자가 있다고 알려져 있었는데, 나를 만나러 왔을 때는 네 번째 제자, 바로 자네의 양부인 장춘삼을 데리고 왔었지."

"아버지를요?"

"그렇다네. 그 당시 오립산은 강남에서 우연히 자질이 뛰어난 거지 아이를 찾아 자신의 제자로 들였다고 말했지만, 내 생각은 조금은 달랐다네. 이상한 것은 장춘삼이 그때 이미 일갑자가 넘는 정도의 내공을 지니고 있었다는 것이네."

"음."

"일갑자의 내공은 아무리 영약을 섭취했다 하여도 제대로 된 내공심법을 수련하지 않는다면 얻어질 수 없는 공력. 그런 이유로 난 아이가 단순한 고아가 아니라는 것을 알 수 있었지."

"그렇다면 오립산 사조님과 아버지가 단순히 사제 관계만이 아니라는 것입니까?"

장천의 말에 그는 고개를 끄덕이며 말했다.

"오립산은 무공에는 등평을, 그리고 문에 관해서는 구양생을, 강호의 정보를 수집하는 것에 관해서는 양우생을 제자로 맞아들였네. 무림 대부분의 문파와는 전혀 다른 방식으로 제자를 키워 단시간에 무림의 대문파로 성장시키는 것이 가능했지. 하지만 장춘삼은 뭐지?"

"뭐라니요?"

"장춘삼은 다른 이와 전혀 다른 모습을 보이고 있었네. 무공에는 등평에 미치지 못하고, 문에는 구양생에, 그리고 정보 수집 능력에는 양우생에 미치지 못했지만, 그들이 가지고 있는 모든 것을 지니고 있었지."

"그게 무슨 말입니까!"

무림의 명문가에선 문과 무 모두 뛰어난 자도 없지 않은지라 장천으로선 그의 말이 무엇을 뜻하는지 알 수가 없었다.

"처음부터 장춘삼은 한 사람의 고수를 교육시키기 위해 임명된 사람이라는 것이네."

"그럼……?"

"하나의 세력을 이끌 수 있는 자는 단순히 무공만 뛰어나다 해서 가능한 것이 아니네. 힘만 있는 세력은 오래가지 않는 법. 문파의 수장이라 함은 그만큼의 머리가 있어야 하지. 그런 면에선 모든 면에서 뛰어난 장춘삼은 거대 세력을 이끌 후계자를 교육시키는 데 적합한 인재라고 할 수 있었지."

"……."

장천으로선 만박광인이 하는 말을 도저히 믿을 수가 없었다.

그의 말대로라면 자신은 거대 세력의 후계자로, 양부에게서 수장으로서의 교육을 받아왔다는 말이 되기 때문이었다.

"네 나이 또래에는 전혀 가능하지 않은 내공을 지니고 있고 천하제일을 다툴 수 있는 무공, 거기에다 암영자들을 비롯한 무림고수들을 수하로 둘 수 있다는 것이 우연으로 가능한 일인가? 또 네 녀석의 주위에서 일어나는 일은 단순히 우연이라고 보기에는 너무 많은 우연이 겹쳐 있다."

"큭!"

그의 얼토당토않은 말에 이를 갈고 있던 장천은 한참을 생각에 잠겨 있다가 고개를 들어서는 물어보았다.

"그렇다면 당신은 제가 누구라고 생각하십니까?"

"차대의 혈비도 무랑!"

혈비도 무랑! 무림사에 공포로 자리 잡고 있는 최악의 마인의 이름. 그 이름의 다음 대가 자신이라는 말에 어찌 놀라지 않을 수 있겠는가.

장천은 도저히 믿기지 않는 말에 뭐라 말할 수 없는 충격을 받았다.

"말도 안 되는 소리……."

장천은 만박광인의 말을 믿으려 하지 않았다. 그때 갑자기 신검 진인이 자리에서 벌떡 일어나서는 오른손을 들어 그대로 옆쪽의 창문을 향해 검을 휘두르듯이 휘둘렀다. 그 순간 엄청난 검기가 일어나 벽을 부수며 밀려 나가니 장천은 자신도 모르게 뒷걸음질치고 말았다.

"무, 무형검?!"

검을 다루는 무사들의 꿈이라는 이기어검의 단계보다 한 단계 위의 경지로 알려져 있는 무형검. 몸 안의 기로 무형의 검을 만들어 사용하는 단계로 예리함은 현철로 만든 보검을 압도한다는 꿈의 단계가 신검 진인의 손에서 펼쳐지자 장천은 크게 놀랄 수밖에 없었다.

엄청난 공력의 압박에 장천은 무릎이 떨리고 있었다.

"이만 나오시구려."

신검 진인이 검기에 의해 부서진 벽 쪽을 향해 말하자 그 순간 흐릿한 잔상과 함께 한 사나이가 이들 앞에 모습을 드러내었다.

복면을 쓰고 있어 진면목은 알 수 없었지만, 몸에서 뿜어져 나오는 기운은 무형검의 단계에 이른 신검 진인과 비교해도 밀리지 않았다.

"허허허. 누군가 했더니 혈비도 무랑이란 아이로구나."

"과연 무림제일검이로군요, 신검 진인님."

"혈비도 무랑!"

장천은 신검 진인이 검기를 날린 사람이 혈비도 무랑이라는 것을 깨닫고는 크게 놀란 표정을 지었다.

신검 진인과 혈비도 무랑이 내뿜는 기운으로 인해 좌중에 있던 사람들은 어느 누구도 움직일 수가 없었는데, 이 두 사람의 기도가 지금까지 대했던 고수들과 전혀 차원이 다른 수준이었기 때문이다.

"크크크. 네놈의 계획이 밝혀지니 더 이상 기다릴 수가 없었던 모양이구나?"

조롱하는 듯한 어조로 말하는 오경의 도발이 전혀 통하지 않는 듯 혈비도 무랑은 천천히 기를 갈무리하며 말했다.

"이것 역시 계획에 있었던 일. 다만 신검 진인의 경지를 읽지 못했던 것이 실수였을 뿐이다."

혈비도 무랑은 신검 진인이 무형검의 경지에까지 이르렀다는 것을 알지 못하고 접근했다는 것이 실수였을 뿐, 장천이 만박광인에게 당금 무림의 현실과 정체를 듣는 것은 계획에 있던 일이라고 말하고 있었기에 오경으로선 자존심이 상했는지 미간을 찌푸리고 있었다.

"힘들여 노부의 낡은 집까지 왔으니 차라도 한잔할 텐가?"

혈비도 무랑이 내뿜던 기를 갈무리하자 언제 그랬냐는 듯이 신검 진인은 다시 자상한 미소를 지으며 말했다. 혈비도 무랑은 잠시 신검 진인을 바라보고는 고개를 끄덕이곤 근처에 있던 자리에 앉았다.

"음……."

만박광인 오경은 그의 행동에 식은땀이 흐를 수밖에 없었다.

정파의 인물이라고 할 수 있는 신검 진인과 혈비도 무랑은 적이라고도 할 수 있었는데, 검으로는 최고의 경지라고 할 수 있는 무형검의 경지에 이른 적을 앞에 두고 내공조차 끌어올리지 않은 채 있다는 것은 상당한 강심장이 아니고는 불가능하기 때문이다.

또한 오경으로선 또 다른 문제점에 고심하고 있었다.

도대체 혈비도 무랑이란 자가 자신들 앞에 모습을 드러낸 이유를 알 수가 없었기 때문이다.

신검 진인의 무형검 검기를 피했다면 모습을 감추는 것도 문제가 아닐 텐데도 그는 당당히 자신들 앞에 모습을 드러낸 것이다.

한편 장천은 오경이 자신을 차대 혈비도 무랑이라고 말했기에 자신 앞에 모습을 드러낸 혈비도 무랑에게 그것이 사실이냐고 묻고 싶었다. 하지만 막상 당사자가 앞에 있으니 그것이 사실이 아닐까 하는 두려움에 차마 입을 열지 못하고 있었다.

'아! 고민이다……'

두 손으로 머리를 감싸 쥐며 고통스러워하는 장천을 보며 능예는 살며시 그의 손을 감싸주었고, 그제야 장천은 마음을 안정시킬 수 있었다.

'고마워, 능예.'

"단도직입적으로 묻겠습니다. 당신 역시 오 선배님의 이야기를 들었을 텐데, 그것이 사실입니까?"

마음을 안정시킨 장천이 혈비도 무랑에게 굳은 얼굴로 그렇게 묻자 혈비도 무랑의 시선이 그에게로 향했다. 장천은 긴장감에 마른침을 꿀꺽 삼키며 다음에 이어질 말을 기다렸다.

"만박광인의 이름도 시간이 흐르니 퇴색되어지는 모양이군요."

"뭣이!"

오경이 자리에서 벌떡 일어나 소리쳤지만 혈비도 무랑은 전혀 흐트러짐없이 그의 눈을 바라보며 말했다.

"무엇 하러 제가 이 아이에게 혈비도 무랑의 이름을 물려주려 하겠습니까?"

"그럼 아니란 말인가! 자네는 지금까지 이 아이의 뒤를 쫓지 않았던가! 쌍도문에서부터 마교, 그리고 이곳 무당까지 말일세!"

오경은 자신의 추리가 틀렸다는 것을 믿지 않는지 노한 음성으로 소리치고 있었지만, 혈비도 무랑은 전혀 상관할 것도 없다는 듯 신검 진인이 가져온 차를 복면을 살짝 들어 한 모금 마시고는 계속 말을 이어갔다.

"만박광인께선 비도문에 대해서 아십니까?"

"비도문이라면 자네의 문파가 아닌가."

"후후……"

오경의 말에 혈비도 무랑은 나지막이 웃음소리를 내뱉고는 말했다.

"비도문은 전국시대 말에 일어난 문파로 당대의 혼란을 야기시키던 진왕을 암살하려 했던 협객 형가(荊軻)와 대의를 위해 자신을 목을 내놓은 번어기(樊於期)를 추앙하여 만들어진 문파입니다."

전국시대의 협객 형가에 대해서는 그 역시 잘 알고 있는지라 비도문이 그런 형가와 번어기의 뒤를 잇고자 만들어진 문파라는 것에 놀라지 않을 수 없었다.

"비도문 수법 중 여덟 개의 비도를 연환하여 던지는 수법은 당시 형가가 당한 여덟 곳의 상처를 기리는 것이며, 최후의 비도술은 마지막 형가가 진왕에게 날린 비수의 실패를 되풀이하지 말자는 의미로 만들어진 수법입니다."

"음."

"협객 형가의 뒤를 이은 만큼 비도문은 천하의 어지러움을 막고자 하는 의로운 협객으로서의 사명을 지키려 하였습니다."

"흥! 말도 안 되는 소리!"

오경으로선 형가의 뒤를 이은 문파라는 말에 콧방귀를 뀌며 부정하고 있었으니, 그동안의 혈비도 무랑에 의해 저질러진 살행을 너무나 잘 알고 있는 것이 그 이유였다.

"만박광인께서 패황(覇皇) 유세문(柳世門)을 아십니까?"

"패황 유세문?!"

오경은 혈비도 무랑이 왜 패황 유세문에 대해서 묻는지 알 수가 없었다. 패황 유세문은 과거 무림을 어지럽힌 인물이었다.

그 자신의 무공 역시 천하제일을 바라볼 수 있을 정도였지만, 그보다 더 무서운 것은 그의 심계였다. 황궁의 무공을 이용하여 정, 사, 마의 무림 대문파를 암암리에 조종하며 무림을 마음대로 좌지우지한 인물이었다.

패황 유세문의 존재 자체가 정, 사, 마 대문파의 수치와도 같은지라 그에 대한 것은 무림의 감추어진 비사였다.

"비도문은 천하의 어지러움을 막고자 의기로운 자객들이 세운 문파로, 전국시대 이후 강호를 어지럽히는 악적을 처리하고 있었습니다. 무림의 악적 패황 유세문 역시 비도문의 자객의 손에 사라진 것이지요."

"음……."

장천과 유능예는 패황이라는 존재에 대해서 제대로 들어본 적이 없는지라 혈비도 무랑과 오경의 대화에 귀를 기울였다.

"당시 무림은 정, 사, 마가 치열한 세력 다툼을 벌이고 있었지요. 하지만 이들의 치열한 아귀다툼은 패황이라는 존재로 무림일통을 위해 만들어놓은 암계로 인한 것. 그는 황궁의 힘을 업고 중원무림을 자신의 것으로 하려 했습니다."

"음……."

"하지만 무림은 흘러가는 강과 같으니 그 물줄기를 막는다면 강은 범람하여 대지를 쓸게 되는 것이 하늘의 이치입니다. 그가 야기한 정, 사, 마의 다툼으로 인하여 아무 죄도 없는 백성들의 피해는 말로 할 수 없을 정도였습니다."

"음."

"당시 비도문은 마교와 밀접한 관계를 지니고 있었는데, 패황이란 존재로 인하여 마교를 빼앗기게 된 당시 교주는 패황을 타도하고자 본

문에 도움을 요청했습니다."

혈비도 무랑의 입에서 나오는 감추어진 무림의 비사… 장천과 유능예는 신검 진인이 마련해 준 음식을 먹으며 긴장된 표정으로 그의 이야기를 경청했다.

"이에 당시 비도문 문주께서는 무림의 안녕을 위해 패황을 암살하게 되었습니다. 그리고 그 와중에 본 문은 백여 명이 넘는 고수와 문주를 잃어야 했지요."

"음."

"하지만 문주와 백여 명의 고수를 잃는 것으로 비도문의 불행은 끝나지 않았습니다. 패황이 본 문에 의해 죽임을 당했지만 패황의 수하들이 남아 있었고, 그들은 패황이 죽자 각지에서 정, 사, 마의 대문파를 공격하며 그의 복수를 꾀하고자 했습니다. 당시 패황의 세력은 이미 정, 사, 마의 대부분을 장악한 상태였고, 정, 사, 마의 무인들은 이미 아귀다툼으로 인하여 많은 고수들을 잃은 상황에서 그들을 당할 수가 없었습니다. 그런 이유로 정, 사, 마의 수장들은 살아남기 위해 본 문을 패황의 무리들에게 팔아넘겼습니다."

"말도 안 되는 소리!!"

혈비도 무랑의 말에 믿을 수가 없다는 듯 오경이 외쳤지만, 혈비도 무랑은 멈추지 않고 계속 말을 이어갔다.

"간악한 정, 사, 마의 수장의 행위로 인하여 흥성했던 비도문은 멸문에까지 이를 뻔했지만, 다행히 본 문의 소문주께서는 비밀 연무동에 몸을 숨기고 있었기에 목숨을 부지하실 수 있었습니다."

비도문의 과거에 대해서 이야기하던 혈비도 무랑은 분통함을 참지 못하는 듯 주먹이 떨리고 있었다.

"모든 연공을 마치고 나오신 조부님은 본 문이 믿었던 정, 사, 마의 수장에게 배반당했다는 것을 깨닫고는 분노하셨고, 그 후 살아남은 비도문의 문도들을 모아 무림에 대한 복수를 다짐했습니다."

"가증스러운 녀석! 어디에서 거짓을 말하고 있는 것이냐! 그 따위 거짓으로 네 녀석의 행동을 정당화시킬 셈이냐!!"

오경은 그의 말이 거짓이라 단정하고 있었다.

그의 말대로라면 자신을 비롯하여 정, 사, 마의 모든 인물들은 자신들이 살기 위해 그들을 위해 싸운 한 문파를 멸문으로 몰고 갔다는 말이 되기 때문이다.

"후후후. 정말 그럴까요? 신검 진인께 묻겠습니다. 신검 진인께서도 제가 한 말이 거짓이라 생각하십니까?"

오경은 신검 진인이 거짓이라 말하기를 바랐지만 그의 입에선 아무런 대답도 나오지 않았다. 그런 그를 보며 무랑은 차가운 웃음을 지으며 말했다.

"크크크… 아무 말씀도 못하실 테지요. 신검 진인, 아니, 전 무황 친위대의 부대주 강도옥 대협."

"무, 무황 친위대……!"

"만박광인 그대는 무림의 모든 것을 안다 하였지만, 그대도 모르는 것이 있군요. 그럼 이것도 아십니까? 현 대사련의 련주 유일랑은 패황의 휘하 조직인 패황무적대의 대주 유천의 장남이며, 마교의 천마와 구시독인 두 사람 모두 과거 패황 친위대에 있었음을 말입니다."

"그런……!"

"강호의 무림명숙 중 많은 수가 비도문을 멸문시킨 후 흩어진 패황의 화라는 사실조차 알지 못하는 당신을 만박광인이라 불러야 하는지 저로선 의문이군요. 하하하하!"

그 말과 함께 혈비도 무랑은 자리에서 일어나 사라졌고, 신검 진인의 초막에 있던 사람들은 충격에 어느 누구도 말을 꺼내지 못하고 있었다.

"자네는 그가 왜 비도문에 비사에 대해서 이야기해 주었는지 알겠는가?"

잠시간의 정적이 지난 후 먼저 입을 연 이는 신검 진인이었다.

그는 장천을 잠시 응시하고는 물었고, 장천은 왜 신검 진인이 자신에게 그런 것을 묻는지 이해할 수 없었다.

하지만 잠시 생각에 잠겼던 장천은 무슨 생각이 들었는지 놀란 표정을 감추지 못하고 신검 진인을 보며 물었다.

"신검 진인의 말씀은 설마……?"

"그대의 생각이 틀리지 않을 것이네."

"이해할 수 없습니다. 그는 제가 차대 혈비도 무랑이라는 것을 부정하지 않았습니까?"

"혈비도 무랑이란 이름은 피로 물들여진 이름이네. 자네에게 그 이름을 잇게 하기에는 피 내음이 너무 짙은 탓일 수도 있지 않은가?"

그 말에 장천은 할 말을 잃고 말았다. 확실히 다시 생각해 보더라도 자신에게 무엇인가 뜻이 없다면 그러한 비사를 이야기할 리가 없었던 것이다. 하지만 장천은 자신이 무림대살령이 내려져 있는 사람이라 할지라도 스스로 정파의 일원이라는 것을 부정하고 싶지 않았기에 그의 말을 받아들일 수 없었다.

이런저런 생각에 고심하는 그였지만 이내 고개를 내저은 그는 하루 빨리 양의심공을 신검 진인에게 받고 떠나야 한다는 생각을 했다. 지금 시간이라면 자신의 양부가 피신처로 돌아와 쌍도문의 일을 정리하고 있을 것이 분명했기 때문이다.

"신검 진인껜 송구스럽지만 이만 본 문으로 돌아가고자 합니다."

장천의 말에 신검 진인은 고개를 끄덕였다. 그 역시 장천이 속해 있는 비도문이 어떠한 상황에 처해 있는지 아는 상황에서 그를 오래 잡아놓을 수 없었기 때문이다.

"알겠네. 하나 한 가지만은 명심하게. 과거 무림의 많은 이들이 실수를 저지른 것은 사실이나 현재 혈비도 무랑이 행하고 있는 행위는 패황의 일을 답습하는 것과 다를 바 없는 것임을 말일세."

"……."

신검 진인의 당부에 장천은 아무 말도 할 수가 없었다.

솔직히 그로선 혈비도 무랑은 물론 신검 진인이나 만박광인의 말 모두 믿을 수 없는 심정이었다.

하지만 그와 함께 의문이 든 것은 만박광인이나 신검 진인이 왜 자신을 혈비도 무랑의 제자라고 생각하면서도 양의심공과 같은 것을 내어주느냐 하는 것이었다.

분명 그들의 입장에선 자신 역시 혈비도 무랑과 다를 바 없을 텐데도 말이다.

제36장
십대신병 소유자들의 싸움

만선루의 루주 호영과 잠시간의 시간을 보낸 혈마는 장천을 돕기 위해 흩어져 있던 자신들의 수족을 찾기 위해 길을 떠났다.

혈교가 멸문했다고는 하지만 과거 성세를 이루었던 혈교의 교도들이 모두 죽임을 당했을 리는 없을 터, 어디엔가 남아 있는 혈교의 교도들이 있을 것이 분명했기 때문이다.

그런 그가 가장 먼저 향한 곳은 과거 혈교의 총단이 있던 청해성. 이제는 폐허가 되어버린 총단의 모습에 그로선 과거 이곳에서 살았던 기억이 떠올랐다.

"어머니……."

하지만 이제는 얼굴조차 기억나지 않는 모친을 생각하며 추억에 젖어 있을 수만은 없는 일인지라 이내 총단에 남아 있을지 모를 혈교 교도들의 흔적을 찾기 시작했다.

"음."

혈교가 멸문한 지 많은 시간이 지난 후인지라 폐허에 남아 있을 사람의 흔적을 찾는 것은 쉬운 일이 아니었다. 그 때문에 반 시진 넘게 찾았음에도 불구하고 어떠한 단서도 알아내지 못하고 있었다.

"역시나 무리였을까?"

폐허 속에서 흔적을 찾는 것이 무리였는지도 모른다는 생각에 혈마는 고개를 내젓고는 그곳에서 벗어나려고 했는데, 그때 멀리서 누군가의 비명 소리가 들려왔다.

"응?"

혈교 총단은 곤륜산맥의 지류인 아이금(阿爾金)에서도 깊은 곳에 위치해 있어 이런 곳까지 평범한 사람이 들어올 리 만무했다. 그렇다면 혈교와 관련이 있는 무인이 분명하다고 생각한 그는 급히 비명 소리가 들린 쪽으로 몸을 날렸다. 그리고 얼마 지나지 않아 대지에 피를 흘리며 죽어 있는 무사들을 발견할 수 있었다.

"음."

죽어 있는 무사들은 여섯 명. 그들 모두 가슴에 세 줄기의 혈선이 그어져 있는 것으로 보아 철조(鐵爪)와 같은 무기에 당했음을 알 수 있었다.

하지만 그보다 혈마의 눈길을 끄는 것은 그들이 입고 있는 복색이었는데, 이들이 입고 있는 붉은 혈의는 과거 혈교의 말단 무사들의 복장이었기 때문이다. 그러나 혈교가 멸문한 상황에서 적에게 훤히 알려진 혈교의 정규 복장을 입고 있다는 것은 이상한 일이었다.

그런 생각에 고개를 갸우뚱거리고 있을 때 또다시 비명 소리가 들려왔고, 혈마는 이번에는 놓치지 않겠다는 생각으로 최대한 공력을 발휘하여 빠른 속도로 소리가 들린 쪽을 몸을 날렸다.

"크크크. 네 녀석들이 누구인지 모르나 감히 본 교의 이름을 사칭하다니… 한 놈도 살려두지 않겠다!"

두 무사가 철조에 당했는지 피를 흘리며 쓰러져 있는 가운데, 붉은빛의 철조를 낀 노인은 남아 있는 네 명의 무사를 보며 음침한 웃음을 흘리고 있었다.

"서, 설마 혈교의 혈천마수(血川魔手)가 살아 있을 줄은……."

그런 그를 보며 남아 있던 혈의무사 중 한 사람이 공포에 떨며 중얼거렸다.

혈천마수. 과거 혈교에서 악명을 떨치던 고수 중 한 사람으로 혈교가 사라지며 죽임을 당했다고 알려져 있었는데, 그런 그가 지금 이곳에 모습을 드러낸 것이다.

"혈류살조(血流殺爪)!"

음침한 웃음을 흘리던 혈천마수는 일순간 몸을 날려서는 혈의무사들의 면전에까지 쇄도해 들어갔다. 그의 손이 번뜩이며 철조가 휘둘러질 때마다 붉은색의 예기가 사방으로 퍼지며 대적하고 있던 혈의무사들은 추풍낙엽처럼 쓰러졌다.

"크아악!!"

일합의 상대조차 못 되는 이들로선 더 이상 대적할 생각을 하지 못하고 사방으로 도주하고 있었지만, 이미 경공으로도 혈교에서 다섯 손가락 안에 드는 혈천마수의 손길을 벗어나기에는 무리일 수밖에 없었다.

사방에선 혈천마수의 혈조에 몸이 찢겨지며 지르는 비명 소리로 가득했고, 붉은 피는 대지를 시뻘겋게 적시고 있었다.

슈우욱!

그런 그가 마지막 남은 혈의무사들 중 한 사람의 목을 혈수를 베어 넘기려 할 때, 순간 귀를 찢는 듯한 파공음이 밀려왔고, 그것이 범상치 않음을 깨달은 혈천마수는 급히 공중에서 몸을 틀었다.

쿠구궁!

엄청난 굉음과 함께 파공음을 내며 날아온 물체는 한 발의 화살이었다.

화살은 혈천마수가 베려 했던 혈의무사의 복부를 찢고 그의 몸을 스쳐 지나갔음에도 불구하고 그 기세가 얼마나 무서웠던지 뒤에 있던 두 그루의 나무를 꿰뚫고 나서야 간신히 멈추어 서니 그로선 등줄기에 식은땀이 흐를 수밖에 없었다.

"역시 이놈들을 베면 그 주모자가 나올 것이란 생각이 틀리지 않았구나."

단 한 발의 화살이었지만 그 위력은 웬만한 고수가 아니면 불가능한 솜씨였기에 혈천마수는 화살이 뻗어온 방향을 향해 차가운 목소리로 말했다. 잠시 후 수풀을 헤치며 거구의 남자가 철궁을 들고 그 모습을 드러내었다.

화살의 주인공은 바로 구궁이었다.

"네 녀석은 누구냐!"

혈천마수가 내공을 끌어올려 소리치자 구궁은 미소를 지으며 말했다.

"본인은 쌍도문의 구궁이라 합니다."

"구궁? 오! 네 녀석이 신궁이라 불리는 놈이로구나!"

혈천마수는 그가 신궁이라 불리는 쌍도문의 후기지수라는 것을 알수 있었지만, 후기지수의 한 사람이라고 보기에는 그의 화살의 위력은 무서울 정도였다.

"놀랍군. 이류 축에도 못 낀다고 알려져 있던 자가 본노를 놀라게할 정도의 무공을 지니고 있다니 말이야."

"후후, 과찬이십니다."

혈천마수의 말에 구궁은 천천히 등에 멘 화살을 뽑아 시위에 재웠고, 혈천마수 역시 혈조에 내공을 끌어올려서는 구궁의 공격에 대비했다.

핑!

그리고 한동안 정적이 흐르는가 싶더니 시위가 튕겨지는 소리와 함께 구궁의 손에서 한 발의 화살이 뻗어 나왔다.

"큭!"

혈천마수와 같은 고수조차 쉽게 확인할 수 없을 정도로 빠른 속도로 뻗어오는 화살. 그가 크게 놀라 급히 몸을 트는 순간, 화살은 그의 몸을 스치며 뒤에 있던 나무에 박혀들었다.

이전의 화살보다 위력 면에서는 낮았지만 속도는 족히 두세 배는 넘을 듯한 공격이 그로선 믿어지지가 않았다. 손에 쥐는 검이라면 모를까 활의 탄력으로 쏘는 화살은 그 속도의 한계가 있었는데, 그런 화살을 자신의 안력으로도 확인할 수 없다는 것은 있을 수 없는 일이었기 때문이다.

하지만 다시 생각해 보니 전설과도 같은 병기이지만, 그러한 것이 없지는 않았기에 혈천마수는 혹시나 하는 생각에 그를 보며 소리쳤다.

"설마 진천벽력궁?!"

"후후. 당신의 짐작이 틀림없을 것입니다."

'진천벽력궁! 그렇다면 전에 보았던 화살의 위력도 이상한 것은 아니지.'

녀석의 손에 든 활이 십대신병 중 하나인 진천벽력궁이라면 방금 전과 같은 위력이 이상할 것이 없음에 고개를 끄덕였다. 십대신병의 명성을 잘 알고 있는 그로선 이번 상대가 쉽지 않을 것임에 미간이 찌푸려졌다.

그런 혈천마수를 보며 구궁은 입가에 미소를 지으며 두 개의 화살을 꺼내 시위에 재며 말했다.

"이렇게 된 이상 진천벽력궁의 모두 위력을 보여 드려야겠군요. 각오하십시오."

그런 그를 보며 활을 사용하는 자들이 근접전에는 약하다는 생각을 한 혈천마수는 철조를 들어서는 빠른 속도로 몸을 날렸다.

"회류시!"

하지만 그가 달려드는 것을 보며 기다렸다는 듯이 구궁은 두 발의 화살을 날렸는데, 어이없게도 그 방향은 혈천마수 쪽이 아닌 다른 곳으로 날아가고 있었다.

'내가 쇄도해 놀라 화살을 잘못 날린 모양이군. 흥! 네놈을 죽여 진천벽력궁을 접수하겠다!'

구궁이 화살을 잘못 날렸다고 생각한 혈천마수는 움직임을 멈추지 않았는데, 잠시 후 그것이 자신의 착각이라는 것을 깨닫게 되었다. 놀랍게도 그가 날린 화살은 이기어검술과 같이 갑작스럽게 방향이 바뀌어져 날아왔기 때문이다.

"크억!!"

놀란 혈천마수는 급히 몸을 틀었지만 이미 허벅지에 한 발의 화살을 허용하고 말았다.

"설마… 방향이 바뀌리라고는……."

공중에서 방향이 바뀌는 화살이 있다는 말은 들어본 적이 없는지라 그로선 이 공격을 피할 수가 없었던 것이다.

"후후후."

구궁의 회류시는 인위적으로 공중에서 방향을 바꾸는 진천벽력궁만이 사용할 수 있는 화살의 한 종류였다.

혈천마수의 허벅지는 화살이 꿰뚫고 지나가자 호두만한 구멍이 뚫렸고, 시뻘건 피가 분수처럼 뿜어져 나왔다.

급히 혈도를 눌러 지혈하긴 했지만 혈천마수로선 이미 많은 피를 흘려 움직임이 둔해질 수밖에 없었다.

"이만 사라져 주셔야겠습니다."

그런 그를 보며 구궁은 회심의 미소를 지으며 다시 한 번 화살을 활에 재웠다. 자신의 최후라 생각한 혈천마수는 이를 갈며 말했다.

"본 교의 재건을 이루지 못한 채 애송이에게 죽임을 당할 줄이야……."

수십 년을 이곳에서 소교주가 돌아오기만을 기다렸던 혈천마수로선 구궁과 같은 애송이에게 죽임을 당할 줄은 생각지도 못한지라 억울할 수밖에 없었다.

"벽력시!"

구궁은 진천벽력궁의 화살 중 하나인 벽력시를 사용하여 그의 이름에 걸맞는 죽음을 선사해 주려 했는데, 벽력시가 혈천마수의 미간에 박힐 즈음 검은 기류가 뻗어 나와서는 화살을 가격하며 그 방향을 바꾸어 버렸다.

쿠구구궁!

방향이 바뀐 벽력시는 혈천마수를 아슬아슬하게 벗어났고, 천둥 소리와 같은 굉음을 내며 숲의 한쪽이 벽력시의 위력으로 초토화됐다.

"누구냐!"

검은 기류가 화살의 방향을 바꾼 것을 안 구궁이 내공을 돋워 소리치자 수풀에서 한 남자가 튀어나와 그를 향해 또다시 검은 기류를 날려왔다.

"마겸살파(魔鎌殺破)!"

"칫!"

상대가 내뻗은 검은 기류의 위력이 작지 않음을 느낀 구궁은 급히 뒤로 몸을 날려 피하며 그를 향해 화살을 날렸다.

"선풍시(旋風矢)!"

구궁의 손에서 화살이 강한 돌풍을 만들며 무서운 기세로 뻗어 나갔지만, 놀랍게도 상대는 그것을 피하지도, 막지도 않으려는 듯 쌍겸을 천천히 내리고 있었다.

"헉! 위험해!!"

혈천마수는 자신을 도와준 고수가 위험에 빠지자 크게 놀라 소리쳤다.

"쳇!"

하지만 화살이 상대에게 날아가고 있음에도 구궁은 오히려 미간을 찌푸리고 있었으니 그의 손에서 발출된 선풍시는 놀랍게도 쌍겸무사의 일 장 앞에서 갑자기 방향이 바뀌어서는 좌측에 있던 나무를 박살 내며 비껴 나갔다.

"어떻게 이런 일이?!"

혈천마수로선 눈앞에서 일어난 일이 도무지 믿겨지지 않았다. 그런 것을 아는지 모르는지 수풀에서 나온 자는 천천히 구궁의 앞으로 다가섰다.

"교주!?"

그리고 그의 모습을 확인한 혈천마수는 자신도 모르게 소리치고 말았다. 수풀 속에서 모습을 드러낸 자는 과거 자신이 모시던 혈교 교주와 똑같은 얼굴을 하고 있었기 때문이다.

"혈천 아저씨, 오랜만이군요."

"설마 소교주님?!"

혈천마수는 그가 기다리고 있던 소교주임을 알 수 있었다.

"소교주!!"

기다리고 있던 사람이 자신의 눈앞에 모습을 보이자 혈천마수는 눈물을 흘렸다. 수십 년의 기다림이 결실을 맺었으니 어찌 기쁘지 않겠는가.

"그간 있었던 일을 들으며 아저씨와 술을 나누고 싶지만, 애석하게도 방해자가 있어 당장은 어려울 것 같군요."

자신을 보며 눈물짓는 혈천마수를 보며 혈마는 미소 지으며 말했고, 그의 기도가 예사롭지 않다는 것을 느낀 구궁은 고개를 흔들며 말했다.

"아무래도 껄끄러운 상대와 만난 것 같군."

"본 교의 교도로 변장한 무사, 그리고 본좌의 암습이 가능한 당신, 그렇다면 간단하지. 자네는 처음부터 나를 기다리고 있었던 것이 아니었던가?"

혈마의 말에 구궁은 크게 웃음을 터뜨렸다.

"하하하! 과연 혈교의 소교주로군."

"무슨 이유로 나를 끌어들이고 있는 것인지는 모르겠지만, 혈교의 이름을 사칭하다니 용서할 수가 없군."

"후후후. 십대신병의 소유자끼리 어디 우위를 논해볼까?"

혈마의 말에 미소 지으며 대답한 구궁은 진천벽력궁에 화살을 재웠고, 혈마 역시 흑마겸을 들고는 상대를 향해 빠른 속도로 쇄도해 들어갔다.

"섬전시(閃電矢)!"

흑마겸을 들며 쇄도해 들어오는 혈마를 보며 구궁은 가볍게 화살을 날렸다. 섬전시란 이름처럼 화살은 눈 깜짝할 사이에 혈마의 미간으로 밀려들어 왔다.

"만겸만참(萬鎌萬斬)!"

하지만 상대인 혈마 역시 만만한 인물은 아니었다.

혈마가 날아오는 화살을 보며 고개를 옆으로 꺾어 가볍게 피하곤 그대로 만겸만참의 초식을 펼치자 수백의 잔상이 구궁을 향해 밀려갔다.

"칫! 폭우시(暴雨矢)!"

쌍겸의 무수히 많은 잔상이 자신을 밀어붙이자 급히 화살 통에서 손가락 두 마디 정도의 화살을 꺼내어 쏘았다. 화살은 공중에서 반으로 갈라지며 수백 개의 작은 화살로 튀어나오며 쌍겸의 잔상을 꿰뚫고 혈마를 향해 밀려갔다.

"백귀출옥(百鬼出獄)!"

만겸만참의 잔상을 뚫고 수백 개의 작은 화살이 밀려오자 혈마는 급히 천근추의 수법으로 공중에 떠오른 몸을 안정시킴과 동시에 백귀출옥의 초식을 시전했고, 그를 향해 밀려오던 강철 침은 흑마겸에 의해 사방으로 튕겨져 날아갔다.

구궁은 혈마가 폭우시마저 막아내자 만만치 않은 상대라는 생각에 조금 뒤로 물러섰다.

폭우시는 고수를 상대하기 위해 만들어놓은 화살 중 하나. 지금까지 단 한 사람을 제외하고는 상대를 처리하는 걸 실패한 적이 없는 화살인데, 그것을 혈마가 막아내었기에 주의할 필요성을 느낀 것이다.

"과연 혈교의 이름을 이을 자로군."

만만치 않은 상대를 만났다는 생각에 구궁은 흥분되었다.

그가 들고 있는 진천벽력궁이 무림십대신병의 하나로 꼽히고 있는 것은 단순한 활의 힘만이 아닌 벽력궁의 위력과 함께 화살이 가지는 여러 묘용 때문이다.

진천벽력궁의 비전서에 적혀 있는 화살의 숫자는 모두 삼백여 종류. 그 하나하나가 평범한 것이 없었으며, 이 중 이백여 가지는 오직 진천벽력궁으로만 사용이 가능한 화살이었다.

구궁은 그 삼백 개의 화살을 상대에 맞게 골라 사용함으로써 지금까지 단 한 사람을 제외하고는 패한 적이 없었다.

내공조차 없었던 젊은 시절에도 수백이 넘는 산적을 상대로 승리를 얻었을 만큼 궁술에 관해서는 자부심을 가지고 있는 그였으니 혈마를 예상하고 가져온 화살 30여 발 중 이제 20발이 남았지만 그를 없애는 것은 문제없다고 생각했다.

'혈마, 네놈의 공격이 한정되어 있는 반면 난 수백 개 화살의 조합으로 수백 수천의 공격로를 가지고 있다. 초식의 다양함으로 네 녀석이 나에게 이길 방법은 존재하지 않는다. 흐흐흐.'

상대를 바라보는 그의 머리 속에선 벌써 하나의 연결된 진천벽력궁만의 초식을 완성하고 있었고, 마지막의 결과는 자신의 승리임을 자신했다.

"크크크. 혈마, 네 녀석의 초식은 방금 전까지의 싸움으로 모든 것이 밝혀졌다. 세 발의 화살을 네놈의 어깨에 꽂아주지. 크크크."

"음."

구궁의 말에 혈마는 절로 식은땀이 흘러내렸다.

구궁 정도 되는 고수가 빈말을 할 리 없기에, 어쩌면 진짜 세 발의 화살로 어깨를 꿰뚫을 지도 모른다는 생각이 들었다.

"어디 한번 해보시지!"

하지만 단순한 도발일 수도 있다 생각한 혈마는 노성을 지르며 도발에 걸린 것 같은 행동을 취하곤 그를 향해 흑마겸을 던졌다.

"귀조역천(鬼爪易天)!"

그의 두 손을 벗어나 상하로 뻗어 나간 흑마겸은 하나는 구궁의 얼굴 쪽을 향하고 다른 하나는 어이없게도 바닥으로 내던져졌다.

하나 이것 역시 초식의 하나. 바닥으로 내던져진 흑마겸은 일순간 튕겨져 올라가 그대로 구궁의 낭심을 향해 뻗어갔다.

"흥!"

하나 이미 혈마의 귀조역천의 초식을 파악한 구궁은 발을 박차며 앞으로 튀어 나가 낭심을 향해 날아오던 흑마겸은 피하고 얼굴 쪽으로 날아온 흑마겸을 발로 차 공중으로 튕겨 버리곤 혈마의 미간을 향해 화살을 날렸다.

"귀곡파청시(鬼哭破聽矢)!"

끼아아악!!

귀곡파청시. 상대에게 적중하지 않아도 상처를 줄 수 있는 다섯 개의 화살 중 하나로 그 묘용은 화살 내부 장치로 고음을 내어 상대의 고막을 찢는 소리 화살이었다.

"크윽!"

상당한 거리가 떨어져 있음에도 그 고음으로 인하여 혈천마수조차 귀를 막을 정도였으니 구궁과 비교적 가까운 거리에 있던 혈마의 타격은 클 수밖에 없었다.

흑마겸의 손잡이 끝에 달린 금잠사를 잡아당겨 날아간 흑마겸을 회수하기는 했으나 귀곡파청시의 공격을 제대로 막지 못한 혈마는 고막이 찢어졌는지 양쪽 귀에서 붉은 피가 흘러내리고 있었다.

"소교주!"

혈마의 귀에서 피가 흘러내리자 놀란 혈천마수는 뛰어나가려 했다. 하지만 그것을 본 혈마는 급히 손을 들어 그를 막았다.

"나오지 마십시오!"

"소교주."

[후후후……]

머리 속으로 울리 듯 구궁의 웃음소리가 들려오자 혈마는 흑마겸을 잡고 있는 손에 내력을 집중했다.

"크크크크! 이로써 아주 좋은 조건이 이루어졌군. 낙뢰시(落雷矢)!"

고막을 찢어놓은 구궁은 회심의 미소를 지으며 하늘 위로 화살을 날렸고, 그 순간 혈마는 크게 당황할 수밖에 없었다.

'제길!!'

공중으로 치솟아오른 화살은 잠시 후 자신을 향해 내려올 것은 뻔한 일. 평상시라면 소리를 듣고 피할 수 있겠지만, 지금의 상태에선 아무 소리도 들리지 않기 때문에 고개를 들어야 했다.

물론 보통의 화살이라면 대충 아무 곳으로나 피해도 자신을 향해 내리 꽂히는 화살을 피할 수 있겠지만, 상대는 진천벽력궁의 주인. 만약 하늘 위로 날렸던 화살이 폭우시와 같은 것이면 고개를 올리지 않는 한 그것을 피하기는 어려웠다.

또 장애물을 이용하여 그것을 피한다 해도 궤적을 예측할 수 없는 진천벽력궁의 화살은 그 틈새를 놓치지 않을 것이 분명한 일. 혈마는 이를 악물고는 최선의 방법이라 생각하며 구궁을 향해 몸을 날렸다.

"귀풍쌍격(鬼風雙擊)!"

세 발째의 화살을 진천벽력궁에 재고 있는 구궁을 보며 혈마는 흑마겸을 회전시켜 귀풍쌍격의 초식으로 쇄도해 들어갔다.

흑마겸의 날카로운 바람이 자신의 옷을 찢고 있었지만 구궁은 두려

위하는 빛도 보이지 않았고, 드디어 세 번째 화살을 날렸다.

"혈사시(血絲矢)!"

구궁에게서 날아온 화살은 혈마에게 뻗어가다 일 장 정도의 앞에서 반으로 갈라졌고, 그 순간 두 개로 나누어진 화살 사이로 금빛의 실이 드러났다.

"금잠사?!"

두 개로 나뉘어진 화살에 매어 있는 금잠사는 내력이 깃들어 있어 피하지 않는다면 혈마의 목을 잘라 버리고 나갈 것이 분명한 일. 그는 급히 뒤로 몸을 숙여 금잠사를 피했다.

하지만 시선이 위로 향하는 순간 그는 경악을 감추지 못했으니 구궁이 하늘로 쏘아 올렸던 화살이 자신을 향해 내리 꽂히고 있었기 때문이다.

"큭!"

화살을 발견한 혈마는 급히 몸을 틀었지만 이미 눈앞으로 다가와 있었기에 혈마의 어깨 꽂히고 말았다.

예고한 대로 단 세 발의 화살로 구궁은 혈마의 어깨에 화살이 꽂아 넣은 것이니 신기와 같은 궁술에 혈천마수는 입을 다물지 못했다.

"크윽!"

자리에서 일어난 혈마는 손을 들어 어깨에 박힌 화살을 뽑았지만, 엄청난 고통에 신음이 흘러나왔다. 하나 다행히 치명상은 아니었기에 흑마겸을 다루는 것에는 문제가 없었다.

"자, 이제 끝을 내도록 하지요."

회심의 미소를 지으며 구궁은 혈마를 향해 활을 겨누었다. 물론 상대인 혈마는 그의 목소리를 듣지 못하고 있었지만 녀석의 비웃음 섞인 미소에 그가 끝을 내려 함을 알 수 있었다.

그 때문에 혈마는 노기가 치솟아올랐지만, 홍분은 무인에게는 독과 같은 것인지라 급히 내식으로 홍분을 가라앉힌 후 구궁의 공격을 기다렸다.

"염화시(炎火矢)!"

구궁의 손에서 벗어난 화살이 푸른색의 불꽃을 뿜으며 날아오자 혈마는 뒤로 몸을 날려 혈천마수의 손에 죽은 사람의 몸에 흑마겸을 꽂아 넣고는 들어 올렸다.

쿵!

구궁의 화살은 혈마가 끌어 올린 시체의 몸에 박혀 들어갔고, 시체는 푸른 불꽃을 내며 불타오르기 시작했다.

"흑마강시(黑魔殭屍)!"

"꾸아아악!"

흑마겸은 십대신병 혈교에 오랜 시간 내려온 병기로 어떠한 시체라도 단시간 강시와 같이 조종할 수 있었다. 흑마겸에 의해 강시가 된 시체는 염화시에 맞아 불꽃에 휩싸인 모습으로 괴성을 지르며 구궁을 향해 뛰어갔다.

강시가 되어 쇄도해 들어오는 시체를 보며 구궁은 급히 강시의 머리를 향해 화살을 날렸다.

"폭염시(暴炎矢)!"

쿠궁!

그의 손에서 벗어난 폭염시는 강시의 미간에 적중하며 굉음과 함께 폭발했고, 사방에 피와 살의 소나기를 뿌렸다.

"웅?"

강시를 향해 활을 쏘며 구궁은 혈마의 이어질 공격에 대비하며 폭염시를 꺼낼 때 손가락에 또 하나의 화살을 끼워두고 있었는데, 눈앞에 있어야 할 혈마의 모습이 보이지 않자 긴장하며 주위를 돌아보았다.

슈우욱!

"거기냐!!"

그때 등 뒤에서 파공음과 함께 무엇인가가 빠른 속도로 쇄도해 들어오는 것을 느낀 구궁은 손목을 뒤집어 활을 반대로 잡고는 그대로 화살을 날렸고, 잠시 후 화살이 살로 파고들어 가는 파육음 소리가 들려왔다.

"홍!"

자신의 화살이 적중했다고 생각한 구궁은 몸을 돌려 다시 화살을 날리려 했는데, 뒤를 보는 순간 자신도 모르게 소리를 내지르고 말았다.

"젠장!"

역으로 쏜 화살에 맞은 것은 바로 흑마겸에 의해 강시가 된 또 다른 시체였던 것이다.

자신이 속았다는 것을 깨달은 순간 또다시 등 뒤에서 살기를 느끼자 구궁은 다시 손목을 뒤집어 화살을 날렸다.

슈우욱! 챙!

하지만 그가 날린 화살은 파육음이 아닌 날카로운 쇳소리를 내며 땅으로 떨어졌고, 다음 순간 구궁은 오른쪽 무릎을 꺾고 말았다.

"크으윽!"

구궁이 급히 날린 화살은 혈마에게 날아갔고, 그가 날린 화살은 혈마가 내지르던 흑마겸에 걸려 튕겨져 나갔는데, 어이없게도 튕겨 나간 화살이 구궁의 오른쪽 다리에 꽂혀 버린 것이다.

귀곡파청시로 고막이 찢겨져 있는 상황의 혈마에게는 이 일련의 사태는 운이 도왔다고밖에 할 수 없는 상황이었다.

다리에 화살이 꽂힌 구궁은 왼발을 구르며 급히 몸을 날려 간신히 목을 베려던 혈마의 흑마겸을 피할 수 있었다.

"치이!"

구궁으로선 어이없게 자신의 화살에 상처를 입고 말자 이가 갈릴 수밖에 없었다.

거기다가 혈마를 쏘려다가 자신의 다리에 맞은 화살은 뱀독이 묻어 있는 사독시(蛇毒矢)였기에 해독제를 복용해도 이 다경 후에 다리가 마비되는 것은 막을 수 없었다.

"혈마… 으드득!"

다 이긴 싸움을 놓쳐 버린 구궁은 혈마를 향해 화살을 날렸고, 그 화살은 혈사시와 마찬가지로 혈마의 일 장 앞에서 두 개로 분리되었다.

이전에 당했던 일이 있는지라 혈마는 흑마겸을 들어서는 나뉘어진 화살 사이에 묶여 있는 금잠사를 막았는데, 그 순간 나뉘어진 화살이 방향을 선회해서는 혈마의 관자놀이를 향해 밀려왔다.

"큭!"

놀란 혈마는 왼손을 들어 흑마겸으로 오른쪽의 화살은 튕겨냈지만 왼쪽의 화살을 막을 수가 없어 팔뚝에 화살이 꽂히고 말았다.

"언젠가 다시 승부를 내도록 하지!"

혈마의 팔에 화살이 박히는 것을 보며 구궁은 다음을 기약하며 몸을 날렸다.

사독시에 의해 더 이상 싸울 수 없음을 알기 때문에 그로선 호기를 버릴 수밖에 없었던 것이다. 또 혈마 역시도 오른팔의 상처와 찢어진 고막으로 인해 상대를 추적한다는 것은 불가능한 일이었다.

"소교주!"

구궁이 사라지자 혈천마수가 급히 그에게 뛰어왔고, 혈마는 팔뚝에 꽂힌 화살을 뽑으며 말했다.

"잠시 운기조식을 하겠습니다. 호법을 부탁드립니다."

"알겠습니다."

혈마의 말에 혈천마수는 고개를 끄덕이고는 그의 앞을 지켜 섰다.

구궁이 도주하는 것을 보며 지금 순간이 가장 안전하다 생각한 혈마는 고막의 일도 있기 때문에 운기조식을 통해 몸의 상태를 안정시키려 한 것이다.

얼마간의 시간이 지난 후 운기조식을 끝내자 피는 점점 멎어 갔고, 찢어졌다고 생각한 고막은 다행히 왼쪽에서 작지만 약간의 소리를 들을 수 있었다.

잠깐의 순간이지만 급히 내공을 끌어올린 것이 고막의 심각한 손상을 막아주었던 것이다.

이 정도면 오른쪽은 모르지만 왼쪽은 시간이 지나면 회복이 될 것이라 느낀 혈마는 천천히 자리에서 일어났다.

"소교주, 괜찮으십니까?"

"아저씨께서 걱정해 주신 덕에 조금은 나아진 것 같습니다."

"아!"

자신의 말에 혈마가 미소를 지으며 대답하자 귀가 완전히 먹은 것이 아니라는 것을 안 혈천마수는 안도의 한숨을 내쉴 수 있었다.

"소교주께서 마교의 지하 감옥에서 나오셨는지는 몰랐습니다. 흑흑 흑… 우리에게 조금만 더 힘이 있었어도 소교주님이 더 빨리 나오실 수 있었을 것을……."

혈천마수는 혈마의 얼굴을 보며 참을 수 없는 슬픔이 밀려왔다.

혈교의 멸문 이후로 처음 보는 혈마는 이제 어린아이가 아니라 중년이 되어 있었기 때문이다.

유년기와 청년기를 빛도 들어오지 않는 지하 감옥에서 보냈다는 것을 아는 그로선 자신들의 힘이 없음이 너무나 안타까웠던 것이다.

그런 그의 마음을 아는지 혈마는 미소를 지으며 말했다.

"아저씨께서 저를 구하기 위해 노력하신 것은 알고 있습니다. 그나저나 다른 분들은 어떻게 되셨는지……?"

혈교가 마교에 의해 멸문됐을 때 혈마는 혈천마수와 함께 몇몇의 장로급 인물이 자신의 식구들을 한 명씩 맡아 탈출했다는 것을 알고 있기에 물어보았다.

"흑흑흑… 제가 모시고 있던 둘째 도련님께선… 마교의 암기에… 간신히 천라지망에서는 벗어날 수 있었지만, 한 달을 넘기지 못하셨습니다."

"…너무 자책하지 마십시오."

혈천마수가 데리고 간 그의 동생은 당시 여덟 살의 어린 나이였는데, 그런 어린 동생이 죽었다는 말에 가슴이 아플 수밖에 없었다. 하지만 죄책감에 빠진 혈천마수를 위로하기 위해 그런 표정은 겉으로 드러내지 않았다.

혈마는 혈천마수에게서 다른 식구들의 소식을 들을 수 있었는데, 그를 포함하여 혈교 팔장로는 각기 그의 세 분 어머님과 여동생 둘, 그리고 동생 셋을 보호하며 마교의 천라지망을 빠져나가려 했지만, 안타깝게도 그들 대부분이 탈출에 실패했다고 한다.

유일하게 빠져나간 이는 일곱 살의 여동생 한 명뿐이었는데, 여동생을 데리고 혈교를 빠져나간 장로는 얼마 안 가 탈출 때 생긴 상처로 죽고 혼자 남은 여동생은 다행히 하북에서 대장간을 하고 있는 노부부의 양녀로 들어갔다고 한다.

"다행이군. 그래, 동생은 지금 어찌 살고 있습니까?"

"방앗간집의 청년과 혼인하여 이남삼녀를 두었다고 합니다. 그분을 모시려 했지만 평온한 삶을 사시는지라 도저히……."

"잘하셨습니다."

여동생이 일반 평민으로 평온한 삶을 살고 있다면 그것으로 족하다는 생각이 들었다.

솔직히 그로서도 자신이 혈교의 소교주가 아니라면 일반 평민과 같은 삶을 살고 싶다는 생각이 있었기 때문이다.

"흩어진 본 교의 무사들은 어떻게 되었습니까?"

혈마의 말에 그는 한숨을 내쉬며 말했다.

"마교와의 대전에서 패한 후 남아 있던 무사들은 마교의 천라지망을 벗어나기 위해 헤어져 장사의 혈교 비밀 지단에 합류하기로 했지만, 그 숫자가 백을 넘지 못했습니다."

"음."

"장사 비밀 지단의 무사들까지 합쳐 무사히 빠져나간 무사들의 수는 백이십칠 명에 불과하지만 지난 삼십 년간 혈교를 다시 부활시키기 위해 무림 각지에서 자질이 있는 아이들을 모아 어느 정도의 세력을 만들 수 있었습니다."

"알겠습니다."

혈천마수의 말에 혈마는 고개를 끄덕이며 생각에 잠겼다.

남아 있는 자들이 혈교를 다시 일으키기 위해 세력을 키웠다고는 하지만, 혈교의 비전은 교단이 무너지면서 모두 불타 버렸기 때문에 이들은 분명 혈교의 교도라기보다는 무림의 문파와 같은 모습을 보이고 있을 것이 당연한 일이었다.

무공 역시 혈천마수와 같은 고수가 있다 하더라도 과거 혈교의 수준과 비교해 본다면 크게 떨어질 것이 분명한지라 혈교만의 힘으로 마교에 대적하는 것은 불가능할 것이라 생각했다.

하지만 장천과 연이 있는 암영자들과 손을 잡는다면 마교를 무너뜨리는 것은 그리 문제가 될 것은 없다는 생각이 들었다.

물론 암영자들 역시 마교의 교도들이기는 하지만, 실질적으로 그가 노리는 것도 마교 자체를 무너뜨리는 것이 아니라 천마를 주축으로 하는 현 마교 세력에 대한 복수였기 때문에 그리 문제될 것은 없다 생각했다.

"제가 머물고 있는 곳은 난주의 만선루라는 기루입니다. 이곳을 찾은 이유는 복수를 하기 위해 아직 남아 있을지 모르는 혈교의 힘을 얻고자 한 것인데, 이곳에서 아저씨를 만나게 되다니 하늘의 도우심이 아닐까 합니다."

"혈교의 무사들은 소교주의 수족과도 같습니다. 아니, 이젠 혈교의 교주가 되시어 저희를 이끌어주십시오."

혈천마수의 말에 혈마는 미소를 지으며 말했다.

"감사합니다. 일단 아저씨께서는 장사의 지단으로 돌아가시고 만선루로 경공술이 능한 무사를 보내주십시오. 때가 되면 그를 보내 연락을 취하도록 하겠습니다."

"알겠습니다, 소교주."

"부디 몸조심하십시오."

혈마가 자신의 두 손을 잡고 말하자 혈천마수는 다시 재건될 혈교를 생각하며 감격에 젖었다.

한편 혈마와의 싸움에서 도망친 구궁은 화살에 묻어 있는 독으로 인하여 오른쪽 다리가 마비되어 버렸지만, 자신과 행동을 같이하는 노진 대사가 있는 장소에 겨우 도착할 수 있었다.

그가 도착한 곳은 산속에 허름한 절이었는데, 목이 부서진 불상 앞에서 노진이 불경을 외우고 있는 것을 볼 수 있었다.

구궁은 잠시 헛기침을 한 후 그를 보며 말했다.

"아쉽지만 일은 실패했소. 하나 혈마와 혈교의 무리들이 만나는 것이 원래 문주의 계획이었으니 별문제는 없을 것이오. 낙양으로 가도록 합시다. 낙양에서 하 장로와 만나 이번 일을 보고하고 다음 일을 해야 될 테니 말입니다."

"알겠소."

그의 말에 고개를 끄덕인 노진은 자리에서 일어나 절을 빠져나갔다.

"혈마라 했던가. 훗! 다시 만날 날이 기대가 되는군."

구궁은 자신과 대적했던 혈마를 생각하며 오랜만에 싸울 만한 상대를 만났다 생각했는지 오른쪽 다리를 치료하며 다음을 기약했다.

혈마와 구궁의 싸움이 있은 지 한 달 후, 장천은 아내와 쌍도문의 피신처 가까이 도착할 수 있었다.

피신처에 도착한 그는 흥분이 되었는데, 광무자와 함께 쌍도문의 피신처로 간 소천과 만나면 드디어 흩어진 아내와 자식이 모두 해후하게 되기 때문이다.

하지만 일은 그리 쉽게 풀리지는 않는지 장천이 쌍도문의 피신처에 도착했을 때는 그곳에 단 한 사람도 남아 있지 않았다.

"뭐야?"

"어떻게 된 일이죠?"

유능예는 시부모님을 만난다는 말에 목욕 재계까지 한 후였는데, 막상 도착해 보니 있어야 할 곳에 단 한 사람도 없는 것이 혹시 일이 생긴 것은 아닐까 하는 생각에 걱정이 될 수밖에 없었다.

"잠깐만."

일이 생겼다고 해도 이렇게 흔적도 없이 사라질 리는 없는지라 어머니가 머무셨던 곳으로 향했는데, 아니나 다를까 그곳에 한 통의 편지가 놓여 있었다.

"어머니가 남긴 편지군."

겉봉에 써 있는 글씨가 어머니의 필체라는 것을 안 장천은 급히 봉

투를 뜯어 편지를 읽어보았고, 서한에 장춘삼이 오면서 사람들이 사천에 위치한 영흥문으로 떠난 것을 알 수 있었다.

영흥문은 쌍도문이 비밀리에 사천에서 정보를 수집하기 위해 세운 문파로 영흥문의 실질적인 핵심 인원은 쌍도문 삼대제자들로 이루어져 있었다.

장천 역시 그것을 잘 알고 있는지라 안도의 한숨을 쉴 수 있었다.

'철사방을 치고 온 아버지와 쌍도문의 다른 문도들이라면 사람들을 무사히 사천 영흥문으로 데리고 갔을 것이다.'

철사방을 치기 위해 문파를 나갔던 이들은 쌍도문의 정예라고도 할 수 있을 정도로 뛰어난 자들이었다.

"능예, 아무래도 사천으로 가야 될 것 같군."

"사천이요?"

"응. 그곳에 쌍도문이 비밀리에 만든 영흥문이라는 곳이 있는데, 사람들이 그곳으로 간 것 같아."

"아! 그럼 아무 일도 없는 거군요. 다행이다!"

사람들이 단지 이주했을 뿐이라는 말에 능예는 안도의 한숨을 내쉬었다.

장천은 마지막으로 불타서 사라진 문파의 흔적을 본 후 떠나려고 했다.

과거 흥성했던 쌍도문의 전각들은 타다 남은 나무만이 굴러다니는 폐허가 되어 있었기에 장천은 옛날을 생각하며 자신도 모르게 눈에서 눈물이 흘러내렸다.

많은 이들이 자신으로 인해 죽임을 당했다 생각했기 때문이다. 그 때문에 죽고 싶다는 생각마저 들었지만, 사랑하는 아내와 자식, 그리고 쌍도문을 처참하게 만든 자들에 대한 복수가 남아 있는 이상 나약한 생각을 하면 안 된다는 생각에 이내 고개를 저었다.

한참을 그렇게 폐허가 된 쌍도문을 보고 있을 때 인기척이 들려왔다.

"누구냐!"

장천이 부서진 담 쪽을 보며 소리치자 한 인영이 천천히 그의 앞에 모습을 드러냈다.

"후후후. 혈비도 무랑의 제자를 이곳에서 만날 수 있다니 상당히 운이 좋군."

"넌 누구지?"

그의 앞에 모습을 드러낸 이는 거대한 도끼를 들고 있는 육 척 장신의 둔중한 이십 대 중반의 무사였다. 그를 보자 능예는 상대를 아는지 소스라치게 놀라며 소리쳤다.

"탈혼살부(奪魂殺斧) 유강(劉鋼)!"

"탈혼살부 유강? 그게 누군데?"

장천의 물음에 그녀는 심각한 표정으로 말했다.

"정, 사, 마를 가리지 않고 사람을 죽여 돈을 받는 자예요. 아무래도 무림대살령의 상금을 노리고 이곳에 나타난 것 같아요."

"칫!"

지겹게도 자신을 붙잡고 있는 무림대살령에 장천으로선 미간이 찌푸려졌다.

"후후후. 네 녀석의 목을 베고 항주에서 기녀를 품을 생각을 하니 벌써부터 아랫도리가 곤두서는 것 같군. 아! 그런데 멀리 안 가도 될 듯하군. 후후후. 옆에 있는 계집도 절색이니 네놈을 처리하고 이 몸이 쓰다듬어 주도록 하마.”

능예를 보며 침을 삼키는 놈을 보며 장천은 노기를 드러내며 다시 한 번 소리쳤다.

“이런 개잡종 같은 놈이! 탈혼살부… 어디 그 유치한 이름에 걸맞는 실력이 있는지 구경이나 해봐야겠다!”

전혀 마음에 들지 않는 녀석인지라 장천은 단숨에 끝내야겠다는 생각을 하며 화룡신도를 뽑아 들었다.

“응?”

유강은 장천이 칼을 뽑아 들자 기다렸다는 듯이 등 뒤의 도끼를 꺼내 들었는데, 그 순간 자신의 도끼에 작은 진동이 있다는 것을 느낄 수 있었다.

“설마… 그 도는 화룡신도인가?”

“오호. 개잡종 놈이 약간의 견식은 있나보군. 그래, 무림십대신병의 하나인 화룡신도다!”

상대가 화룡신도를 알아보자 장천은 회심의 미소를 지으며 말했는데, 그 말에 유강은 대소를 터뜨렸다.

“푸하하하!”

갑작스런 그의 태도에 장천은 황당할 수밖에 없었는데, 그 이유는 잠시 후 그의 말을 듣고 알 수 있었다.

“십대신병의 주인끼리의 대결이라… 상당히 재밌군.”

“십대신병의 주인끼리의 대결이라고?”

그의 말에 장천은 놀란 목소리로 반문하니 그는 자신의 도끼를 들어 보이고는 말했다.

"내가 들고 있는 이 도끼는 십대신병 중 하나인 귀혼부(鬼魂斧)! 화룡신도와의 승부라면 부족함이 없지."

"귀혼부!"

무림십대신병에 대해서는 장천 역시 잘 알고 있었기에 그가 귀혼부의 주인이라는 말을 듣고는 크게 놀람은 당연했다.

"십대신병은 자신과 같은 십대신병을 만나게 되면 병기에서 공명이 일어나지. 어떤가, 자네의 화룡신도에서 진동이 느껴지지 않는가?"

"음……."

그의 말대로 화룡신도에서도 작은 진동이 느껴지고 있었기에 그의 말이 틀리지 않다는 것을 알 수 있었다.

"능예, 안전한 곳으로 피해 있어."

같은 십대신병끼리의 싸움이라면 결코 쉽지 않을 것이라는 것을 아는 장천이 옆에 있는 능예에게 멀리 피해 있으라는 말을 한 후 유강을 향해 소리쳤다.

"흥! 화룡신도가 십대신병의 말좌라는 것이 조금 불만이 있었는데, 오늘로 그 서열이 뒤집어지는 것을 보게 되겠구나!"

"가소로운 놈! 태산압쇄(泰山壓碎)!"

장천의 말에 유강은 코웃음을 치며 도끼를 휘둘렀고, 그 순간 엄청난 강풍이 장천을 향해 무서운 기세로 밀려들어 왔다.

"쾌풍보(快風步)!"

도끼가 만들어낸 강풍을 느낀 장천은 쌍도문의 보법 중 하나인 쾌풍보를 시전하며 피하고는 녀석을 향해 빠른 속도로 쇄도해 들어가 녀석의 미간을 향해 화룡신도를 휘둘렀다.

"흥!"

챙!

장천이 공격해 들어오자 유강은 귀혼부를 들어 화룡신도를 막았지만, 순간 화룡신도에서 강한 불꽃이 뿜어져 나와 도끼를 타고 그를 향해 맹렬하게 밀려갔다.

장천이 화룡신도와 함께 화의 무공을 시전했기에 평소보다 더 강렬한 불꽃이 형성되어 적을 압박하고 있는 것이다.

"그렇게 쉽게 되지는 않을 것이다!"

하지만 화룡신도가 화기를 머금고 있다면 귀혼부 역시 그 특유의 능력이 있었다. 유강은 자신을 향해 밀려오는 화염을 보며 귀혼부에 내공을 불어넣었다.

"흡혼(吸魂)!"

그 순간 밀려오던 화염은 놀랍게도 귀혼부의 중심에 있는 구슬로 맹렬하게 빨려 들어갔고, 장천은 화염의 기운과 함께 내력까지 귀혼부로 빨려 들어가자 크게 놀라 급히 뒤로 물러섰다.

"헉! 뭐지?"

"크크크. 십대신병이 모두 그렇듯이 귀혼부 역시 하나의 능력이 있지. 바로 흡기의 힘이다."

"흡기?"

"귀혼부는 상대의 내력을 흡수하여 최대 이십 배의 힘으로 다시 공격할 수 있는 능력이 있다. 후후, 아무리 강한 녀석이라 하더라도 지금까지 귀혼부에서 나오는 다섯 배의 공격도 견딘 자가 없었는데, 십대신병의 주인은 몇 배까지 견딜 수 있을지 궁금하군."

"음."

무림에서 유명한 흡성대법과 같은 능력을 지니고 있는 도끼라니 어찌 생각이나 해봤겠는가.

도풍(刀風)이나 도기(刀氣)를 사용하여 거리를 두고 공격해 그럭저럭 녀석을 밀어붙일 수는 있었지만, 상당한 내공이 소모되는 수법이기 때문에 계속적으로 그런 수법을 사용한다는 것은 아무리 공력이 높은 장천으로서도 어려운 일이었다.

그렇다고 직접적으로 도를 마주치면 공력이 빠져나가니 장천은 어찌할 방도를 찾지 못하고 그의 주위를 맴도는 공격밖에 할 수가 없었다.

'상대하기 껄끄러운 녀석이로군.'

하지만 아직도 장천은 십대신병이 가지고 있는 독특한 특성을 이용하지 못하고 있었다.

만약 유강을 상대하는 자가 공동파의 천무성자라면 내력도 그다지 높지 않은 그를 상대로 유리하게 싸움을 이끌어낼 수 있었지만, 장천은 싸움에 대한 경험으로 유강에게 크게 뒤지고 있는 탓에 승기를 쉽게 잡지 못하고 있는 것이다.

그의 손에 들고 있는 도가 만약 쌍도라면 지금보다는 더 손쉽게 풀어갈 수 있을 테지만, 냉혈검을 손에 넣은 후 장천은 좌검우도의 무리를 빠르게 이해하기 위해서 냉혈검과 화룡신도만을 지니고 있었다.

'아무래도 냉혈검을 뽑아야 할 것 같은데…….'

쌍도문의 무공은 쌍도가 아닌 하나의 도로도 싸울 수 있게 하고 있었지만, 쌍도에 비해 하나의 도로 펼치는 무공은 크게 떨어지는 것이 사실이었다.

게다가 장천은 지금까지 쌍도가 아닌 하나의 도로 싸운 적은 거의 없었기 때문에 무게 중심이 오른쪽으로 크게 치우쳐지고 있는지라 더이상 버티기 힘들다 생각하곤 왼손으로 냉혈검을 뽑아 들었다.

"휴우."

유강의 공격을 피해 뒤로 물러선 장천은 천천히 심호흡하며 신검 진인에게 얻은 후 간간이 익힌 양의심공을 운기하기 시작했다. 그의 진기는 두 갈래로 나뉘어져 소수마공의 진기는 냉혈검으로 화의 무공의 진기는 화룡신도로 천천히 옮겨졌다.

현재 장천이 이루고 있는 양의심공은 오성 정도에 지나지 않은지라 두 개의 진기가 나뉘어지는 것에 시간이 지체되었다.

'휴… 장난이 아니군.'

약간만 정신이 흐트러져도 목구멍에서 핏덩어리가 올라오는 듯한 고통을 느끼고 있는 장천으로선 투덜대고 싶어도 그럴 수가 없는 상황이었다.

냉혈검에 들어 있는 소수마공은 삼성 정도였고, 화룡신도의 화의 무공은 오성 정도였기 때문에 두 개의 기운이 서로 다른지라 몸에 부담이 오는 것이다.

화룡신도의 경지를 내리든지 소수마공을 올리든지 어떻게든 두 개의 기운을 똑같이 만들어야 하는 장천으로선 유강은 뒷전이 될 수밖에 없었다.

"음."

이런 장천의 모습을 보며 유강으로선 황당할 뿐이었다.

그가 지금껏 수많은 정, 사, 마의 고수들과 겨루어보았지만, 싸우는 도중에 익숙하지도 않은 무공을 시전하려고 땀 빼고 있는 놈은 이번이 처음이었기 때문이다.

'이거… 문주의 명령만 없었으면 일부에 목을 날려 버렸을 텐데……. 휴, 답답하군.'

유강. 그는 정, 사, 마에서 현상금을 건 자를 찾아다니며 그것으로 먹고 사는 직업을 가지고 있기는 했지만, 그와 함께 남들이 모르는 또 다른 신분이 있었다.

바로 멸천문(滅天門)의 천살부주(天殺府主)란 신분이었다.

멸천문은 무림에 알려지지 않는 비밀 문파. 현재 일고 있는 무림의 환란은 멸천문이 주도하고 있다고 해도 과언이 아니었기에 그는 그런 자신의 신분에 큰 자부심을 가지고 있었다.

하지만 이번에 내려진 밀명만큼은 불만일 수밖에 없었다. 그 밀명이 바로 무림에 큰 소란을 일으키고 있는 무림대살령의 주인공인 쌍도문의 장천이란 꼬마와 싸우라는 것이기 때문이다.

그것도 단순히 싸워서 쓰러뜨리는 것이 아닌 비등하게 겨루어 녀석의 무공의 경지를 한 단계 위로 끌어올리는 데 도움이 되라는 것이니 마음에 들 리가 없었던 것이다.

거기다 상대가 혈비도 무랑의 제자라니… 아무리 무림을 환란으로 이끌어가고 있는 자신들이라고 해도 자칫 잘못하면 녀석에게 눌려 버릴 위험이 있었다.

그런 자를 상대로 무공을 한 단계 끌어올리는 임무를 맡았으니 어찌 이해가 가겠는가. 하지만 자신이 받은 밀명에는 문파 내에서도 비밀에 싸여 있는 문주의 인장이 찍혀 있었기에 그 명령을 거부할 수가 없었다.

두 개 진기의 균형을 맞추지 못하고 한참을 고생하는 녀석을 보며 유강은 공격을 해야 하나 말아야 하나 고민할 때 어디선가 전음이 들려왔다.

[유강, 장천이란 꼬마를 공격해라!]

[응?]

갑작스러운 전음에 놀란 유강은 주위를 두리번거렸지만 전음의 위치를 파악할 순 없었다. 그의 경지를 넘어선 육합전성이었다.

[본좌는 한 개의 도를 들어 아홉의 제단에서 절을 받는 신분이다! 천살부주! 명령을 이행하지 못하겠는가!]

유강이 움직이지 않자 상대는 또 한 번 육합전성으로 소리쳤고, 그 순간 유강은 크게 놀라서는 귀혼부를 들고 장천에게 쇄도해 들어가며 소리쳤다.

"존명!"

육합전성으로 들린 일련의 문장은 멸천문에서 신분을 나타내는 암호였다.

유강의 신분은 한 개의 도를 들어 세 번째 제단에 절을 하는 자였고, 이는 멸천문의 세 번째 서열에 있는 천살부 부주를 칭하는 암호였다.

그것을 생각한다면 멸천문 아홉 개의 제단에 모두 절을 받는 자는 베일에 싸여 있는 멸천문의 문주 외에는 없었다.

"파혼풍(破魂風)!"

문주의 명에 유강은 장천의 머리 위로 뛰어올라 정수리를 향해서 부를 휘둘렀고, 이대로라면 장천은 두 동강이 될 것이기에 능예는 놀라서 소리쳤다.

"장천! 머리 위를 조심해요!"

다급한 그녀가 장천을 향해 소리치자 그제야 정신이 든 그는 머리 위로 유강의 귀혼부의 강기가 내리 꽂히고 있다는 것을 보고는 화룡신도와 냉혈검을 엇갈려 그의 강기를 막았다.

쿠구구궁!!

귀혼부가 만들어낸 강기는 흡기로 방출되며 실려 있는 공력이 평상시의 세 배에 달했기에 그 파괴력은 엄청났다. 장천은 검과 도를 엇갈려서 머리 위의 강기를 막았지만, 강한 압력에 무릎이 꺾이고 말았다.

"큭!"

공격은 어떻게든 막았지만 엄청난 압력으로 인하여 양쪽 무릎에 상당한 충격이 오며 참을 수 없는 통증이 밀려왔다.

"여보!"

"나, 난 괜찮으니까 걱정 마, 능예."

자신을 보며 걱정스러운 표정으로 소리치는 능예에게 손을 흔들며 괜찮다고 말하기는 했지만 그의 무릎은 상당히 심각한 상태였다.

냉혈검과 화룡신도에 온 정신을 쏟았던 터라 내력으로 몸을 보호하지 못하고 있었기 때문이다. 그 덕분에 강기는 막았지만, 그 엄청난 압력이 그대로 몸에 부담을 주었기에 장천으로선 서 있는 것도 힘든 상태였다.

하지만 그런 상황에도 유강의 공격은 계속 이어졌다. 귀혼부에 모여 있던 공력을 첫 번째 공격으로 소모한 유강은 본연의 공력으로 밀고 들어왔다.

그 기세는 강하지 않았지만 무릎의 부상으로 서 있는 것도 어려운 장천으로선 일각을 버티는 것도 힘든 순간이었다.

무공을 사용함에 있어서 하체가 안정되지 않으면 그만큼 위력도 떨어지는 것은 당연한 일. 거기에다 쌍도문의 무공은 타파의 무공보다 하체의 안정을 더 중요시하고 있었으니, 이대로 가다가는 유강의 귀혼부에 목이 날아갈 판이었다.

하지만 그에게도 하나의 행운이 있었다.

방금 전의 공격을 막는다고 냉혈검과 화룡신도를 들어 올린 순간 두 개의 진기가 균형을 맞추었던 것이다.

현재 장천은 두 개의 병기에 사성 정도의 내력을 싣고 있었다. 십성까지 끌어올릴 수 있는 쌍도에 비해선 진기의 효율이 떨어지지만 두 병기가 모두 십대신병이기에 병기의 힘은 쌍도에 뒤지지 않았다.

"비화산개(飛花散開) 수라분화(修羅焚火)!"

냉혈검과 화룡신도의 내력이 서로 균형을 이루자 장천은 드디어 초식다운 초식을 사용할 수 있게 되었고, 앞으로 내뻗은 좌검에서 수많은 검기가 유강을 향해 밀려갔다.

"홍!"

산검의 고수와도 겨룬 적이 있던 유강은 코웃음을 치고는 귀혼부의 한쪽 면으로 공격을 막았다.

"혁!"

하지만 검기를 막음과 동시에 강한 냉기가 밀려왔고, 귀혼부를 들고 있던 유강의 손은 움직임이 둔해져 버렸다.

"설마……!"

그제야 장천의 좌수에 들린 검이 또 하나의 무림십대신병의 하나인 냉혈검이라는 것을 깨달은 유강은 크게 놀라 뒤로 물러섰는데, 그때 산검의 중앙으로 엄청난 열기가 밀려왔다.

"흡혼(吸魂)!"

냉혈검의 산검을 흩트리며 밀려오는 화룡신도의 강기를 막을 수 없다 생각한 유강은 귀혼부로 화룡신도의 강기를 흡수하려 했지만, 냉혈검의 검기가 같이 섞여 있는지라 강기를 흡수하지 못했다.

"끄아악!!"

쿠구궁!

강기를 흡수하지 못한 유강은 엄청난 압력을 견디지 못하고 튕겨졌고, 오 장여를 밀려 나간 그는 근처에 있던 나무 둥치에 충돌하며 쓰러지고 말았다.

"크윽……."

다행히 정신을 잃는 것은 면할 수 있어 이를 악물고 천천히 몸을 일으켰지만 상처가 얕지 않아 각혈을 하고 말았다.

"헉헉헉……."

한편 광무자가 만든 좌검우도의 초식을 사용한 장천 역시 상당한 내력을 소모한 탓에 가쁜 숨을 몰아쉬고 있었다. 하나가 아닌 두 개의 초식을 연환하여 사용했기에 내공의 소모가 상당했던 것이다.

[천살부주 물러가라.]

"큭!"

내상으로 인하여 피를 쏟고 있던 유강의 귀로 문주의 전음이 들려왔다. 그로선 솔직히 지금 당장 눈앞에 보이는 녀석이 목을 베고 싶은 마음이 굴뚝같았지만, 몸 상태도 좋지 않고 문주의 명령도 있는지라 훗날을 기약할 수밖에 없었다.

"건방진 꼬마 놈! 두고 보자!"

장천을 향해 이를 갈며 소리친 유강은 명치를 감싸 쥐며 도망갔고, 그의 모습이 완전히 사라지자 장천은 안도의 한숨을 쉬고는 자리에서 쓰러졌다.

"여보!"

장천이 쓰러지자 능예는 놀라 뛰어갔다.

행여나 방금 전의 싸움으로 상처를 입지나 않았을까 하는 걱정 때문이었다. 다행히 장천은 무릎이 충격을 받은 것 외에는 그다지 큰 부상은 없었다.

"난 괜찮소."

"아!"

장천의 말에 능예는 겨우 안도의 한숨을 쉴 수 있었다.

"십대신병의 하나인 귀혼부의 힘, 역시 허투루 볼 수 없군."

"예."

공력을 흡수하는 귀혼부의 힘에 능예 역시 크게 놀랐다. 하지만 이로써 십대신병의 하나인 귀혼부에 대해서 잘 알게 된 장천은 후에 있을 유강과의 싸움에서는 지금과도 같은 추태를 보이지 않으리라 생각했다.

사실 유강과 장천의 무공을 비교하면 장천이 그보다 한두 단계는 더 높다고 해도 과언이 아니었다.

하지만 장천은 신검 진인과의 일로 비도문에서 배운 비도술을 사용을 자제하고 쌍도의 수법은 좌검우도를 익히기 위해 뒷전으로 미루어 두고 있었기 때문에 효율적인 싸움을 하지 못한 것이다.

만약 장천이 비도술을 사용하고 쌍도를 들었다면 아무리 귀혼부를 지니고 있는 유강일지라도 이번처럼 밀리지는 않았을 것이다.

유강의 실력은 장천의 손에 죽은 응조수 이진천보다 한 수 높다고 할 수 있을 정도였기 때문이다.

장천과 헤어진 광무자는 쌍도문의 피신처를 향해 걸음을 옮기고 있었는데, 그 중간에서 예상하지도 못한 이들을 만나게 되었다.

"으앙… 으앙……."

"휴."

태어나서 아기를 돌본 적이 없는 그로선 시도 때도 없이 보채는 소천으로 인해 난감함을 느낄 수밖에 없었기에 긴 수염을 쓰다듬으면서 어떻게 아이를 달랠까 하며 고심하고 있었다.

"까아악!"

그때 숲 저편에서 한 여인의 비명 소리가 들려왔고, 크게 놀란 광무자는 소천을 가슴에 안고 소리가 들린 쪽으로 몸을 날렸다.

그리고 잠시 후 수풀 너머에서 큰 키의 까무잡잡한 피부를 가진 여인이 복면을 쓴 십여 명의 무사들과 싸우는 것을 볼 수 있었다.

그녀의 어깨에는 상대에게 당했는지 붉은 피가 쉴 새 없이 흐르고 있었는데, 싸움을 지켜보던 중 큰 키의 여인이 낯설지 않다는 생각이 들었다.

'저 튼튼한 소저를 어디선가 본 적이 있는 것 같은데… 어디지? 아!'

한참을 생각에 잠겼던 광무자는 그제야 그녀가 바로 흑철돈녀 무삼랑의 손녀인 무미미란 것을 알 수 있었다.

직접적으로 만난 적은 없었지만, 외객실에서 그녀의 얼굴을 몇 번 본 적이 있는지라 낯설지 않았던 것이다.

사파십대거두의 한 사람인 흑철돈녀의 손녀딸이기는 하지만 모르는 사람도 아니고 장천과도 밀접한 관계가 있는지라 광무자는 소천을 가슴에 안고 그들의 사이로 몸을 날렸다.

"누구냐!"

수풀에서 갑자기 누군가가 뛰어나오자 복면의 무사들은 무미미를 공격하던 것을 멈추고는 그에게 시선을 돌릴 수밖에 없었다. 광무자는 긴 수염을 쓰다듬으며 무미미를 향해 말했다.

"본인을 알아보겠소이까?"

"아!"

무미미는 그가 쌍도문에서 본 사람이라는 것을 깨닫고는 크게 놀란 표정을 지었다. 광무자는 그녀의 반응을 본 후 복면무사들을 보며 조용히 말했다.

"이 소저와 무슨 원한이 있는지 모르나, 본노가 아는 아이인지라 두고 볼 수가 없구려."

"흥! 그럼 네놈도 죽어라!"

복면무사들의 대장인 듯한 자가 소리와 함께 십여 명의 무사들이 그를 공격해 왔다.

"오호!"

복면무사들의 공격 하나하나가 날카롭지 않은 것이 없는지라 그들의 무공에 탄성을 내지른 광무자였다.

하지만 그들의 공격은 광무자에게 단 일 검도 적중되지 않았고, 복면무사는 상대가 만만치 않다는 것을 깨닫고는 검진을 짜기 시작했다.

"어르신, 저들의 검진을 조심하세요!"

무미미는 그들이 검진을 짜서 광무자를 압박하자 조심하라며 소리쳤다.

"검진이라……."

무미미의 말이 아니었다 하더라도 광무자는 그들이 진세를 이루자 강하게 느껴지는 기운에 상대하기 만만치 않다는 생각을 했다.

'아무래도 칼을 뽑아야겠군.'

맨손으로 상대하기가 어렵다고 생각한 광무자는 허리에서 검을 뽑으려고 했지만, 소천을 안고 있는지라 움직임은 크게 둔할 수밖에 없었다.

"십무검진(十武劍陣)!"

무사들의 수는 총 열네 명. 그중 가장 무공이 뛰어난 듯해 보이는 자는 아홉 명의 부하와 함께 광무자를 검진으로 공격해 들어왔고, 나머지 네 명은 검상을 입은 무미미를 공격해 들어갔다.

어깨의 검상으로 피를 흘리고 있는 무미미는 복면무사를 상대하는 것이 어려웠기 때문에 광무자로선 빠른 시간 안에 검진을 무너뜨리고 그녀를 도와주어야 했지만, 소천이 가슴에 안겨져 있는지라 조금 어려운 상태였다.

"십방검격(十方劍擊)!"

"선풍낙화검(仙風落花劍)!"

광무자를 둘러싼 열 명의 복면무사가 일제히 사방에서 검을 찔러오자 광무자는 선풍낙화검을 사용해서 그들의 검을 튕겨낸 후 앞에 있는 자를 향해 검기를 날렸다.

"탄검암통(彈劍岩通)!"

오른손의 검을 내력을 사용하여 오른쪽으로 꽈리 치듯 말아서는 그대로 검기를 사용하여 앞으로 내뻗자, 검기는 검과 함께 그대로 정면에 있던 무사의 명치를 꿰뚫고 나갔다.

"크헉!"

광무자의 검기가 검과 함께 자신의 명치를 꿰뚫는 것을 보며 당사자는 도저히 믿어지지 않는다는 표정으로 상처를 쳐다보다가 신음과 함께 무너지듯 쓰러졌다.

하지만 아직도 아홉 개의 검이 노리고 있는 상태. 광무자는 멈추지 않고 쓰러진 복면무사 쪽으로 몸을 날려서는 오른손에 든 검을 회전시키며 뒤에 있던 적을 사타구니에서 머리까지 베어 올렸다.

"끄아악!!"

광무자의 공격에 복면무사가 피분수를 뿜으며 쓰러졌고, 자신들의 검진이 너무나 쉽게 무너지는 것을 본 복면무사의 대장은 크게 당황할 수밖에 없었다.

'사파십대거두 이상의 실력이다!'

자신이 모시고 있는 부주(府主) 중 한 명을 따라 사파십대거두 중 한 사람과 싸워본 적이 있던 그는 눈앞에 아이를 안은 늙은이가 그들과 비등한 실력의 소유자라는 것을 깨닫고는 크게 당황할 수밖에 없었다.

지금은 아이를 안고 있어 공격이 그리 날카롭지는 못하지만, 이대로 계속 있다가는 모두가 쓰러지는 것은 시간문제란 것을 알고 있었기에 그로선 이를 갈며 후퇴를 명했다.

"후퇴하라!"

복면대장의 명이 떨어지자 광무자와 무미미를 압박하던 복면무사들은 공격하던 것을 멈추고 뒤로 몸을 날렸고, 무미미는 안도의 한숨을 내쉴 수 있었다.

'부주 정도가 아니면 저 늙은이를 상대할 수가 없다.'

복면대장은 자신들의 무공으로는 상대하기 어렵다는 것을 알고는 가장 가까운 곳의 부주에게 연락하기 위해 빠른 속도로 뛰어갔다.

복면무사들의 기척이 사라지자 광무자는 무미미에게 다가갔다.

"저 복면인들은 누구인데 자네가 이렇게 쫓기고 있는 것인가?"

"흑흑흑……."

자신의 물음에 그녀가 울음을 터뜨리자 광무자는 크게 당황할 수밖에 없었다.

"도대체 무슨 일인데 그러는가?"

"흑흑흑… 저들 무리에게 기련산에 계시던 세 분 숙부님과 증조모님이 그만… 흑흑흑……."

"응? 기련삼마 대협들과 흑철돈녀 어르신께서 저들에게 죽임을 당했단 말인가?"

"흑흑흑……."

도저히 믿을 수 없는 일이었다.

흑철돈녀라면 사파십대거두로 강호에서도 이름난 고수였고, 기련삼마 역시 그녀에 비해 떨어진다지만 만만치 않은 고수였기 때문이다.

그런 네 사람을 베었다고 하는 것은 만만치 않은 실력을 지닌 자라는 뜻인데, 방금 전 모습을 보였던 복면무사들은 강하기는 하나 이들을 쓰러뜨릴 정도의 실력은 되지 못했다.

"이해할 수가 없군. 네 분께서 저런 자들에게 죽임을 당하다니 말이야."

"흑흑흑… 저들은 증조모님과 숙부님을 해한 자들의 수하예요. 숙부님들은 창을 쓰는 자에게 조모님은 활을 쓰는 자에게… 흑흑흑……."

"창과 활이라고?"

창과 활이라는 말에 광무자는 그들을 해한 사람을 짚어보았다.

'창이라면 십대신병의 하나인 유성신창의 소유자. 신창 진명이라면 기련삼마를 해하는 것도 어렵지 않지만, 그는 십 년 전에 은거했다고 알려져 있는데… 거기에다 활을 쓰는 자는 누구지? 다른 사람도 아니고 흑철돈녀를 쓰러뜨릴 정도의 실력을 가지고 있는 자라니… 현재 강호에서 활을 가장 잘 사용하는 이는 사제인 구궁. 하지만 그가 이런 짓을 할 리가 없는 데다 흑철돈녀를 쓰러뜨릴 실력도 아닌데…….'

그로선 기련삼마와 흑철돈녀를 쓰러뜨린 자가 궁금할 수밖에 없었다.

"어쨌든 자네가 말하는 사람이 근처에 있다면 이곳도 위험할 듯하니 장소를 옮기도록 하지."

"흑흑… 예."

광무자로선 무미미가 말한 창과 활을 쓰고 있는 사람이 근처에 있다면 소천을 데리고 있는 상태에선 상대하기 어렵다는 생각을 하고는 장소를 옮기기로 했다.

무미미 역시 광무자의 생각을 아는지라 그를 따라 급히 몸을 날렸고, 한 시진을 경공을 사용하여 움직인 다음에야 간신히 휴식을 취할 수 있었다.

"그런데 어디로 가고 있었던 건가?"

"대사련으로 향하고 있었습니다."

"대사련?"

"예. 조모님께서는 대사련에서 자신들을 부르고 있다며 귀찮아하셨는데, 그 연후에 복면인들에게 습격을 당했습니다. 기련산의 숙부님들도 대사련에서 말이 있었다고 하니 아마 그 일과 관련이 있지 않을까 생각하고 있었습니다."

"대사련에서 그들을 불렀단 말이지."

사파십대거두는 사파에 속해 있다 뿐이지 대사련의 지시를 따르는 자들이 아니었다. 그런 그들을 대사련에서 부르고 있었다면 무엇인가 큰일을 획책하고 있었을 것이다.

강호에 흘러 들어오는 소문에 의하면 지금 정, 사, 마는 곳곳에서 작고 큰 분쟁이 시달리고 있다 했다. 그렇다고 본다면 대사련은 은거고수들을 불러 모아 싸움을 유리하게 이끌어가려 했을 것이다.

만약 정파나 마교의 인물이 사파의 은거고수들을 쓰러뜨렸다면 그들은 결코 이것을 비밀로 하지 않을 것이다. 십대거두와 기련삼마를 쓰러뜨렸다는 소문을 낸다면 싸움을 유리하게 이끌 수 있기 때문이다.

그만큼 그들이 차지하고 있는 무림의 명성은 상당히 큰 것이기에 흉수의 정체가 더욱 궁금할 수밖에 없었다.

"드러난 무리 외에 다른 무리들이 있단 말인가."

광무자로선 이들의 죽음을 생각하며 혹시 정, 사, 마가 아닌 또 다른 세력이 있지 않을까 하는 생각이 들었다. 그리고 만약 그런 세력이 있다면 지금의 정, 사, 마의 분쟁은 그들의 획책일 수도 있었다.

정, 사, 마가 아닌 네 번째 세력의 소행이라면 무림에서 기존 세력들을 상잔하게 하여 힘을 줄인 후 단번에 무림을 장악할 수 있을 것이다.

하지만 비밀 세력이라 할지라도 천하무림을 상대로 이런 일을 벌이고 있는데 소문조차 없는 것은 의외일 수밖에 없었다.

'그렇다는 것은 이곳에 있는 여아처럼 살인멸구를 통해 확실하게 입을 막고 있다는 것이군. 만만치 않은 상대들이겠는데. 음……'

사파십대거두를 해할 정도의 실력인 고수들과 소문조차 흘러나가지 못하도록 철저한 살인멸구를 하는 용의주도함, 그리고 천하의 곳곳에서 분란을 야기시킬 정도의 조직을 가지고 있다고 한다면 하루 이틀만에 만들어진 조직이라고는 생각할 수 없다.

적어도 수십 년 전부터 차근차근 준비해 놓았다는 뜻이기에 광무자로선 이 일을 어찌해야 할까 고심할 수밖에 없었다.

만약 쌍도문이 갑작스러운 습격으로 거의 멸문까지 몰리지만 않았다면 문주인 등평에게 이 사실을 알려 구파일방과 친분이 있는 사파를 통해 대사련에 일련의 사태를 설명해 줄 수 있었겠지만, 지금의 상황에서 쌍도문으로선 구파일방이라 하더라도 믿을 수가 없는 상황이기에 어찌할 도리가 없었다.

그 자신이 무림맹으로 향한다 하더라도 외부에 알려지지 않은 사람인지라 그들이 믿을 가능성은 전무했다.

"어르신, 저는 어찌해야 할지······."

"소저, 혹시 대사련에 친분이 있는 사람이 있는가?"

"대사련이요?"

"그렇소."

광무자의 말에 그녀는 잠시 생각하는 듯한 모습을 보이다가 말했다.

"대사련에 소속된 무유방 부방주이신 철 대협께서 저희 아버지와 친분이 있습니다."

"그렇다면 소저는 그곳으로 가 숨어 있도록 하시오. 물론 지금의 일은 무유방에서도 함부로 발설하면 안 되오."

"발설하면 안 된다고요?"

"그렇소. 개인적으로 행동하는 당신의 조모님의 위치를 파악할 수 있었다는 것은 대사련이나 그녀와 관련된 문파에 첩자가 있다는 뜻. 그렇다고 본다면 자칫 잘못하면 당신과 함께 무유방 선제가 위험해질 수 있소이다."

광무자의 말에 그녀는 고개를 끄덕이며 수긍했다.

그녀와 조모가 기련삼마에게 찾아간 것을 아는 사람이 전무한데, 그것을 어떻게 복면무사들이 알아내었는지 도저히 알 수가 없었던 것이다.

그렇게 몇 가지 대책을 이야기하고 있을 때 광무자는 멀리서 인기척이 들려오는 것을 발견하고는 무미미에게 말했다.

"녀석들이 온 듯하구려. 소저, 잠시 이 아이를 맡아주겠소이까."

"예?"

"녀석들이 왔다는 것은 분명 나를 상대할 수 있는 자가 있다는 뜻. 소저의 숙부와 조모님을 쓰러뜨릴 자라면 아이를 안고 싸운다는 것은 어려울 것이라 그렇소."

"아!"

"내 저들을 막고 있을 터이니 소저는 이 아이와 함께 무유방으로 가 몸을 숨기도록 하시오."

"알겠습니다."

지금으로선 다른 방법이 없기에 무미미는 자신과 어린아이가 없는 쪽이 광무자가 싸우는 데 편하리라 생각하고는 소천을 안고서는 급히 경공을 사용해서 숲을 빠져나갔다.

무미미가 사라지는 것을 보며 광무자는 인기척이 들리는 곳을 향해 몸을 날렸다.

"차압!"

녀석들은 이인 일조가 되어 광무자들을 찾고 있었는데, 광무자는 이들을 발견하자마자 검을 사용해서 한 복면무사의 목을 꿰뚫었다.

"끄악!"

삐이익!

동료가 일검에 목이 꿰뚫리자 옆에 있던 동료는 크게 놀라 뒤로 물러서 목에 걸려 있는 호적(號笛)을 불었다. 그러자 광무자를 찾고 있던 자들이 빠른 속도로 포위망을 형성하며 몰려들기 시작했다.

"홍!"

"끄억!"

광무자는 다시 호적을 부는 무사의 허리를 베어 넘겼다.

'이것으로 무 소저와 소천이는 안전하게 빠져나갈 수 있겠군.'

그가 복면무사 중 한 사람만을 먼저 처리한 것은 나머지 한 사람을 살려두어 신호를 보내게 하여 주위에 있던 자들을 자신 쪽으로 불러들이게 하기 위함이었다. 이들의 시선이 자신 쪽으로 향할수록 무미미와 소천이 안전하게 빠져나갈 수 있는 틈이 생기기 때문이다.

몰려든 무사들의 숫자는 족히 삼십은 넘는 듯하고, 개중에는 광무자조차 제대로 느끼지 못할 정도로 기척이 희미한 자도 두 명이나 있었다.

'무 소저를 상대했던 수준 정도의 무사가 삼십, 이보다 한 단계 높은 수준이라 생각되는 이가 두 명, 거기에다 인기척은 느껴지는 않지만 무삼랑과 기련삼마를 해한 고수가 이번에 왔을 수도 있겠군.'

슈슈슉!

수풀을 헤치는 소리가 들려오자 광무자는 검과 도를 꺼내 들었다.

좌검우도의 수법. 장천과는 달리 양의심공을 익히지 못했다고는 하지만 그와 비슷한 심공을 이미 익히고 있는 상태였다. 또 장천에 비해 광무자는 초식의 완성도가 더 높다 할 수 있었다.

"쳐라!!"

누군가의 목소리가 터져 나오자 사방에서 진세를 이루고 있던 복면무사들이 일제히 뛰어나왔다. 이들이 쇄도해 들어오자 광무자는 오른발을 축으로 몸을 회전시키며 왼손의 검을 휘둘렀다.

"낙화산검(落花散劍)!"

광무자가 초식을 시전하자 수십 개의 검이 마치 바람에 꽃이 휘날리듯 사방으로 흩어지니 쇄도해 오던 무사들은 크게 놀라 공격하던 것을 멈추고 뒤로 물러섰다.

"산검이다! 두려워하지 말고 공격해라!"

산검은 허초식이 많이 포함된 초식이라는 것을 아는 무사들의 대장은 부하들을 독려하며 소리쳤고, 그제야 정신이 든 복면무사들은 상대를 향해 검을 찔러 나갔다.

"천월붕쇄(天月崩碎)!"

하지만 산검에 의해 녀석들의 진세가 흐트러지는 것을 기다렸던 광무자는 놓치지 않고 오른손의 도를 내려쳐 공격해 들어오던 무사 두 명의 허리를 양단시켰다.

쿵!

도격에 의해 두 동강 나버린 무사는 피를 사방으로 흩뿌리며 일대를 피의 바다로 만들어 버렸고, 자연히 그 때문에 복면무사들의 기세는 잠시 멈칫거렸다.

"쾌풍낙엽(快風落葉)!"

강한 도격에 이어 광무자는 경쾌한 보법을 밟으며 멈칫거린 복면무사들의 사이를 헤집으며 초식을 시전했고, 곧 이어 그의 빠른 검술에 반응조차 하지 못한 채 대여섯 명의 무사가 추풍낙엽처럼 쓰러져 나갔다.

"흥! 낙성육진세(落星六震勢)!"

복면무사들이 광무자의 검에 추풍낙엽처럼 쓰러지자, 이들의 뒤에서 콧방귀 소리와 함께 강맹한 여섯 개의 기운이 밀려오니 심상치 않은 기세에 놀란 광무자는 급히 옆으로 몸을 날렸다.

쿠구구궁!

엄청난 기세로 쇄도해 들어온 여섯 개의 기운은 굉음과 함께 대지를 뒤흔들었고, 광무자는 그 모습을 보며 무미미가 말했던 두 명의 고수 중 한 사람이 모습을 드러냈음을 알 수 있었다.

"창을 쓰는 자인가?"

방금 전의 기세로 본다면 결코 활을 쏘는 자는 아니라고 생각한 광무자는 기련삼마를 죽였다는 창의 고수가 아닐까 하는 생각을 했다. 아니나 다를까, 나무 위에서 깃털이 떨어지듯 부드럽게 내려선 무사의 손에는 은빛의 장창이 들려 있었다.

날카로운 창끝에서 푸르스름한 예기가 뿜어져 나오며 살기와 함께 주변을 차갑게 냉각시키고 있었기에 광무자는 자신도 모르게 뒷걸음질 치고 있었다.

'내가……?'

지금까지 상대의 기세에 눌려 물러선 적이 없던 광무자는 자신이 뒷걸음질치고 있음을 믿을 수가 없었다. 하지만 광무자가 뒤로 물러선 이유는 단순히 예기와 함께 압박해 오는 살기 때문만은 아니었다.

오랫동안 무학에만 빠져 있던 그의 몸이 상대방의 기운에 본능적으로 반응하여 생긴 결과인 것이다.

다른 병기와는 달리 창은 공격 범위가 넓기 때문에 광무자의 몸은 그 자신도 인식하지 못한 채 상대의 영역에서 물러서고 있었다.

"크크크. 재밌는 자로군."

은빛의 창을 들고 있는 무사는 광무자가 창으로 직접 공격할 수 있는 범위를 살짝 벗어나 멈추는 것을 보며 생각보다 재밌는 싸움이 될 것이라 생각했다.

하지만 이내 그의 손에 검과 도가 들려 있는 것을 보며 실망할 수밖에 없는데, 지금까지 좌검우도로 명성을 떨친 이에 대해 들어본 적이 없기 때문이다.

"좌검우도라니… 그 정도의 무공을 지닌 것을 본다면 본래부터 좌검우도는 아닐 터. 본래의 무공으로 상대하는 것이 좋을 것이다."

하지만 광무자는 병기를 바꿀 생각은 없었다.

그 자신이 세운 무리를 위험하다고 버려둔다면 절대로 좌검우도의 무리를 완성할 수 없다고 생각한 광무자는 고개를 저으며 말했다.

"애석하지만 본노의 무공은 이것이 전부이네."

"흥! 다 늙어빠진 것이 고집밖에 남아 있지 않군."

그는 광무자가 자신을 우습게 본다는 생각에 기분이 나빠질 수밖에 없었다.

"본노는 광무자라 하네. 혹시 자네가 들고 있는 창은 십대신병의 하나인 유성신창이 아닌가?"

"유성신창? 내 창이 그런 이름으로 강호에서 불리고 있었는가?"

"음."

자신이 가진 십대신병의 이름조차 모르고 있다는 것에 광무자는 조금 의아하다는 표정을 지었다.

"유성일광(流星一光)!"

더 이상의 대화가 필요없다고 생각한 무사는 광무자를 향해 창을 찔러 들어갔고, 눈부신 은빛의 광선이 미간을 향해 빠른 속도로 뻗어갔다.

밀려오는 눈부신 빛에 앞을 보지 못한 광무자는 순간적으로 미간으로 밀려오는 예기를 느끼고는 크게 놀라 옆으로 몸을 피했다.

"큭!"

상대의 공격을 피하기는 했지만 이마를 스치고 지나간 덕에 피가 흘러 얼굴이 시뻘겋게 물들었다.

"후후후."

광무자는 옷을 찢어서는 피가 흘러내리는 이마를 묶고 자신을 보며 웃음을 흘리고 있는 상대를 향해 자세를 잡았다.

"과연 유성신창이군. 자네 이름을 알 수 있겠는가?"

"이름이라… 후후, 내 손에 죽을 자이니 소원을 들어주지. 신창(神槍) 진형(秦炯)이라 한다."

"진형이라… 그렇다면 십 년 전 무림에서 은거한 신창 진명과는 무슨 사이인가?"

"진명? 그런 이름을 들어본 적도 없다. 칠성광쇄(七星光殺)!"

광무자는 그의 성이 진씨라는 것을 듣고는 유성신창의 원주인인 신창 진명과의 관계를 물었지만, 그는 전혀 들어본 적이 없다는 말과 함께 광무자를 향해 창을 찔러왔다.

유성신창이 만들어내는 일곱 개의 빛이 각각의 요혈을 향해 뻗어오는 것을 보며 광무자는 힘을 아끼는 것을 포기하고는 온 힘을 다해 녀석을 상대하기로 결심했다.

"쾌섬일점(快閃一占) 풍룡유운(風龍遊雲)!"

그가 만든 좌검우도는 검의 초식과 도의 초식이 동시에 이루어지면서 검의 유연함과 도의 강맹함을 융합시키는 것이었다.

상대의 칠성광쇄의 초식에 왼손의 검을 빠르게 찔러 넣자 그와 진형 사이에 날카로운 소리와 함께 일곱 개의 푸른 빛이 북두칠성의 모양으로 멈췄다.

"헉!"

복면무사들의 대장은 그 순간 크게 놀랄 수밖에 없었다. 광무자의 쾌검이 유성신창의 창끝을 찌르며 공격을 튕겨냈기 때문이다.

검끝으로 공격해 들어오는 창끝을 노려 튕겨낼 수 있다는 것은 거의 신기와도 같았기에 그가 놀라는 것은 당연한 것이었다.

하지만 광무자의 공격은 이것이 끝이 아니었다.

북두칠성 모양의 빛이 사라지기 전에 바람을 가르는 소리와 함께 강한 검풍이 꽈리 치듯 진형을 향해 뻗어 나간 것이다.

"큭!"

자신을 향해 날아오는 검풍을 본 진형은 급히 내력을 돋워 창을 회전시키며 검풍의 방향을 바꾸었고, 검풍은 그를 스치고 나가 후방에 있던 몇 그루의 나무를 쓰러뜨리며 사라졌다.

"큭!"

하지만 강한 충격에 진형은 내력을 제대로 끌어올리지 못했기에 창을 잡고 있는 손이 크게 흔들렸다.

"탄검암통!"

풍룡유운의 공격은 실패했지만 광무자는 멈추지 않고 계속 공격해 들어가니, 검을 극도로 회전시켜서 내지르자 아까와는 다른 예기가 번뜩이는 날카로운 검풍이 그의 명치를 향해 뻗어 나갔다.

"어림없다!"

광무자의 검풍을 보며 그는 유성신창으로 중앙을 찔러 들어갔다. 하지만 이전의 강맹한 공격을 막느라 손끝이 떨리고 있었기에 창은 검풍의 옆모서리를 스치는 데 그치고 말았다.

"끄악!"

검풍을 창으로 소멸시키는 것이 실패하자 급히 몸을 피하려 했지만, 자신의 창으로 검풍을 파쇄할 수 있다 자신했던 탓에 몸의 반응 속도가 늦어 검풍에 오른쪽 눈두덩이가 찢어지며 사방으로 피를 뿌렸다.

쉴 새 없이 피가 흘러내리는 상처를 왼손으로 움켜쥐고 있던 진형은 잠시 후 음침한 웃음을 흘리기 시작했다.

"크크크… 크크크……."

살기 어린 웃음소리에 광무자는 온몸에 소름이 돋는 것을 느꼈다.

마치 광인을 대하는 듯한 느낌이었다. 진형은 천천히 고개를 들어 광무자를 노려보았다.

"크크크… 크크크……. 네놈도 나를 죽이려고 하는구나. 크크크……."

차갑게 말하는 그의 눈에선 붉은 피눈물이 흘렀고, 마치 연기가 피어오르듯이 몸에선 살기가 흘러나오고 있었다. 손에 쥐고 있는 유성신창 역시 서서히 혈광을 내뿜기 시작했기에, 전과는 전혀 다른 두려움이 엄습해 오는 광무자였다.

'아무래도 좋지 않군.'

살기를 뿜어내는 진형을 보며 광무자는 왼손에 든 검을 쳐다보았다.

효과적으로 유성신창의 공격을 막았다고는 하지만 십대신병의 하나인 유성신창에 비하여 광무자가 쓰고 있는 것은 강호에서 흔히 볼 수 있는 청강검이었다. 충격으로 인하여 검의 끝 부분은 완전히 떨어져 나갔고, 검의 손잡이 부분까지 금이 가 있는 것이 가벼운 충격으로도 이내 부서져 나갈 듯 보였다.

다행히 오른손에 들고 있는 도는 별문제가 없었지만, 검방도공(劍防刀攻), 산검강도(散劍强刀)의 수법을 취하는 광무자로선 상당히 좋지 않은 상황이었다.

"크크크크……."

창을 들고 천천히 광무자를 향해 걸음을 옮기던 진형은 잠시 후 광무자가 자신의 영역까지 들어오자 핏빛의 창을 내뻗었다.

"난형혈성창(亂刑血星槍)!"

핏빛을 뿜으며 뻗어오는 진형의 창을 보며 광무자는 도를 들어 강하게 창의 옆 부분을 내려쳐 방향을 바꾸며 공격해 들어가려고 했지만, 다음 순간 크게 놀라지 않을 수 없었다.

도로 창을 내려치자 핏빛으로 변한 유성신창이 급격히 꺾이며 미간을 향해 밀려들어 왔기 때문이다.

"크윽!!"

예상치 못한 방향으로 휘어지는 창에 도를 중심으로 몸을 회전시켜 피하려 했지만 창은 마치 살아 있는 것처럼 더욱 꺾이며 미간으로 밀려왔다.

채재쟁!

간신히 왼손의 검으로 창을 막았지만, 금이 가 있던 검은 결국 날카로운 소리와 함께 깨어져 나가 사방으로 흩어졌다.

하지만 진형의 공격은 끝이 아니었다.

"크크크, 흑살장!"

"끄악!"

창을 막기 위해 움직인 것이 진형에게 등을 보여주는 꼴이 되었고, 그것을 놓치지 않은 진형은 그의 등을 향해 일장을 날린 것이다.

강맹한 일장을 무방비 상태로 당한 광무자는 신음 소리와 함께 앞으로 튕겨져 버렸다.

진형은 완전히 끝낼 요량으로 크게 휘어진 유성신창이 펴지는 기세 그대로 회전하여 광무자의 몸을 가격했고, 광무자는 창대에 가슴을 맞고 뒤로 튕겨져 날아갔다.

"크윽!"

"크크크……."

흑살장과 유성신창의 연이은 타격으로 광무자는 엄청난 내상을 입고 말았다. 안간힘을 쓰며 자리에서 일어섰다.

"호오. 그 일격을 맞고도 일어선단 말인가? 크크크, 하긴 그 정도로 끝나면 아쉽지."

"이놈!"

진형의 말에 광무자는 노호를 터뜨리며 몸을 날렸으나 내상으로 인하여 몸의 움직임은 원활하지 못했다.

검마저 박살 난 상황이었기에 방법이 없다 생각한 광무자는 진원진기를 방출하며 오른손에 도에 십성의 공력을 실었다.

"청풍낙월(淸風落月)!"

진원진기를 이용한 공격은 날카로운 예기를 실어 진형을 향해 뻗어 나갔지만, 진형은 이미 난형혈성창으로 그 힘이 극에 이른 상태. 자신을 향해 뻗어오는 도풍을 산창의 수법으로 일순간 날려 버린 진형은 쾌속한 신법으로 광무자와 격돌해 들어갔다.

"유성진월(流星趂月)!"

진형의 유성신창이 핏빛으로 파공음을 내며 뻗어오자, 광무자는 쌍룡승천도법의 호변풍랑의 초식을 한 손으로 펼치며 그의 공격에 맞섰다.

카가가강!

두 개의 병기가 충돌하자 날카로운 쇳소리가 고막을 찢을 듯이 울려 퍼졌지만, 두 사람 모두 물러서지 않고 서로에게 맹공격을 가했다.

광무자나 진형이나 서로 물러설 수 없는 격돌을 하고 있는 상황이었으나 진형에 비해 광무자는 흑살장의 공격으로 크게 내상을 입은 상황이었다. 그 때문에 시간이 지나자 진원진기가 점점 타 들어가며 몸의 상태는 더욱 좋지 않게 변하고 있었다.

"크크크! 점점 한계를 드러내는구나! 유성천괴(流星天壞)!"

슈슈슈슉! 카가가강!

광무자의 힘이 떨어지는 것을 보며 진형은 유성신창에 십성 이상의 내력을 실어 유성천괴의 초식으로 일순간 족히 수십 번이 넘는 창격을 날리기 시작했다.

상대가 진원진기를 사용하는 것을 안 진형은 그 힘을 빠르게 소모시키기 위해 자신 역시 마지막 남은 힘을 모두 불태우며 공격해 들어간 것이다.

그런 진형의 공격에 한참을 막아서던 광무자는 점점 자신의 진원진기가 바닥을 드러내고 있음을 깨달았고, 다음 순간 현기증을 이기지 못하며 상대의 공격을 허용하고 말았다.

"크하하하하!!"

슈슈슈슉! 퍼버버벅!

"끄허어억!"

그리고 광무자는 진형이 휘두르는 창의 강타에 온몸을 소나기 맞는 양 강타를 당한 후 땅으로 쓰러지고 말았다.

'죽는 것인가……'

이제는 더 이상 싸울 힘도 없을 뿐더러 설령 이곳에서 살아남는다 하더라도 진원진기를 모두 소모하여 다시는 무공을 사용하지 못하는, 아니, 폐인이 될 것을 느꼈기 때문이다.

진형은 더 이상 광무자가 싸울 힘이 없다는 것을 간파하자 점점 살기가 줄어들더니 이윽고 평상시의 표정으로 변해갔다.

그와 함께 유성신창도 핏빛에서 점점 은빛으로 본연의 색을 찾아갔다.

"2호장."

"예!"

"이자와 무미미라는 아이의 뒤처리는 너에게 맡기겠다."

"예!"

명령을 내린 진형은 십여 명의 무사와 함께 사라졌고, 2호장이라 불린 무사는 확인하듯 광무자의 심장을 향해 검을 찔러 넣었다.

그리고 검이 심장에 박혀 들어간 것을 확인한 2호장은 천천히 검을 집어넣고는 부하들과 함께 도망친 무미미를 찾기 위해 몸을 날렸다.

그들 모두가 사라지고 얼마 지나지 않아 광무자의 시체가 있는 곳으로 한 명의 인영이 모습을 드러내었다. 그는 수풀 사이로 피를 흘리며 쓰러져 있는 광무자의 시신을 보며 고개를 내젓곤 미간을 찌푸렸다.

"늦었군. 젠장!"

광무자의 곁으로 걸음을 옮긴 그는 천천히 시신을 안아 들었다.

잠을 자고 있는 듯 편안한 모습으로 눈을 감고 있는 광무자의 모습은 당장이라도 일어설 듯한 모습이었기에 아쉬움은 더욱 클 수밖에 없었다.

'제길. 광무자 사형만큼은 죽이고 싶지 않았는데……'

광무자의 시신을 안고 있는 사람, 그는 바로 신궁 구궁이었다.

혈마와의 싸움이 끝난 후 노진과 함께 은거지로 돌아온 구궁은 신창 진형이 검과 도를 양쪽에 차고 있는 노인을 처리하기 위해 나섰다는 말을 들었던 것이다.

무림에서 좌검우도를 사용하고 있는 인물은 그리 많지 않았기에 자신의 사형인 광무자가 아닐까 하는 생각에 급히 신창이 갔다는 곳으로 향했지만, 애석하게도 신창에 의해 광무자가 죽임을 당한 후였던 것이다.

쌍도문 이대제자들의 스승이라고도 할 수 있는 대사형의 죽음은 문을 배신했다고도 할 수 있는 구궁에게도 충격일 수밖에 없었다.

'젠장……'

그 자신이 멸천문 아홉 명의 부주 중 한 사람이라고는 하지만 유난히도 사형제들 간의 우애가 돈독했던 쌍도문은 다른 의미를 지니고 있는 곳이었다.

"훗날 저승에서 다시 만난다면 대사형 앞에 무릎을 꿇겠습니다."

광무자의 얼굴을 바라보며 구궁은 나지막하게 말하고는 그의 시신을 안고 숲을 빠져나갔다.

한편 무미미는 소천을 안고 인적이 드문 산길을 따라 무유방으로 향하고 있었다. 한데 어느 순간 품에 안겨 곤히 자고 있던 아이가 갑자기 울음을 터뜨리자 당황할 수밖에 없었다.

"어떡하지……."

생전 어린아이를 다루어본 적이 없는 그녀로선 울며 보채는 소천이 난감할 수밖에 없었고, 이렇게 계속 울게 내버려 두다가는 추격대에게 들킬 수 있는지라 당황스러움까지 밀려오고 있었다.

하지만 그때 자신의 가슴으로 뜨끈뜨끈한 기운이 밀려왔으니 그 때문에 무미미는 길게 한숨을 쉬고 말았다.

"휴… 쌌구나."

소천이 품에 안겨서 오줌을 쌌던 것이다.

어쨌든 이런 이유로 처음으로 남성의 중요한 부분을 자세히 관찰할 수 있게 된 무미미였으나 이것으로 상당한 시간을 지체하고 말았다.

"아!"

흑철돈녀와 마찬가지로 외공에만 신경을 썼던 무미미는 경신술은 이류 정도의 실력밖에 안 되었고, 소천에게 신경을 쓰고 있는 동안 그녀의 흔적을 쫓아오던 복면무사들이 눈앞까지 다가온 것이다.

"저기다!"

복면무사들의 숫자는 십여 명. 그들을 상대로 승산이 없다는 것을 알고 있었기에 무미미로선 최후를 생각할 수밖에 없었다.

복면무사들이 주위를 둘러싸자 왼손에 흑철공을 운기해 녀석들을 상대하기 위해 자세를 잡았다.

"네년을 도와주었던 늙은이가 죽었으니 이제 네년의 차례다."

"서, 설마……!"

그녀는 광무자가 죽었다는 말에 놀랄 수밖에 없었다.

"이제 네년을 죽이고 지겨운 임무를 끝내야겠군! 쳐라!"

2호장은 더 이상 시간을 끌 필요 없다고 생각하고는 부하들을 향해 소리쳤고 무사들은 검을 들어 무미미를 압박해 들어갔다.

"흑철장!"

쇄도해 들어오는 무사를 보며 무미미는 왼손으로 흑철장을 날렸지만 복면무사는 합공으로 흑철장의 장풍을 소멸시켰다. 그녀는 밀려오는 검을 보며 죽음을 예감하며 눈을 감았다.

슈슈슈슉!

하지만 그때 날카로운 파공음이 들리며 무사들의 비명 소리가 그녀를 귀를 때렸다.

"끄억!"

"컥!"

비명 소리에 눈을 뜬 무미미는 자신의 눈을 의심할 수밖에 없었다. 공격해 오던 무사들이 화살에 맞아서는 땅으로 쓰러지고 있었기 때문이다.

"아!"

무사들은 갑자기 날아온 화살에 동료 두 명이 쓰러지자 크게 놀라서는 사방을 두리번거리기 시작했다.

"누구냐!"

2호장은 부하들이 쓰러지는 것을 보며 급히 부하들에게 지시해서는 화살이 날아온 방향을 찾으려 했지만, 또다시 등 뒤로 부하의 비명 소리가 들렸다.

놀랍게도 하늘에서 수많은 은침들이 비 오듯이 쏟아져 내려오며 복면무사들을 쓰러뜨린 것이다.

"크악!"

소나기가 내리듯이 꽂히는 은침을 보며 2호장은 입을 다물 수가 없었고, 어느 사이엔가 수많은 은침에 의해 그의 부하들은 모두 목숨을 잃고 쓰러졌고, 그 자신 역시 서서히 대지가 가까이 다가오는 듯한 기분을 느끼며 죽어갔다.

"아……."

무미미로선 갑작스럽게 일어난 일에 도무지 정신을 차릴 수가 없었다. 그녀를 도와준 자는 복면무사가 모두 쓰러진 후에도 모습을 드러내지 않았다.

"누구신지 모르겠지만 구해주신 은혜 잊지 않겠습니다."

한참을 기다려도 그가 나오지를 않자 무미미는 내력을 돋우어 감사의 인사를 한 후 소천을 안고 경신술을 펼쳐 산을 내려갔다.

무미미의 모습이 사라지자 나무 옆에서 그녀를 도와준 무인이 모습을 드러내었는데, 놀랍게도 그 사람은 복면무사들과 한패라고 할 수 있는 신궁 구궁이었다.

"휴……."

구궁은 무미미의 조모인 흑철돈녀를 죽인 자이기에 그녀를 도와줄 이유는 없었다. 그가 진실로 살리고자 한 사람은 그녀가 아니라 바로 그녀의 품에 안긴 아이였다.

광무자의 시신을 안고 돌아가려던 구궁은 그때 부하들로부터 자신의 대사형이 아기를 안고 있었다는 것이 생각났던 것이다.

그 아이가 누구인지는 모르지만 대사형인 광무자가 데리고 다니는 아이라면 제자이거나 광무자와 관계가 있는 사람의 아이일 것이라 생각한 구궁은 급히 흔적을 더듬어 뒤를 쫓았고, 간신히 아이를 구할 수 있었던 것이다.

"대사형, 이것이 내가 해줄 수 있는 최선의 배려군요."

쓰러져 있는 복면무사들의 시체를 보며 구궁은 화살 통에서 두꺼운 굵기의 화살을 꺼내 날렸고, 화살이 떨어지자 굉음과 함께 폭발이 일어났다.

폭발로 인하여 시체가 사라지는 것을 보며 그는 광무자의 시신을 묻어주기 위해 다시 숲 속으로 몸을 날렸다.

제37장
혈사의 원흉을 찾아

정파의 연합체라 할 수 있는 무림맹의 한 전각에선 무림맹 소속의 오십 명의 무사들이 주위를 지키고 있었는데, 이곳은 바로 무림맹에 있던 쌍도문의 제자들이 머무르고 있는 곳이었다.

전각의 정원 연못가에서는 두 명의 무인이 답답한 심정을 감추지 못하고 술로써 기분을 달래고 있었는데, 바로 무림맹 내의 쌍도문을 맡고 있는 무쌍도 요운과 선풍도 곽무진이었다.

그들은 당장이라도 무림맹을 뛰쳐나가 쌍도문으로 가고 싶었지만, 용담호혈의 무림맹을 빠져나갈 방법이 없었기에 답답한 마음을 어떻게 해소할 수가 없어 술로써 마음을 달래고 있을 뿐이었다.

다행히 아직까지는 손님으로 대우받고 있어, 음식이며 술 걱정은 할 것이 없었으나, 이들에게 달콤한 술은 쓸개보다 더 쓰게 여겨질 수밖에 없었다.

"사숙… 답답합니다."

"나 역시 마찬가지네. 휴……."

곽무진의 말에 요운 역시 고개를 숙이며 한숨을 내쉬었다. 그저 자신들의 신세가 답답할 뿐이었다. 한데 신이 이들을 버리지 않았음인지, 그런 두 사람에게로 그때 삼대제자 한 사람이 화급한 표정으로 뛰어왔다.

"사숙! 사형!"

"무슨 일인가, 감 사질?"

자신들을 부르며 뛰어오는 사질을 보며 요운이 묻자, 그는 한참을 숨을 헐떡이다가 겨우 말을 이었다.

"구, 구양 사숙조 어른께서 무림맹에 오셨습니다!"

"뭐? 구양 사숙 어른이 무림맹에 오셨다고?"

"예."

요운으로선 그의 말에 놀라지 않을 수 없었다. 평생을 글만 읽고 살았던 구양생이 무림맹까지 찾아오리라고는 생각지도 못했기 때문이다.

하지만 그와 함께 조금 걱정이 되었는데, 쌍도문의 문도들이 연금된 상태에서 무공도 모르는 구양생이 무림맹에 의해 무슨 꼴을 당할지 몰랐기 때문이다.

하지만 뒤이어진 말에 요운과 곽무진은 자신도 모르게 자리에서 일어났다.

"한데 혼자 오신 것이 아니라 동창의 무사들을 끌고 오셨다고 합니다."

"뭐? 그게 정말인가?"

"예. 서쪽 대문에서 평소 친하게 지내고 있던 무림맹 무사에게 들은 것인데, 그 일로 지금 무림맹 수뇌부는 난리가 났다고 합니다."

"음……."

요운은 사숙이 동창의 사람들과 같이 왔다면 이곳을 빠져나갈 수 있겠다는 생각이 들었다.

다른 사람이라면 모를까 용의주도한 구양생이 동창의 사람들까지 동행하여 무림맹으로 왔다면 단단히 꼬투리를 잡았을 것이 분명하기 때문이다.

구양생 혼자라면 힘이 우선하는 강호에선 아무리 이치가 맞는다 하더라도 묵살되겠지만, 동창이라면 거꾸로 구양생이 우긴다고 하더라도 무림맹으로선 어찌할 도리가 없는 것이다.

무림과 관이 분리돼 있다 하지만 그것은 마교나 사파에 한할 뿐이지 정파는 황실과 어느 정도 연을 맺고 있었다.

무림의 양대산맥 중 하나라고 하는 무당의 경우만 보아도 무당산의 도관들은 영락제에 의해 많은 수가 중건되었기 때문에 황실에 매년 자신들의 제자를 보내고 있었고, 소림 역시 관에 관련된 인물들이 매년 많은 돈을 시주하고 있어 그들을 무시할 수는 없는 일이었다.

또 무림 명문일수록 사업으로 문파의 유지비를 벌게 되는데, 외지로 나간 제자들이나 외가제자들의 사업 유지를 위해서도 관을 허투루 생각할 수 없는 것이다.

"사숙, 일단은 구양 사숙조를 만나러 가는 것이 나을 듯합니다."

"그리도록 하지."

곽무진의 말에 요운은 자리에서 일어나 구양생이 있을 무림맹 정무 관으로 향했다.

정무관에 도착하자 동창의 복장을 하고 있는 무사 십여 명이 잡담을 나누고 있는 것을 볼 수 있었기에 구양생이 정무관 안에 있음을 알 수 있었다.

"멈추시오!"

두 사람이 정무관으로 들어가려 하자 무림맹의 일류고수들이 앞을 가로막았지만, 그대로 물러설 두 사람이 아니었다.

"쌍도문의 곽무진이다. 사숙을 만나러 왔으니 길을 비켜라!"

"이곳은 아무나 들어갈 수 없소이다! 물러서시오!"

자신의 신분을 밝혔음에도 문을 지키는 무사들이 들여보낼 생각을 하지 않자 무진은 노기를 드러내며 강행 돌파를 결심했고, 무림맹 무사 들은 그런 무진을 보며 검을 뽑아 들고 그를 둘러싸기 시작했다.

일촉즉발의 위기 상황. 하지만 그렇게 쉽게 싸움은 나지 않았다. 이 들의 모습에 동창의 무사 한 사람이 두 무리들의 사이를 가로막았기 때문이다.

"멈추시오!"

두 무리의 사이를 가로막은 이는 구레나룻 수염을 기른 털보무사였 는데, 그는 요운을 보고는 포권하며 말했다.

"본인은 동창 교위 한수라 하오. 실례하지만 혹시 쌍도문의 무쌍도 요운 대협이 아니시오?"

요운은 그가 자신을 이름을 알고 있자 포권하며 정중히 인사를 했 다.

"동창의 무사 분이셨군요. 쌍도문의 요운입니다."

"대인께 말씀을 많이 들었습니다."

"대인이시라면?"

"대협께서 사숙이라 부르는 분이십니다. 이번에 북경에서 황제 폐하께서 직접 천문관(天文官) 대학사의 관직을 내리셨습니다."

"아!"

그제야 요운은 구양 사숙이 대인이라 불리는 이유를 알 수 있었다.

하지만 그렇다고 의외인 것은 아니었다. 구양생은 유림에서 크게 명성을 떨치고 있는 인물이었고, 쌍도문이 건재했을 때도 그를 끌어들이기 위해 황실에서 거의 매년 황제의 이름으로 교지가 날아올 정도였기 때문이다.

"이들은 황제 폐하의 총애를 받고 계시는 천문관 대학사 어르신의 사질들인데, 앞을 가로막다니, 무림맹 무림맹 하는 말은 들었지만 이렇듯 안하무인인 줄은 몰랐소이다!"

한수의 노기 어린 말에 문을 지키던 무사는 크게 당황해했고, 그런 그들의 모습에 한수는 살짝 고개를 돌려 요운에게 미소를 지으며 말했다.

"자자, 들어가도록 하십시오. 아무래도 학사님 혼자 들어가신 것이 조금 걱정이 돼서 말입니다."

"알겠습니다."

한수의 말에 요운은 그에게 포권을 한 후 정무관 안으로 들어갔다.

정무관으로 들어서자 현 무림맹주의 모습을 볼 수 있었다. 또한 그의 앞에서 관복을 입은 한 관리가 호통을 치고 있었는데, 주위에 있는 다른 이들은 식은땀을 닦고 있었다.

"이것이 말이나 된다고 생각하십니까! 맹주의 잘못된 판단으로 정파의 위상이 깎일 대로 깎였으니 참으로 안타까운 일입니다!"

"구양 학사… 그것은……."

"계속 이렇게 쌍도문의 문도들을 무림맹에 붙잡아놓으시겠다면 저도 가만히 있지 않겠습니다!"

구양생이 이마에 핏발을 세우며 맹주를 다그치자 참다 못한 장로 한 사람이 자리에서 일어나서는 소리쳤다.

"듣자 듣자 하니 너무하시는구려! 맹주께서 그리 결정하신 것은 다 무림을 위한 일인 것을 왜 알지 못하시오! 게다가 관과 무림은 서로 간의 불간섭을 원칙으로 하고 있는데, 구양 학사는 도가 지나친 것이 아니오이까!"

"말씀 다하셨습니까!"

하지만 살기를 번뜩이고 있는 장로급 인물 앞에서도 무공이라고는 하나도 모르는 구양생은 전혀 기가 꺾이지 않았고, 오히려 상대가 그의 모습에 흠칫하는 모습을 보였다.

"본인이 천문관 대학사의 신분에 있다 하나 그것 외에도 흑유림을 대표하기도 한다는 것을 잊었소이까? 정히 장로께서 그렇게 원하신다면 흑유림과 무림맹의 관계를 끊는 것도 각오하셔야 할 것입니다!"

"헉!"

그 순간 장로라는 자는 숨이 넘어가는 소리를 내며 뒷걸음질칠 수밖에 없었다.

흑유림은 유림의 선비들이 모여 만든 조직으로 단순히 유림이라고 보기에는 조금은 어려운 조직이었다.

흑유림은 선비들의 조직이라 보기에는 광대할 뿐 아니라 속해 있는 고수의 숫자 또한 적지 않았다.

본래 무림의 무인들은 문과 무를 익히는 자들이 없지 않았지만, 그렇다고 해서 유림의 선비들처럼 문에 뛰어난 것은 아니었다.

이런 이유로 무림맹에서 처리하는 수많은 문서들은 흑유림의 손에서 반 이상이 처리되고 있다고 해도 과언이 아니었는데, 흑유림이 무림맹에서 손을 뗀다면 무림맹은 한창 사파와 마교들과 싸우고 있는 와중에 내부의 잡무에 눌려 밀릴 수도 있었다.

그런 것을 잘 알고 있는 맹주와 장로급 인물들이기에 구양생의 으름장에 모두 한 발자국 물러설 수밖에 없었다.

"대학사, 하 장로의 말이 조금 지나친 것 같으니 넓은 아량으로 이해해 주시지요."

약삭빠른 장로 한 명이 하 장로를 뒤로 물리고는 급히 그에게 사죄를 하니 한참을 씩씩거리던 구양생은 노기를 가라앉히고는 다시 맹주에게로 시선을 돌렸다.

한편 구양 학사를 상대하던 맹주로선 이 난감한 상황에 등줄기에서는 식은땀이 흘러내리고 있었다.

'젠장! 부맹주 이놈이 일은 제 녀석이 다 저질러 놓고 어디로 사라진 거야!'

구양생이 맹주에게 따지는 일은 쌍도문의 일이었다.

그가 맹주를 강하게 밀어붙이는 것에는 첫째, 무림맹 소속 대소문파들의 협의상 쌍도문이 의문의 무리들에게 공격을 당하고 있다면 무림맹에선 무사들을 보내야 하는데 그렇게 하지 않은 점으로 무림맹이 신의를 저버린 것을 탓하며, 크게는 무림맹의 불의로 다른 정파의 중소문파들이 무림맹을 믿지 못하게 된 것을 탓하고 있었다.

둘째는 도와주지는 못할망정 문파를 돕기 위해 나가려는 쌍도문 무사들을 연금한 것은 무림맹에서 쌍도문의 혈겁을 주동한 것이 아니냐 하는 것이었고, 셋째는 구파일방의 제자라 하여도 단 한 사람이 보지도 않은, 증거도 없는 발언을 믿어 쌍도문의 어린 소주에게 무림대살령을 내린 것은 얼토당토않을 뿐더러 문파 간의 형평성에도 크게 어긋난 일이라며 맹주를 괴롭히고 있었다.

구양생의 말에 제대로 된 반박을 하지 못하는 무림맹주로선 어떻게 해야 될 바를 모른 채 모습을 보이지 않는 부맹주를 탓할 뿐이었다.

"그것이… 그때는 본 맹주가 외부에 나가 있던 차라 부맹주가 단독으로 일을 처리한 것인지라……."

"흥! 그것이 말이나 됩니까! 부맹주는 단순히 맹주의 대리인일 뿐이 아니오! 또 부맹주가 그런 일을 행했다는 것을 아셨다면 잘못을 지적하고 그것을 해결했어야 할 것인데, 어찌 맹주께서는 지금껏 쌍도문의 문도들을 연금하고 혈겁을 당한 쌍도문에 아무런 지원을 하지 않으신 것입니까!"

"그것이……."

"혹 무림맹에서 쌍도문의 혈겁을 주동하신 것은 아닙니까?!"

"그런… 말도 안 되는 소리요!"

"그렇다면 제대로 된 설명을 해보십시오! 설명을!!"

"큭!"

맹주로선 구양생의 공격에 죽고만 싶은 심정이었다. 무림맹주라는 신분에서 어찌 이런 곤욕을 당해보았겠는가.

주위의 장로들에게 구원을 요청하는 눈빛을 보내고는 있지만 어느 한 명도 도와줄 모습을 보이지 않으니 그로선 이가 갈릴 뿐이었다.

"사숙!"

"아! 요 사질이 아닌가!"

이들의 싸움을 지켜보던 요운이 앞으로 나서며 사숙을 부르니 구양생은 요운과 곽무진이 모습을 보고는 크게 기뻐하는 표정을 지었다.

구양생이 무림맹주와 쌍도문의 일로 담판 짓고 있을 무렵, 무림맹의 다른 전각에선 수상한 모임이 있었다.

그 모임을 주최하고 있는 인물은 무림맹의 부맹주이자 구룡각의 각주인 민도형, 그리고 복면무사와 실눈의 마른 체구를 지닌 중년인이었다. 실눈의 무사는 구룡각주와 인연이 있는 독문의 문주였고, 복면을 쓴 자는 멸천문에서 온 사람이었다.

"아무래도 무림맹의 일은 쉽게 풀릴 것 같지가 않군요."

복면무사의 말에 두 사람은 고개를 끄덕이며 수긍했다.

설마 쌍도문의 구양생이 동창의 힘을 빌려 무림맹을 압박하리라고 는 어느 누구도 생각하지 못했기 때문이다.

"일이 이렇게 된 이상 구룡각주께도 질책이 있을 테니 조심하는 것이 좋을 듯하구려."

"그렇습니다. 그 때문에 독문과 멸천문의 여러분께서 몇 가지 도움을 주셨으면 하는 것이 있습니다."

"말씀하시지요."

중년 무사가 민도형이 무슨 부탁을 할까 하는 생각에 물어보자, 잠시 헛기침을 한 그는 두 사람을 보며 비장한 목소리로 말했다.

"구양생을 제거해 주십시오."

"구양생을?"

민도형의 말에 독문의 중년인은 조금 놀란 표정을 지었는데, 지금의 시점에서 구양생을 제거한다면 모든 죄가 무림맹으로 돌아가는 것은 당연하기 때문이다.

"구양생을 제거하여 그 죄를 무림맹주에게 덮어씌운 후 맹주의 좌를 차지하겠다는 이야기로군요. 좋습니다. 멸천문에서 당신을 도와주도록 하지요."

민도형의 속셈을 안 멸천문의 무사는 그가 노리는 바를 이야기하고는 도움을 약소하니 민도형의 눈에선 회심의 빛이 흘러나왔다.

"멸천문에서 도와주신다면 더 이상 바랄 것이 없지요. 제가 무림맹주가 된다면 은 백만 냥을 귀 파에 내놓겠소이다."

은 백만 냥이라면 엄청난 액수였는데도 복면무사는 돈에는 별로 관심이 없는지 고개를 저으며 말했다.

"대가는 필요없습니다. 다만 본 파가 중원에 개파할 때 무림맹에서 약간의 지지를 보내주시기만 하면 더 이상 바랄 것이 없습니다."

"무림맹주의 자리를 얻을 수 있는데 그런 것은 당연한 일이지요. 하하하!"

민도형은 멸천문에서 온 무사의 말에 크게 웃음을 터뜨렸지만 독문 무사의 생각은 조금 달랐다.

독문이 사천의 동부로 원활하게 진출할 수 있었던 것은 멸천문이 무림의 시선을 다른 곳으로 돌림으로써 가능했었다.

하지만 중원으로 진출하면서 알 수 있었던 것은 멸천문의 존재가 너무나 은밀하다는 것이었다. 중원 어디에서도 멸천문에 대해서 아는 자는 전무하다시피 했고, 오랜 시간 친목을 가진 독문조차도 멸천문이 어디에 근거지를 두고 있는지 알지 못하고 있었기 때문이다.

그만큼 비밀에 싸인 문파가 멸천문이었지만, 이들의 힘은 무림맹과 비교해도 뒤지지 않기에 만약 이들이 세상에 모습을 드러낸다면 천하가 경악할 일을 저지를 것이 분명했다.

'뭐, 그런 약속을 하지 않아도 민도형은 멸천문의 손바닥에서 놀고 있는 원숭이 꼴이 될 것은 뻔한 일이겠지.'

민도형 그는 야심과 욕심은 많지만 대세를 보는 눈이 어두운 만큼 멸천문의 손아귀에서 빠져나가는 것은 어려울 것이라 짐작했다.

"부맹주님, 맹주께서 부르십니다."

그때 문밖에서 부맹주 민도형을 부르는 소리가 들려왔다. 그는 천천히 자리에서 일어나며 말했다.

"아무래도 정무관으로 가야 할 듯합니다."

"알겠습니다."

민도형이 정무관으로 향하자 독문과 멸천문의 사자만이 남았는데, 독문의 사자는 그를 향해 미소 지으며 말했다.

"요즘 강호는 귀문이 벌여놓은 일로 시끌벅적하더군요."

"글쎄요. 저희는 상부에서 지시한 일을 했을 뿐이니까요."

"후후후, 그렇습니까?"

독문의 사자는 자리에서 일어나 그를 향해 회심의 미소를 지으며 말했다.

"앞으로도 본 문을 잘 부탁드리겠습니다."

이번에는 가볍게 고개를 끄덕이는 것으로 끝낸 멸천문의 사자는 잠시 후 환영과도 같이 사라졌고, 독문의 사자는 그 모습에 놀라지 않을 수 없었다.

독문에서도 다섯 손가락 안에 드는 그가 멸천문의 사자가 어떻게 사라졌는지 파악조차 하지 못했기 때문이다.

"설마 환영은신술(幻影隱身術)? 정말로 그 무공이라면 저자는……."

환영은신술. 송나라 때에 유명한 대도인 환영신도(幻影神盜)가 사용했다고 알려져 있는 은신술로 지금은 하오문에서 전설로만 남아 있는 수법 중 하나였다.

하지만 들려오는 소문에 의하면 현 하오문의 문주가 이 수법을 사용한다는 말이 있었는데, 그렇다고 한다면 상대는 하오문의 문주라는 말이 되기 때문이었다.

만약 하오문의 문주가 멸천문의 문도라면 독문이 아무리 계략을 쓴다 해도 그들의 눈에서 벗어날 수 없었다. 아무리 숨긴다고 해도 강호에서 존재하지 않는 곳이 없다는 하오문 문도의 눈으로부터 벗어날 수 없기 때문이었다.

'내가 환영은신술을 알아볼 것이라 생각한 것이라면 허튼짓을 하지 말라는 경고가 되겠군. 음…….'

독문의 사자는 상대가 하오문을 장악했다면 지금까지 자신들이 하려 했던 일들을 모두 수정해야 한다고 생각했다.

무림맹주와 회합을 끝낸 구양생은 그 결과로 잡혀 있던 문도들의 자유와 삼십만 냥이 넘는 보상비는 물론 구호물품까지 뜯어냈고, 이 사실을 안 쌍도문의 문도들은 크게 기뻐하지 않을 수 없었다.

"역대 맹주 중에서도 가장 짜기로 소문난 현 맹주에게서 삼십만 냥에 구호물품까지 받아내다니, 과연 사숙이십니다."

"흥! 맘 같아서는 이 무림맹까지 빼앗고 싶었지만 옛정을 생각해서 이 정도로 끝낸 것이네."

"옛정마저 없었으면 난리났겠군요. 하하하!"

"그나저나 본 문에 대한 소식은 들었는가?"

구양생의 물음에 요운은 고개를 저으며 말했다.

"무림맹에서 정보를 제한하고 있었기 때문에 그 후로 어떻게 되었는지 알지 못하고 있습니다."

"음… 나도 황도에서 동창을 움직이기 위해 교섭하고 있었던지라 어찌 되었는지 알지 못하고 있으니… 야단이구나."

구양생은 요운 역시 쌍도문의 소식을 모른다고 하자 고심하는 표정을 짓더니 다시 말을 이었다.

"일단은 본 문으로 향해야 할 것 같군."

"문도들에게 준비하라 지시하겠습니다."

요운과 곽무진은 구양생의 말에 대답을 하고는 물러서려 했는데, 그때 무엇이 생각났는지 구양생이 급히 두 사람을 멈춰 세웠다.

"잠시만 기다리게!"

"무슨 일이십니까?"

두 사람이 나가려던 것을 멈추고 돌아서자 구양생은 곁에 있던 동창의 무사인 한수에게 손짓을 했다. 무엇을 말함인지를 안 그는 고개를 끄덕이고는 잠시 후 긴 나무 상자를 그들의 앞으로 가져왔다.

"사숙, 이것은⋯⋯?"

"열어보게."

구양생의 말에 요운은 한수가 가져온 상자를 열어보았다. 그 순간 강렬한 빛이 방 안을 환히 밝혀갔다.

"아!"

"이것은?"

상자에서 빛을 발하고 있었던 것은 하나의 검이었다.

"사숙, 이 검은?"

"이 검은 오랜 시간 황실에 소장되어 있던 십대신병 중 하나인 파사신검이네."

"파사신검!"

파사신검이라는 말에 두 사람은 크게 놀랄 수밖에 없었다.

"본래는 태조께서 황제께 선물하신 검인데, 이번에 천문관 대학사의 관직을 받은 후 문파의 일로 강호로 나간다 하니 염려하신 황제 폐하께서 친히 내리신 것이네. 하나 너희들도 알다시피 난 무공을 알지 못하니 이것을 너희들 중 한 사람에게 주려 하는데, 어떻게 하겠느냐?"

구양생의 말에 두 사람은 크게 마음이 흔들릴 수밖에 없었다.

십대신병은 가지고 있는 것만으로도 무림 제일의 고수로까지 올라설 수 있는 신병이었으니 무공을 하는 사람이라면 어느 누구나 십대신병에 욕심을 낼 수밖에 없었던 것이다.

욕심이 나기는 했지만 요운은 한참을 생각하다가 구양생을 보며 말했다.

"이 검은 곽 사질이 사용하는 것이 나을 듯합니다."

"사숙?"

곽무진은 요운의 말에 놀라지 않을 수 없었는데, 요운 역시 부인과 장인의 복수를 생각하고 있었기 때문이다.

파사신검만 있으면 그것은 이루어질 수 있는 일이었는데, 자신에게 검을 양보하니 의아할 수밖에 없었다.

"파사신검에 대한 욕심은 없지 않지만, 제 나이 이미 서른이 넘었으니 지금 도를 버리고 검을 잡는 것은 무리가 있다 생각합니다. 하지만 곽 사질은 대사형께서 좌검우도의 무리를 위해 힘들게 얻은 무당의 검술을 가르쳤다 했으니 파사신검을 사용하기에 적합하다 생각합니다."

"음……."

요운의 말에 구양생은 고개를 끄덕이고는 곽무진을 보며 말했다.

"무진아, 네 사숙이 힘든 결정을 했으니 네가 해야 할 일이 무엇인지 알 것이다."

"예. 미흡하기는 하지만 파사신검으로 본 문의 원한을 반드시 갚고 말겠습니다."

결의에 찬 곽무진의 말에 구양생은 고개를 끄덕였고, 요운은 그런 그의 어깨를 두드려 주며 말했다.

"파사신검을 네가 가지게 되었지만, 이 검을 가짐으로써 더 힘든 일이 너를 기다릴 것이다. 하지만 본 문의 형제들이 모두 응원할 것이니 그것을 잊지 말도록 하거라."

"예."

이렇게 해서 곽무진은 십대신병 중 하나인 파사신검을 손에 넣게 되었다.

다음날, 구양생과 요운은 혈사가 일어난 쌍도문으로 향했고, 곽무진은 다른 임무를 맡아 사천으로 향했다.

쌍도문에 혈사가 일어난 때는 장춘삼과 쌍도문의 주력이 철사방의 일을 해결하기 위해 문파를 비웠던 시점이기에 구양생은 철사방이 쌍도문 혈사에 밀접한 관련이 있다 생각했다.

물론 철사방은 사천정파의 공격으로 멸문하기는 했지만 철사방이 아니더라도 그들과 힘을 합친 문파가 있을 것이기 때문이다.

"명심해야 할 것은 네가 파사신검을 가지고 있다는 것이 외부에 알려져서는 안 된다는 것이다. 만약 그것이 알려진다면 너의 무림행이 순탄치 않을 것이다."

"알겠습니다."

무림십대신병의 소유자는 자연히 모든 강호 사람들의 시선이 집중될 수밖에 없기 때문에 조용히 일을 처리하기 위해서는 정체를 숨겨야 하는 것이 중요시되는 것이다.

무림맹을 떠난 지 두 달, 무진은 기주(夔州)에 도착할 수 있었다.

무림맹의 정보에 따르면 기주에는 철사방의 비밀 분타인 흑경방(黑鯨幇)이 있다고 했다. 철사방이 장강을 주무대로 활약했던 방파였으니 기주에 분타가 있는 것도 의아한 일이 아니었다.

하지만 곽무진이 도착했을 땐 철사방의 분타는 폐허가 되어 있었다.

무림맹 정보에 따르면 상당한 명성을 누렸던 방파였다는데, 소리소문도 없이 이렇게 무너지리라고는 생각지도 못한 그였다.

한참 폐허가 된 건물을 돌아보고 있던 무진은 어느 순간 누군가의 인기척을 느낄 수 있었다.

"누구냐!"

쌍도에 손을 가져간 곽무진은 인기척이 느껴진 곳을 향해 소리쳤고, 잠시 후 허름한 전각 안에서 젊은 무인이 모습을 드러냈다.

'철사방의 잔당?'

하지만 철사방의 잔당이라고 하기에는 너무나 당당하게 나타났는지라 고개를 젓고 말았다.

사천의 정파 연합에게 크게 당한 철사방의 무사라면 자신의 목소리에 도망가는 것이 당연했기 때문이다.

"철사방의 사람은 아닌 것 같군."

무너진 전각에 나타난 젊은 무사는 무진에게 다가오며 말했다.

"당신이 누구인지 모르지만 어차피 이곳에서 찾는 것은 비슷한 것 같으니 잠시 손을 잡는 것이 어떻겠소?"

정파의 인물이라고 보기에는 조금 살기가 강한 인물이었지만, 상대의 실력이 만만치 않다는 것을 느낀 곽무진은 그 역시 철사방과 일이 있다 생각해 손을 잡는 것도 나쁘지 않겠다는 생각이 들었다.

"좋소. 잠시 손을 잡도록 합시다. 본인은 호북에서 온 곽무진이라 하오."

"안형표국에서 온 동방명언이라 하오."

동방명언. 놀랍게도 그는 과거 장천과 형제의 의를 나누었던 마교의 동방명언이었던 것이다.

마교에서 구시독인의 휘하로 들어갔던 동방명언은 외부의 일을 처리하기 위해 마교 총단을 나와 있었는데, 그때 거사가 일어나 구시독인의 세력이 천마의 세력에 의해 쓰러지고 만 것이다.

그 일로 목숨은 건질 수 있었지만, 한순간에 자신의 의지하고 있던 세력을 모두 잃고 만 것이다.

다행히 천마의 세력은 구시독인의 세력이라 할지라도 같은 마교의 일원이라 생각했는지 아녀자들이나 구시독인의 식솔들에게는 손을 대지 않은 덕에 동방명언의 가족들은 무사할 수 있었고, 그는 많은 아내들과 그동안 얻은 자식들과 함께 고향인 북해로 돌아가게 되었다.

북해로 돌아온 동방명언은 가족들을 부양하기 위하여 호북에 있는 외숙이 운영하고 있는 안형표국으로 들어가 부국주의 신분이 되었는데, 이번에 철사방이 무너지면서 그동안 장강에서 그들에게 털렸던 표물을 되찾기 위해 기주로 오게 된 것이다.

"표국에 계신 분이 이곳에는 무슨 일로?"

"그동안 철사방은 이곳을 중심으로 양자강에서 수적질을 해 돈을 벌었는데, 저희 안형표국도 몇 번 그들에게 당해 표물을 잃었지요."

"음."

"그 표물 중에서는 절대 잃어서는 안 되는 것도 있었는데, 이번에 철사방이 정파 연합에게 당했다는 소식을 듣고 이렇게 오게 된 것입니다."

"그렇군요. 하지만 철사방의 모든 재산은 구파일방에게 몰수당했다고 들었는데?"

곽무진도 이곳으로 오면서 철사방에 관한 소문을 들었기에 의아한 표정으로 물었는데, 동방명언은 고개를 저으며 말했다.

"물론 외부에는 그렇게 알려져 있지만, 모두 몰수당한 것은 아닙니다."

"모두가 아니라니요?"

"제가 알고 있는 정보에 의하면 철사방은 상당한 자금을 무삼협의 동굴에 숨겨놓았다고 하더군요. 자그마치 금 오십만 냥이 넘는 돈을 말입니다."

"금 오십만 냥!"

동방명언의 말에 곽무진은 크게 놀랄 수밖에 없었는데, 다음 순간 다시 이상한 생각이 들었다. 동방명언이란 사람은 자신을 이곳에서 처음 보았는데 왜 이런 정보를 자신에게 알려주는지가 이상했던 것이다.

하지만 그런 의문은 동방명언의 다음 말로 사라지게 되었다.

"제가 이런 이야기를 하는 게 의아해하실 수도 있겠습니다. 사실 이 이야기는 그리 비밀스러운 이야기가 아닙니다."

"비밀스러운 이야기가 아니라면?"

"지금 말했던 정보는 적어도 네 개의 무리 이상은 알고 있습니다. 그들 역시 철사방이 감추어둔 막대한 비자금을 찾기 위해 움직이고 있는데, 애석하게도 저희 안형표국에선 그들의 무리와 싸울 사람이 없는 탓에 저만 단독으로 움직이고 있었던 것입니다."

"음… 그렇다면 그 금을 찾기 위해 저의 힘을 필요로 하시는 것입니까?"

곽무진의 말에 그는 고개를 끄덕이며 말했다.

"그렇습니다. 대협의 눈에 흐르는 정기가 예사롭지 않은 것을 깨달아 이렇게 부탁드리는 것입니다. 저와 힘을 합치신다면 철사방에서 감추어둔 금 오십만 냥 중 반을 약속드리겠습니다."

"음."

무너진 쌍도문을 재건하기 위해서는 상당한 돈이 필요하다고 생각한 곽무진은 철사방의 일을 조사하면서 그와 손을 합쳐 감추어진 재산을 찾는 것도 그리 나쁘지 않다고 생각했기에 포권을 하며 말했다.

"알겠습니다. 미약한 힘이지만 같이 일을 해보도록 합시다."

"고맙소이다."

이렇게 해서 곽무진은 동방명언과 손을 잡게 되었다.

두 사람이 가장 먼저 한 것은 철사방의 분타에 있는 비밀 서류를 찾는 작업이었다.

동방명언은 철사방의 잔당들을 찾아 조사하던 중 철사방의 기주 분타에 비밀 서류가 있는 방이 있다는 것을 알게 되었는데, 애석하게도 자세한 장소는 알지 못했다.

그 때문에 기주의 여러 곳을 뒤지며 철사방의 잔당들을 찾았고, 몇 명의 철사방 하급 무사들을 볼 수 있었지만, 그들이 알고 있는 것이 그리 많지 않아 일은 더디게 흘러가고 있었다.

"생각보다 일이 어렵군요."

객잔으로 돌아온 곽무진과 동방명언은 그날 역시 비밀 공간을 찾는 일에 실패하고 술을 나누며 대책을 논의하고 있었다.

"기주에선 아무래도 철사방의 간부들을 찾을 수가 없으니 총타로 가는 것이 어떻습니까?"

곽무진의 제안에 동방명언은 고개를 저으며 말했다.

"저 역시 그런 생각을 하지 않은 것은 아니지만, 총타에는 현재 많은 사람들이 몰려와 있습니다."

"하지만 기주 분타에서 원하는 것을 찾을 수 있을지……."

"기주 분타는 철사방 방주의 셋째 아들이 분타주로 있던 곳입니다. 철사방 방주는 이곳 분타주를 상당히 총애했다고 하니 분명 무슨 연관이 있는 물건이 있을 것입니다."

하지만 이것은 추론일 뿐이지 동방명언 역시 확실한 믿음을 가지고 있진 못했다. 그때 창문 쪽에서 파공음이 들리며 무엇인가가 빠른 속도로 날아왔다.

"암기?!"

동방명언은 탁자를 들어서는 급히 암기를 막아냈다.

그가 암기를 막자 곽무진은 도를 뽑아 들고는 창문 쪽으로 몸을 날렸지만, 이미 암기를 날렸던 이는 모습을 감추었다. 어두운 거리를 잠시 훑어보던 곽무진은 도를 집어넣고 돌아와 동방명언에게 말했다.

"아무래도 모습을 감춘 것 같습니다."

동방명언의 시선은 탁자에 박힌 암기에 가 있었다.

암기는 손으로 던지는 수전(手箭)인데, 그 끝에 편지가 매달려 있었다.

수전에서 편지를 꺼내 읽어보던 동방명언은 그 내용에 크게 놀랄 수밖에 없었다.

"곽 대협, 이것을 보십시오!"

"음……."

철사방의 보물은 무삼협 선릉곡에 있다.

편지에는 그들이 찾고 있던 철사방의 보물이 있는 장소가 그려져 있었다. 두 사람은 도무지 상황을 이해할 수가 없었다.

"도대체 누가 이런 편지를 보냈을까요?"

"글쎄 말입니다."

"음……."

"누군가의 함정일 확률이 높을 것입니다."

하지만 이곳에서 제대로 된 정보를 얻지 못한지라 함정이라 할지라도 약간의 단서를 얻을 수 있을지 모른다고 생각한 두 사람은 편지에 적인 무삼협의 선릉곡으로 길을 떠나기로 결정했다.

무삼협의 선릉곡에 도착하여 계곡의 이곳저곳을 살펴보던 곽무진은 얼마 지나지 않아 하나의 동굴을 발견했다. 동굴의 한쪽 벽에는 '철' 이란 글자가 음각되어 있었다.

"아무래도 이곳인 것 같군요."

"예."

동방명언의 말에 고개를 끄덕인 곽무진은 동굴로 들어가려 했는데, 그때 동방명언이 그의 팔을 잡으며 말했다.

"잠시 기다리십시오, 곽 대협."

"무슨 일입니까?"

동방명언이 땅의 여기저기를 가리키고는 심각한 어조로 말했다.

"아무래도 우리보다 먼저 들어간 자들이 있는 것 같습니다."

"음… 그렇군요."

동굴의 주변에는 사람이 드나든 흔적이 드러나 있었다.

철사방이 정파 연합에 의해 멸문된 지 상당한 시간이 흘렀지만, 이곳에 있는 흔적은 길어야 일주일을 넘기지 않은 듯 보였다. 자세히 보니 동굴 근처의 바위와 풀에 검붉은색의 얼룩이 붙어 있었기에 그것이 피라는 것을 알 수 있었다.

그러나 지금 뒤로 물러설 수는 없는 노릇이기에 두 사람은 준비해 간 횃불에 불을 붙이고 동굴 안으로 들어섰다.

한참을 안으로 들어서자 동굴의 한쪽 벽에 기대어 있는 시신을 볼 수 있었는데, 그의 미간으로는 상처와 함께 피가 말라붙은 흔적이 있었다.

일검에 미간을 적중당한 흔적이었다.

벽에 기대어 죽은 자의 손에는 칠절편이 들려 있었는데, 시체를 자세히 살펴보던 동방명언은 그가 누구인지 알았는지 고개를 끄덕이며 말했다.

"아무래도 사천 성도에서 칠절편으로 이름난 고수인 만철 같군요."

"만철이라면……?"

곽무진 역시 만철에 대해서 잘 알고 있었다. 사천성 고수 중 열 손가락 안에 드는 고수로 지금의 자신과 비교해서 한두 수 아래 정도의 인물이었다.

이런 고수를 일검에 쓰러뜨릴 정도의 쾌검의 달인을 생각하던 곽무진은 문득 한 무사의 이름이 생각났다.

"일점쾌검(一點快劍) 문수(文秀)?"

"저 역시 문수의 검이라 생각합니다."

일점쾌검 문수는 호북에서 활동하는 자로 쾌검으로는 그를 따를 자가 없다는 말이 있을 정도의 쾌검고수였다.

곽무진의 말에 동방명언 역시 고개를 끄덕이며 동감을 표시하니 일이 더 어렵게 되었다는 생각이 들었다.

강호에서 뭇 무인들이 가장 상대하길 꺼려하는 인물 중 한 사람이 바로 일점쾌검 문수로 그의 쾌검을 상대로 살아남은 이가 전무했기 때문이다.

만철의 시신을 뒤로하고 더 깊숙이 안으로 들어가자 불빛이 아른거리는 것을 볼 수 있었다.

[아무래도 저곳에 사람이 있는 것 같습니다.]

내공을 돋워 소리를 들어보자 사람의 목소리가 들리는지라 동방명언은 무진에게 전음으로 말하고는 발걸음 소리를 죽인 채 천천히 걸음을 옮겼고, 얼마 지나지 않아 촛불 밑에서 두 명의 남자가 이야기를 나누고 있는 것을 볼 수 있었다.

"응?"

두 사람의 모습을 확인한 곽무진과 동방명언은 크게 놀랄 수밖에 없었는데, 두 사람 모두 바닥을 전부 붉게 물들일 정도로 피를 흘리고 있었기 때문이다.

청건을 하고 있는 젊은 무사는 한쪽 팔이 잘려 나가 있는 상태였고, 한쪽 눈에 안대를 하고 있는 중년의 무사는 왼쪽 어깨에서부터 오른쪽 허리까지 긴 검상을 당해 있었다.

두 사람 모두 상당한 피를 흘렸는지 움직이지 못하고 죽음을 기다리고 있는 듯했다.

"크크크. 공동파 제일의 후기지수인 내가 이런 곳에서 죽임을 당할 줄은 몰랐군."

청년 무사는 잘려진 팔을 보며 자조적인 목소리로 중얼거렸는데, 그의 얼굴을 확인한 곽무진은 놀란 목소리로 뛰어나갔다.

"고 대협!"

청건의 무사는 놀랍게도 곽무진과 안면이 있는 자였으니, 바로 공동파에서 자신들과 말다툼이 있었던 고도리였다.

곽무진은 설마 이런 곳에서 고도리를 만나리라고는 생각지도 못했다.

고도리 역시 갑자기 자신을 부르며 누가 달려오는 것을 보며 고개를 돌렸는데, 그가 쌍도문의 곽무진인지라 크게 놀랄 수밖에 없었다.

"과, 곽 소협 아닌가!"

"고 대협, 잠시만 기다리십시오."

곽무진은 급히 그의 맥문을 잡고는 진기를 불어넣어 주니 꺼질 것만 같던 고도리의 눈은 다시 정광을 되찾았다.

진기를 주입한 곽무진은 품에서 만화심단을 꺼내어 그에게 먹였고, 약효가 도는지 얼마 후 고도리의 몸은 점차 안정을 되찾아갔다.

"고맙네. 그런데 미안하지만 내 앞에 계신 분도 치료해 줄 수 없겠는가?"

자신을 돌봐주는 곽무진을 보며 고도리는 앞에 있는 중년 남자를 가리켰기에 고개를 끄덕인 곽무진은 그의 입에도 만화심단을 넣어주었다.

쌍도문의 이대비전신단 중 하나인 만화심단은 양세기가 인정할 정도로 뛰어난 효능을 가지고 있었는데, 그 주된 효능이 바로 원기를 회복하는 것이었다.

그 덕분에 피를 많이 흘린 두 사람이었지만, 만화심단의 탁월한 효능에 안정을 되찾을 수 있었다.

"그나저나 어떻게 된 일입니까?"

"휴… 이것이 다행인지 아닌지 모르겠군."

그로선 곽무진에게 이런 모습을 보인 것이 조금 자존심이 상하는지 미간을 찌푸리다가 할 수 없다는 표정으로 한숨을 내쉬며 투덜거리고는 계속 말을 이었다.

"잠시 방심한 탓에 독문의 고수들에게 당하고 말았네."

"독문의 고수?!"

독문의 고수라면 곽무진 역시 피에 사무칠 정도로 경험한 적이 있었기에 미간을 찌푸리며 말했다.

"그렇다면 혹시… 쌍도편 구랍이……?"

"응? 그를 아는가?"

"예. 전에 그에게 당한 적이 있지요."

"그렇군."

곽무진 역시 그에게 당한 적이 있다는 말에 고도리는 고개를 끄덕이고는 말을 이었다.

"자네 문파의 일로 의문점을 느낀 스승께서 사천에 있을 자네의 사숙조인 장 대협을 만나기 위해 왔는데, 그때 한 통의 편지를 받게 되었네."

"혹시 철사방의 보물은 무삼협 선릉곡에 있다는 편지가 아니었습니까?"

"자네가 그것을 어떻게……? 설마 자네도?"

고도리는 곽무진이 편지의 내용을 알자 놀란 표정으로 되묻다가 그 역시 그 편지를 받은 것이 아닐까 하는 생각이 들어 물었는데, 곽무진은 고개를 끄덕였다.

"휴… 아무튼 그 일로 이곳으로 오게 되었는데, 우리 이외에도 독문과 철사방의 잔당들, 그리고 의문의 무리들이 함께 있더군. 철사방의 잔당들은 독문과 무슨 원한이 있는지 한바탕 크게 싸움을 벌이더군."

"그렇습니까?"

"아무튼 동굴로 들어서기도 전에 철사방 무사들은 모두 죽임을 당했고, 철사방의 잔당을 이끌던 칠절편 만철은 동굴로 도망쳐 들어갔는데, 들어오다 보니 죽어 있더군."

"예. 만철의 시체는 저희도 보았습니다."

곽무진의 말에 고개를 끄덕인 고도리는 계속 말을 이었다.

"나와 저기 계시는 윤명 대협은 동굴 안으로 들어가는 독문과 다른 무리들의 뒤를 쫓아 잠입하려 했는데, 이곳에서 어이없게도 녀석들에게 들켜 당하고 말았지. 그것도 남아 있던 단 한 녀석한테 말이야."

"음……."

고도리의 말에 곽무진은 생각에 잠겼다. 자신이 알고 있는 고도리는 공동파에서도 촉망받는 인재로 그의 무공은 현재의 무진과 비교해도 뒤지지 않았다.

그런 그가 윤명이란 사람과 함께 합공을 했음에도 팔이 잘려 나가는 부상을 입었다는 것은 상대의 무공이 상당하다는 뜻이었다.

아무래도 동방명언과 함께 들어가는 것은 조금 어려운 일이라는 생각을 한 그는 고도리를 보며 말했다.

"어쨌든 이곳에서 물러나는 것이 좋을 듯합니다."

"휴… 알겠네."

오른팔이 잘려 나간 고도리로서는 이제 검수로서 반쯤은 생명이 끝났다고 해도 과언이 아니었으니 더 이상 싸울 힘이 없는지라 그의 말대로 동굴을 빠져나가기로 결심했다.

하지만 곽무진은 고도리와 윤명을 보며 조금 이상한 생각이 들었다.

이들의 상처가 중하기는 해도 점혈만 한다면 생명은 유지할 수 있는 상태였기 때문이다.

또 이런 상처를 입히고도 끝을 내지 않았다는 것이 이해되지 않았다.

하지만 이런 의문이 있다고 해도 현 상황에서는 어찌할 도리가 없었기에 동방명언은 윤명을, 곽무진은 고도리를 업고 동굴을 빠져나가려 했다. 그때 동굴 입구 쪽에서 인기척이 들려왔다.

"이런!"

누군가 동굴로 들어서고 있다는 것을 안 곽무진은 주위를 돌아보고는 네 사람이 숨을 정도의 공간을 발견하고는 그곳으로 몸을 숨겼다.

"젠장! 온몸이 축축해지는 것 같군."

안으로 들어서는 이들은 다섯 명 정도로, 그중 선두에서 횃불을 들고 있는 이십 대 정도의 청년은 동굴 안의 습기가 기분 나쁜지 연신 투덜거리고 있었다.

그의 왼쪽 허리에는 반쯤 열려 있는 가죽 주머니가 매어져 있었는데, 군데군데 드러나는 흔적으로 미루어보아 암기 주머니라는 것을 알 수 있었다.

"입 닥치고 앞이나 살펴. 순당주의 말대로라면 멸천문 녀석들 역시 이곳에 있을 것이다. 녀석들이 이곳의 돈을 가로채기 위해 살인멸구할 수 있으니 한시라도 빨리 먼저 들어간 사람을 찾아야 한다고."

"쳇!"

이들 무리의 대장인 듯한 삼십 대의 무사는 투덜거리는 청년을 독촉하며 동굴 안으로 걸음을 옮기고 있었는데, 고도리가 있었던 곳까지 걸어온 그는 손을 들어서는 사람들을 멈추어 세웠다.

"무슨 일이야?"

"이상하군."

"뭐가?"

"피 냄새가 난다. 그것도 아주 신선한 피 냄새가 말이야."

"응? 킁킁."

삼십 대 무사의 말에 앞장서던 청년 역시 코를 킁킁거리며 냄새를 맡기 시작했지만 피 냄새는 나긴 하지만 그의 말대로 신선한 피 냄새인지 아닌지는 알 도리가 없었다.

"젠장. 쥐새끼 한 마리도 없는데요 뭐! 어떤 멍청한 새끼가 이곳에서 피를 쏟기라도 한 것 같으니 그냥 가요! 이런 곳에서 오래 있고 싶지 않다고요, 대사형."

"음……."

하지만 대사형이라 불린 사내는 그의 말에 아랑곳하지 않고 사방을 둘러보더니 이윽고 곽무진이 숨어 있는 곳까지 시선을 돌렸다.

"음… 저쪽이 혈향이 짙은데. 안수(安邃), 네가 가봐라."

"예, 대사형!"

대사형의 말에 네 번째에 서 있던 자가 품에서 반월의 형태의 칼을 꺼내어서는 천천히 곽무진 등이 숨어 있는 곳으로 걸음을 옮겨왔다.

'아무래도 한바탕해야 될 것 같군.'

그들의 말을 들으며 독문의 제자들이라는 것을 안 곽무진은 다가오는 놈을 처리한 후 녀석들이 싸울 채비를 하기 전에 이곳을 빠져나갈 생각을 하며 기회를 기다렸다.

그리고 안수라는 자가 어느 정도 거리에 들어왔을 때 곽무진은 칼에 손을 대곤 뛰어나갈 준비를 했는데, 그때 동굴의 안쪽에서 누군가의 비명 소리가 들려왔다.

"끄악!"

"뭐야?"

"동굴 안에서 소리가 났어요!"

"시작한 건가? 젠장, 어서 들어가자!"

"예."

비명 소리가 들려오자 중년인은 급히 다른 사제들에게 소리치고는 경신술을 사용해 안으로 빠르게 들어갔고, 그의 뒤를 나머지 네 명이 따라갔다.

비명 소리로 인해 위기를 벗어난 곽무진은 안도의 한숨을 내쉴 수 있었는데, 그와 함께 도대체 동굴 안쪽에선 무슨 일이 일어나고 있는지 궁금할 수밖에 없었다.

그런 곽무진의 생각을 알았는지 동방명언은 자신이 업고 있는 윤명에게 말했다.

"혼자 걸을 수 있겠소이까?"

윤명이 고개를 끄덕이는 것으로 대답하자, 동방명언은 다시 곽무진을 보며 말했다.

"곽 대협, 일단 안으로 들어가 보도록 합시다."

"하지만 우리들의 무공으론 어렵지 않습니까?"

"방근 전에 지나쳤던 무리들의 말을 들어보면 두 무리가 일촉즉발의 상황에 있는 것 같소. 그렇다면 상대에게 신경 쓰느라 우리들을 파악하지 못할 것입니다."

동방명언의 말도 틀리지 않는지라 곽무진은 고개를 끄덕이고는 업고 있던 고도리를 보며 말했다.

"고 대협, 죄송합니다만 혼자서 나가실 수 있겠습니까?"

"윤명 대협과 힘을 합치면 충분히 빠져나갈 수 있을 것 같소."

"동굴을 빠져나가면 바로 앞에 있는 큰 나무 뒤에 숨어 계십시오. 동굴을 나가면 곧장 그리로 가도록 하겠습니다."

"알겠네."

중상이긴 했지만 혈도를 짚어 지혈했기에 더 이상 피가 나오지 않았고, 만화심단으로 약간의 원기를 회복했기에 고도리는 고개를 끄덕여 대답하고는 윤명과 함께 동굴 밖으로 나섰다.

"자, 가십시다."

"예."

두 사람이 나간 후 곽무진과 동방명언은 최대한 발자국 소리를 죽이며 동굴 안으로 들어갔다.

얼마 지나지 않아 허리가 양단된 시체 한 구를 발견할 수 있었는데, 사방에 튀긴 핏자국은 입구에서 보던 핏자국과 그리 다르지 않다는 것을 알 수 있었다.

눈을 부릅뜨고 죽은 그의 오른손 옆에는 콩알만한 철구가 여러 개 떨어져 있었는데, 푸르스름한 기운이 보이는 것으로 보아 독문의 독 암기라는 것을 알 수 있었다.

"독문의 무사로군요. 원거리에서 암기를 던지려고 했지만 실패한 모양입니다."

"상당한 도의 고수입니다. 벽의 한쪽 면이 갈라져 있는 것을 보니 도강 같군요."

"도강이라……."

도강을 시전할 수 있는 경지의 실력자라면 쌍도문에서는 등평이나 장춘삼 이상의 실력을 지녀야 가능했기에 무진의 이마에선 긴장감으로 인한 식은땀이 흘러내렸다.

하지만 이왕 들어온 거 이곳에서 물러설 수는 없는지라 다시 안으로 걸음을 옮겼다. 한참 안으로 들어서자 동방명언이 크게 놀라서는 곽무진의 팔을 잡고는 급히 뒤로 집어 던졌다.

"무슨 짓입니까!"

놀란 곽무진은 공중제비를 돌아서야 겨우 벽에 부딪치는 것을 면할 수 있었기에 동방명언을 보며 화가 난 목소리로 말했는데, 그는 바닥 쪽에 횃불을 가져가서는 말했다.

"독을 먹인 철사입니다."

"음."

그의 말대로 어렴풋이 푸르스름한 기운의 실이 보이고 있었으니 만약 동방명언이 집어 던지지 않았다면 발목에 상처가 생겨 독에 중독되었을 것이다.

"철사를 연결하는 쇠가 녹슬어 있는 것을 보니 꽤 오랜 시간 동안 설치되어 있었던 것 같습니다. 아무래도 철사방에서 장치한 것 같군요."

벽에 철사를 묶기 위해 박아놓은 쇠를 보며 철사방이 장치해 놓은 함정이라는 것을 간파한 동방명언은 철사의 앞쪽을 검으로 훑어보았다. 그러자 흙이 사라지며 날카로운 침이 모습을 드러내었다.

"지금부터는 조심해야 할 것 같습니다."

동방명언의 말대로 동굴 안에는 상당한 기관 장치가 있었다.

독이 묻은 철사를 피한다 해도 바로 밑에는 독침이 있었고, 그것을 발견하자마자 칼날이 날아오는 함정이 있어 조심에 조심을 거듭한다 해도 피하기 어려운 그런 함정들이 즐비했던 것이다.

다행히 동방명언이 기관 장치에 상당한 조예가 있는지 그러한 함정들을 잘 빠져나가고 있었다. 함정을 헤치고 나아가다 보니 먼저 동굴 안으로 들어간 자들이 함정에 당해 시체가 되어 있는 것을 볼 수 있었다.

"이번이 세 번째로군."

"독문 역시 기관 장치에 조예가 있는 사람이 있을 텐데도 이렇게 당한 것을 보니 아무래도 조금 힘들 것 같습니다."

곽무진은 기관 장치에 대해선 아는 것이 없는지라 동방명언의 말에 고개를 끄덕이는 것밖에 달리 할 것이 없었다.

동방명언은 이미 기관 장치에 대해서 상당한 준비를 해왔는지 무엇
인가 있을 것 같을 때면 무엇인가를 꺼내어서는 기관 장치을 하나씩
파훼해 나갔기에 경험이 없는 곽무진은 신기한 듯 구경만 하고 있다
문득 생각이 나 그를 보며 물었다.

"일일이 다 파훼할 필요는 없지 않습니까?"

"우리 쪽 세력이 상대보다 강하다면 모를까 적에게 들켜 도망갈 수
밖에 없다면 퇴로를 안전하게 확보하는 것도 나쁘지는 않겠지요."

"음."

하지만 기관 장치을 하나하나씩 파훼하고 있었기에 속도는 자연히
더딜 수밖에 없었는지라 따분함이 밀려오고 있었는데, 그때 벽에 박혀
있는 누군가의 시체를 볼 수 있었다.

"이건?"

아직도 피가 흐르고 있는 것으로 보아 기관에 당한 지 얼마 되지 않
음을 알 수 있었다. 한데 지금까지 보았던 시신과는 다른 복장을 하고
있는 데다가 얼굴은 복면으로 가리고 있는지라 혹시 이들이 고도리가
말했던 무리들이 아닐까 하는 생각이 들었다.

천천히 그에게 다가간 무진은 피로 물들어져 있는 복면을 벗겼다.

죽임을 당한 자는 사십 대 정도의 중년 남자였다.

"어디선 본 얼굴 같은데……."

곽무진은 그 얼굴이 그리 낯설지 않는지라 한참을 생각에 잠겼고,
잠시 후 무엇인가가 생각났는지 손바닥을 치며 소리쳤다.

"사천당가의 당요?"

사천당가에서 본 적이 있는 무사인 당요라는 것을 안 곽무진은 크게

놀랄 수밖에 없었다. 설마 사천당가의 인물이 이런 곳에 있을 것이라 곤 생각지도 못했기 때문이었다.

한참을 생각하던 곽무진은 손가락으로 그의 얼굴을 눌러보았다.

혹시나 인피면구가 아닐까 하는 생각이었지만, 인피면구를 쓴 것은 아니었다.

'왜 사천당가의 인물이 이곳에 있는 거지?'

사천당가의 당요는 당가의 혈족이 생활하는 내가 쪽의 인물인지라 그가 무엇 때문에 이런 곳까지 와 죽임을 당했는지 이해할 수 없었다.

"잠시만 비켜주시겠습니까?"

무슨 생각인지 동방명언은 곽무진을 비켜서게 한 후 품에서 병을 하나 꺼내어서는 그의 얼굴에 부었다.

그 순간 당요의 얼굴이 퀴퀴한 냄새를 내며 부식하기 시작했다. 잠시 후 부식이 사라지자 두 손에 은침과 단검을 든 동방명언이 그의 피부를 헤치며 무엇인가를 살펴보는 듯하더니 고개를 끄덕이고는 곽무진을 보며 말했다.

"이자는 특수한 면구를 사용하고 있습니다."

"응? 특수한 면구?"

"예. 아마도 인피면구를 특수한 방법으로 처리한 것 같은데, 부식액을 통해 겉의 표피를 제거한 후 살펴보니 성분을 알 수 없는 약이 발라져 있었습니다. 유착 상태로 보아선 면구를 착용한 지 족히 수년은 되는 듯한데, 아마도 이자는 사천당가에서 계속 당요란 사람의 흉내를 내고 있었을지도 모르겠습니다."

"인피면구라면 당요가 죽임을 당했다는 말인데… 그리고 면구를 그

렇게 오래 계속 쓰고 있으면 문제가 있지 않을까요? 그렇다면 사천당
가에서 못 알아챌 리가 없을 텐데."

"글쎄요. 무공을 익히고 있는 사람이라면 이 정도는 견딜 수 있을
테고, 면구도 상당히 잘 만들어져 있어 그리 불편함을 느끼지는 않았을
듯합니다."

그의 말에 무진은 인피면구를 착용한 자가 구파일방을 비롯한 정파
나 사파에도 있을 수 있다는 생각이 들었다.

'혹시 쌍도문에도?'

하지만 이내 고개를 내젓고 말았다. 형제같이 지내고 있는 사람들을
의심한다는 것이 내키지 않았기 때문이다.

'그나저나 이 녀석, 정말 표국의 무사가 맞는 거야?'

명문 표국 출신이라 해도 자신과 같은 대문파의 제자와 비교한다는
것은 조금 무리가 있는 일이었다.

그러나 동방명언이란 자는 무인으로서의 기운도 기운이려니와 기관
에 대한 지식은 물론 다방면에 뛰어난 지식을 지니고 있었기에 의심이
갈 수밖에 없었다.

'정파는 아니다. 이런 정도의 인물을 알지 못할 리가 없으니까. 그
렇다면 사파나 마교의 인물이라는 건데……'

이런저런 생각을 하며 걸음을 옮기던 곽무진은 동굴 저편에서 누군
가의 목소리를 들을 수 있었다.

[곽 대협, 녀석들이 있는 것 같습니다.]

동방명언의 전음에 곽무진은 최대한 기척을 죽이고 목소리가 들리
는 곳으로 걸음을 옮겼다. 그곳에서 여러 개의 횃불 밑으로 열 명 정도

의 독문 무사가 쓰러져 있고 두 무리의 무사들이 대치하고 있는 것을 볼 수 있었다.

그중에는 곽무진에게도 낯설지 않은 이가 있었으니, 바로 쌍도편 구랍이었다.

그들과 대치하고 있는 자들은 곱슬머리를 길게 늘어뜨리고 있는 무사와 여섯 명의 복면인이었는데, 곱슬머리를 길게 늘어뜨리고 있는 자의 검으로 보아 일점쾌검 문수라는 것을 알 수 있었지만 복면을 하고 있는 자들은 누구인지 알 수 없었다.

"역시 네 녀석이 배신자였군."

구랍은 일점쾌검 문수를 보며 이를 갈고 있었고, 고도리와 있을 때 동굴 안으로 들어왔던 다섯 명은 그의 뒤에서 검은 구슬을 손에 들고는 여차하면 던질 준비를 하고 있었다.

"후후후."

"만철은 희생양이었는가?"

"물론 독문 소문주의 스승이라고는 하지만 구랍 네 녀석이 나를 보는 눈은 그리 좋지 못했으니까."

"음."

상황은 이렇게 된 것이다.

독문은 모두 두 개의 파벌이 존재했는데 그중 칠절편 만철과 일점쾌검 문수는 소문주의 파벌이었다.

그 때문에 구랍은 철사방의 보물을 차지하기 위해 동행했음에도 만철과 문수를 경계하고 있었다.

그러던 중 만철이 소문주에게 받았던 밀명에 따라 철사방의 보물을 차지하고 빼돌리기 위해 암수를 준비하고 있었는데, 어이없게도 같은 편이라 생각한 일점쾌검 문수가 구랍에게 이 사실을 말함으로써 실패로 돌아가고, 그는 문수에게 죽임을 당한 것이다.

만철의 계획을 깨뜨린 일점쾌검 문수는 자연히 구랍의 믿음을 살 수 있었는데, 철사방의 보물이 묻혀 있던 장소에 도착하자 그는 또다시 배신하여 멸천문의 사람들과 함께 독문의 무사들을 공격한 것이다.

구랍은 크게 놀라 반격을 하려 했지만, 그동안 문수가 뿌린 산공독에 중독되었는지 힘을 사용할 수 없어 죽임을 당할 위기에 처했지만, 그때 독문에서 보낸 다섯 명의 무사가 도착한 것이다.

그들은 독문 문주의 제자들로 상당한 무공의 소유자들이었기에 일점쾌검 문수도 녀석들의 암기와 독에 함부로 접근하지 못하고 뒤로 물러선 것이다.

'아무래도 상황이 좋지 못하군.'

일점쾌검 문수로선 자신과 함께 온 멸천문의 무사들이 강하다고는 하나 상대는 문주에 이어 가장 고강한 무공을 소유하고 있는 쌍두편의 구랍에 문주가 총애하는 다섯 명의 제자까지 힘을 합치고 있었기에 아무래도 승산이 없다 생각하였다.

미리 해독단을 먹어두어 지금까지 독의 공격은 막을 수 있었지만, 시간이 지날수록 몸 안으로 독기가 침범해 들어올 것을 예상한 문수는 옆에 있던 복면무사에게 눈짓을 보냈다. 문수의 눈짓을 받은 그는 등에 지고 있던 검은 봇짐을 풀어서는 무엇인가를 꺼내었다.

"헉!"

"화탄?!"

그의 손에 들린 것은 어른 주먹 정도 크기의 화탄이었다. 다른 손에 들려 있는 불씨가 옮겨 붙는다면 이런 동굴에서는 어느 누구도 살아남지 못할 것은 눈에 선한 일이었다.

'설마 이곳에서……!'

구랍으로선 그들이 화탄을 꺼내자 당황할 수밖에 없었다.

자신이야 독문을 위해 희생하는 것이 아까울 것이 없었지만, 차대 독문의 뒤를 이을 후기지수 다섯 명의 목숨은 아까울 수밖에 없었다.

그중 문주의 수제자인 철령(鐵逞)은 구랍이 소문주 구독망 양견을 제치고 문주의 직에 오르게 하려 한 자였다.

현 소문주인 구독망 양견은 수하들의 목숨을 파리처럼 생각하고 있는 잔인한 인물이었기에 만약 철령이 이곳에서 죽는다면 독문의 앞날은 어둡기만 했으니 그로선 어떻게든 화탄이 터지는 것만은 막아야 했다.

'설마 이것도 계획된 일이었는가!'

자신이 이곳에서 죽는다면 구독망 양견의 아집과 독선은 더욱 심해질 것이 뻔한 일이었고 그런 자를 조종하는 것은 멸천문으로선 어렵지 않은 일이었다.

"멸천문의 영광을 위해!"

복면무사는 문수가 고개를 끄덕이는 것을 보며 화탄에 불을 붙였고, 도화선으로 불이 당겨지는 것을 보며 구랍은 크게 놀라 소리쳤다.

"젠장! 철령, 당장 이곳을 피해라!"

"구 당주님!"

하지만 철령은 구 당주의 말을 들을 수가 없었다. 독문에서 가장 존경하는 그를 두고 혼자 도망갈 수는 없기 때문이다.

슈슉!

그때 기적과도 같은 일이 일어났으니, 날카로운 파공음과 함께 무엇인가가 빠른 속도로 날아와서는 복면무사가 들고 있던 화탄의 도화선을 잘라 버리자, 문수는 크게 놀랄 수밖에 없었다.

"누구냐!"

파공음이 시작된 곳을 향해 문수가 미간을 찌푸리며 소리쳤고, 그곳에서 한 사람이 모습을 드러내었다.

"후후후. 오랜만이오, 구랍."

"철사방 방주 유익(劉翼)?"

설마 이런 곳에서 죽었다고 알려져 있던 철사방의 방주가 나타날 것이라고는 생각지도 못했던 구랍은 크게 놀랄 수밖에 없었다.

"잘도 나를 속였더군, 구랍."

"음······."

그의 말에 구랍은 미간을 찌푸릴 수밖에 없었다.

사실 독문은 철사방을 사천의 패주로 만들어주겠다며 대대적인 지원을 약속했지만, 막상 정파 연합이 이곳으로 들어왔을 때는 살그머니 빠져나갔던 것이다.

그런 이유로 철사방 혼자 정파 연합을 상대하느라 멸문에까지 이르렀고, 독문은 그런 철사방이 사라지자 재빨리 철사방이 유지하고 있던 지역을 가로채어 중원으로 진출하는 교두보로 삼은 것이다.

그런 계획을 선두에서 지휘했던 사람이 바로 구랍이었기에 철사방의 방주가 그에게 좋은 감정을 가질 리가 없었다.

"더러운 욕심을 가진 네 녀석들이라면 분명 본 방이 숨겨놓은 돈마저 가로채려 할 것이 뻔했기에 너희 녀석들을 이곳으로 끌어들인 것이지."

"역시 함정이었는가."

"하하하하! 당연한 일 아닌가? 이런 중요한 곳을 일개 문도가 알 정도로 비밀을 유지했을 내가 아니지 않은가?"

"큭."

당연한 사실이었지만, 자금이 필요했던 구랍으로선 피할 수 없는 함정이었다.

"그런데 왜 우리를 도와준 거지?"

"당연하지 않은가? 네 녀석들에게 원한이 있다고는 하지만 이곳에 있는 황금과 바꾼다는 것은 너무나 아까운 일이니까."

"……."

확실히 이 동굴 안에는 철사방이 숨겨놓은 자금이 있었던 것이니, 숨어서 지켜보고 있던 동방명언의 눈에서는 빛이 일고 있었다.

[저자로군요. 우리들을 이곳으로 끌어들인 자가 말입니다.]

[그렇군요.]

하지만 철사방 방주인 유익이 과연 자신들에게 무엇을 바라는지는 알 수 없는 두 사람이었다.

"흥! 하지만 네 녀석 혼자만의 힘으로 우리 모두를 상대할 수는 없을 텐데?"

"크하하하! 내가 아무런 대책도 없이 이곳으로 왔다고 생각하는가?"

구랍의 말에 유익은 대소를 터뜨리며 말하니, 잠시 후 그가 있었던 곳에서 한 남자가 모습을 드러내었다.

"헉!"

그의 얼굴을 확인한 곽무진은 자신도 모르게 숨넘어가는 소리를 낼 수밖에 없었으니 어둠 속에서 나온 인물은 바로 자신의 태사숙인 장춘삼이었기 때문이다.

"쌍도문의 장춘삼?!"

"그래! 네 녀석의 야비한 속임수에 당한 난 여기 계시는 장춘삼 대협에게 잡히고 말았지. 하지만 그때 쌍도문 역시 의문의 집단에게 습격을 당했더군. 쌍도문의 주력이 철사방을 치기 위해 왔던 시기와 쌍도문이 당했던 것이 너무나 일치하지 않은가? 그래서 난 그 습격도 독문에서 꾸민 일이라 생각했고, 장 대협 역시 나와 의견을 같이하신 것이지."

"크윽!"

"나 혼자의 힘이라면 모를까 장 대협과 쌍도문 문도들이 있다면 상황이 다르지 않겠는가?"

유익의 말이 끝나기가 무섭게 그의 뒤에서 십여 명의 무인들이 걸어나오니, 그들 모두가 곽무진도 잘 알고 있는 쌍도문의 무사들이었다.

피할 수 없는 함정에 빠진 구랍은 신음성을 내지를 수밖에 없었다.

하지만 이대로 당할 수는 없는지라 뒤에 있던 철령에게 수신호로 빠져나가라는 말을 전했다.

"차압!"

펑!

구랍의 신호를 받은 철령이 손에 들고 있던 검은 구슬을 던지니, 그들의 앞에 던져진 검은 구슬은 펑 하는 소리와 함께 독연을 내뿜으며 폭발했다.

"가라!"

구랍은 이 시기를 틈타 빠져나가려고 했는데, 그때 장춘삼의 목소리가 터져 나왔다.

"무진아! 저들을 막아라!"

"예, 태사숙!"

장춘삼의 목소리를 듣는 순간 자신도 모르게 곽무진은 큰 소리로 대답을 하고는 도를 꺼내어 휘두르니, 가장 앞서 있던 청건의 사내는 미간에서 사타구니까지 혈선이 그어지며 믿지 못하겠다는 표정을 지으며 쓰러지고 말았다.

"안호!"

"젠장!"

청건을 쓴 안호라는 청년이 쓰러지자 그의 일행은 크게 놀랄 수밖에 없었다.

"쳐라!"

하지만 안호의 죽음에 정신을 쏟을 수만은 없었던 구랍은 곽무진을 공격하라는 지시를 내렸고, 독문의 무리들은 무진을 공격하기 시작했다.

"큭!"

독문에서도 상당한 실력의 소유자인지라 곽무진 혼자서는 역부족일 수밖에 없었다. 그때 뒤에서 파공음이 들려오며 한 자루의 검이 그의 어깨를 스치듯이 지나가 독문의 무사들을 공격했다.

"동방 대협!"

"곽 대협, 조심하십시오!"

다행히 곽무진의 위기는 동방명언의 도움으로 피할 수 있게 되었으니 두 사람이 힘을 합치자 더 이상 밀리지 않을 수 있었다.

"강풍낙월(江風落月)!"

곽무진에 의해 퇴로가 막혀 버린 독문의 무사들은 크게 당황할 수밖에 없었는데, 그때 뒤에서 살기가 느껴지며 강한 기운이 엄습해 왔다.

"끄아악!"

살기를 내뿜은 이는 바로 장춘삼이었다. 그가 초식을 시전하자 강한 도강이 형성되어서는 곽무진을 상대하고 있던 독문의 무사들의 몸을 양단시킨 것이다.

"크윽… 문주……."

독문의 호법과 당주로서 중원 진출을 위해 온 힘을 다하던 쌍두편 구랍은 어이없는 함정에 빠져서 이렇게 명을 다하고 말았으니, 자신을 친구처럼 생각해 주었던 문주를 생각하며 숨을 거두고 말았다.

단 한 번의 도강으로 인하여 남아 있던 네 명의 독문무사들이 양단되어 죽어 나가는 것을 보며 무진은 입을 다물 수가 없었다.

'엄청나다!'

장춘삼의 무공에 놀란 것은 동방명언 역시 마찬가지였다. 마교에서 쌍도문의 두 고수인 등평과 장춘삼에 대해서는 들었고, 몇 가지 일이 있어 그들에 대해서 상세한 조사를 했었던 그이지만 직접 보는 장춘삼의 무공은 생각보다 더 고강했던 것이다.

독문의 무사들이 터뜨린 독연이 모두 사라지자 서서히 사람들의 모습이 드러났고, 구랍들과 대치하던 일점쾌검 문수와 복면의 무사들은 쌍도문의 무사들에 의해서 제압당하고 있었다.

"태사숙, 설마 저에게 편지를 보낸 분이 태사숙이십니까?"

"그렇다."

장춘삼이 미소를 지으며 말하자, 고도리의 일이 생각난 그는 그것을 물어보지 않을 수 없었다.

"그렇다면 공동파의 고 대협은 왜……."

그 말에 장춘삼은 미간이 찌푸려지고 말았다.

"녀석은 어떻게 했느냐?"

"부상당해 쓰러져 있는지라 치료를 해서 일단 이곳을 빠져나가라 했는데……."

"흥! 쌍도문을 그렇게 만든 원인을 제공한 녀석을 도와주다니! 어리석구나!"

"태사숙……."

인자하기만 했던 태사숙이 이렇듯 강한 살기를 내뿜자 무진은 정신을 차릴 수가 없었다. 악인이라 할지라도 쉽사리 목숨을 끊지 않을 정도로 자비로웠던 장춘삼이라고는 생각할 수 없었기 때문이다.

"하지만… 그들은 같은 정파에 속한 사람들이 아닙니까?"

"정파?! 흥! 그런 녀석들이 본 문을 멸문까지 갈 정도로 만들면서도 한 사람도 도와주러 오지 않았단 말이야? 그리고 그런 것도 모자라 내 아들에게 무림대살령을 내려!"

"태사숙, 동생에 대한 무림대살령은 이미 풀렸으니 노여움을 푸십시오."

"무림대살령이 풀렸다고?"

"예. 구양 태사숙께서 동창의 힘을 빌려 그들과 함께 무림맹으로 가 담판을 지었습니다. 그 일로 저희들은 무림맹에서 풀려 나올 수가 있 었지요."

"아! 다행이구나. 구양 사형께서 그렇게 힘을 써주셨다니 말이다."

구양생의 말이 나오자 노기가 가득했던 장춘삼의 표정은 금세 풀려 예전의 인자한 모습을 되찾으니 사형제들에 대한 정이 상당히 깊다는 것을 알 수 있었다.

하지만 장춘삼이 변한 것은 부인할 수 없었다.

장천에게 무림대살령을 내리고 쌍도문을 멸문까지 가게 한 공동의 파사대협 우문강에게 이를 갈고 있었고, 그의 수제자인 고도리의 팔을 잘라 고통 속에 죽게 하려 했던 것이다.

그 때문에 무진은 장춘삼의 이런 변화가 불안할 수밖에 없었다.

과거 그의 스승인 광무자는 쌍도문의 사람 중에서 가장 두려운 인물 을 장춘삼이라고 말했었다.

'처음 선풍도의 초식을 스승님에게 보여 드렸을 때였지.'

광무자에게 매일 당하던 벌을 무공으로 만들게 된 곽무진은 수련 도 중 그 사실을 스승에게 알려 칭찬받을 속셈으로 광무자를 찾아갔었다.

"스승님, 어때요?"

"장하구나. 네가 이런 초식까지 만들 수 있다니 말이다."

"헤헤헤."

처음 들어보는 광무자의 칭찬에 곽무진은 입이 벌어질 수밖에 없었는데, 한참 그렇게 초식을 생각하던 그는 고개를 끄덕이고는 말했다.

"초식 자체는 훌륭하지만 아무래도 네가 익힌다는 것은 조금 어렵겠구나."

"예? 무슨 말씀이십니까?"

"너의 무공은 문주님과 같은 파운심공을 중심으로 하고 있기 때문에 선풍도법 초식의 힘을 제대로 살리지 못하기 때문이다."

"그런……."

자신이 만든 초식을 제대로 익힐 수 없다는 말에 곽무진은 실망할 수밖에 없었다.

"하지만 네가 이 초식 하나만을 삼십 년 이상 수련한다면 현 문주님의 경지까지는 오를 수 있을 것이다."

"와! 그럼 대단한 거잖아요! 장 태사숙님도 놀라운데 그것을 뛰어넘을 수 있다니 말이에요."

곽무진은 자주 보았던 장 태사숙의 무공을 뛰어넘을 수 있다는 말에 크게 기뻐하고 있었는데, 광무자는 고개를 내저으며 말했다.

"이런! 무진아, 너에게만 해주는 말이니 내가 말한 것은 어느 누구에게도 해서는 안 된다."

"예? 무슨 말씀이신데요?"

"넌 문주님과 장 사숙님 중 어느 분의 더 무공이 높은 것 같으냐?"

"예? 문주님 아닌가요?"

그 말에 광무자는 고개를 내저으며 말했다.

"모든 사람이 그렇게 생각하고 있기는 하지만, 이 스승은 장 사숙의 무공이 우위에 있다고 본다."

"예?"

"너도 알다시피 본 문의 입문무공인 쌍용승천도법을 극성으로 익히고 있는 사람은 본 문에서 유일하게 장 사숙뿐이다. 문주 역시 극성에 가깝게 익혔다고는 하지만 장 사숙의 경지에는 미치지 못하지."

"그건 심공 때문이 아닙니까?"

"심공이라… 파운심공과 청풍심공은 각기 장단점이 있긴 하지만, 쌍용승천도법은 이 두 가지 심법이 가지고 있는 장단점을 모두 포함하고 있는 무공이다. 즉, 파운심공을 익히나 청풍심공을 익히나 문제점은 모두 존재한다는 것이지."

"……."

"문주께선 아직까지도 쌍용승천도법을 극성까지 익히기 위해 하루 두 시진의 시간을 수련에 쏟고 있지만, 아직까지도 극에 이르지 못한 반면 장 사숙은 스물다섯에 그 도법을 극성까지 익히셨다."

"그런가요?"

"그런 것을 보며 난 장 사숙이 혹시 본신의 무공을 모두 드러내지 않는 것이 아닐까 하는 생각이 든단다."

"본신의 무공을 모두 드러내지 않았다고요?"

곽무진의 말에 광무자는 고개를 끄덕이며 계속 말을 이었다.

"그래. 내가 그런 생각에 확신을 가진 것은 과거 도살문과의 싸움에서였지. 그 당시 도살문의 문주는 사파에서도 명성이 잘 알려진 고수. 그런 사람을 상대로 장 사숙은 시종일관 밀리고 있다가 간신히 승기를 잡아 그를 죽일 수 있었지."

"그때 도살문의 문주가 발을 헛디뎠다고 들었는데요?"

"흥! 고수가 발 아래의 돌멩이도 파악하지 못하고 발을 헛디뎠다는 것이 말이나 된다고 생각하느냐?"

"그건……."

"그때 난 위기에 몰린 장 사숙을 돕기 위해 상대하고 있던 도살문의 호법을 처리하고 급히 달려갔는데, 한순간 크게 놀라고 말았다."

"놀라셨다고요?"

"그래. 장 사숙은 그때 도살문의 문주가 휘두르는 도에 어깨가 잘려 나갈 위기에 처해 있었는데, 한순간 푸른 섬광이 번쩍이더니 도살문의 문주의 다리가 휘청거렸지."

"아!"

"그와 함께 도살문의 문주는 장 사숙이 휘두른 도에 목이 잘렸고, 난 그것이 결코 도살문 문주의 실수가 아니라는 것을 알 수 있었지."

"아!"

광무자의 말에 곽무진은 도무지 믿을 수 없다는 표정을 짓다가 궁금한 것이 생각나 물었다.

"그렇다면 스승님께선 장 태사숙님의 무공이 어느 정도라 생각하시는 겁니까?"

그의 질문에 한참을 생각하던 광무자는 곽무진에게 충격적인 말을 던졌다.

"아마… 내 예상이 맞다면 강호에서 혈비도 무랑과 백 합 이상을 겨룰 수 있는 인물은 장 사숙뿐일 것이다."

"예? 혈비도 무랑과요?"

광무자는 그 이후 더 이상 다른 말을 하지 않았지만, 혈비도 무랑과

백 합 이상을 겨룰 수 있다는 말에 그는 장 태사숙을 지금까지와는 전혀 다른 사람으로 생각하게 되었다.

'스승님께서 말씀하신 것이 사실이라면, 무림은 장 태사숙으로 인하여 큰 혈란이 일 것은 자명한 일이다. 어떻게든 장 태사숙의 노기를 풀어야 할 텐데… 이거 어떻게 한담.'

쌍도문을 무너뜨린 녀석들과 그것을 방관만 하고 있던 녀석들이 모두 밉기는 했지만 그렇다고 그들 모두를 죽일 수는 없는 일이었다.

그런 일은 가능하지도 않을 뿐더러 만약 가능하다 하더라도 자칫 남아 있는 사람들마저 죽음을 면키 어려울 것이기 때문이다.

곽무진이 생각하고 있는 일은 무림맹으로 들어가 권력을 잡을 수만 있다면 다시 이 일을 재조사하여 다른 문파들을 응징한다는 것이었는데, 장 태사숙이 이런 모습을 보인다면 그런 계획은 이루어지지 않을 것이 뻔한 일이었다.

한편 동방명언은 곽무진의 뒤에서 구랍의 시신을 보고 있었다.

양단되어 잘려 나간 시신을 보며 장춘삼의 무공이 어느 정도인가를 알아보고 있었던 것인데, 잘려 나간 시신의 상처는 도에 실린 강기에 의해 잠시간 피를 뿜지 않았을 정도였기에 등에서는 식은땀이 흘러내렸다.

'천마라고 해도 이자를 상대로 백 합을 넘기기 어렵겠군. 어떻게 쌍도문에 이런 고수가 있는 거지?'

제38장 데비드와의 재회

전혀 예상하지 못했던 거대한 존재를 알게 되었다는 생각에 동방명언은 이것이 어쩌면 다행일 수도 있다는 생각을 하며 떠날 생각을 하고 있었다. 그때 장춘삼이 그에게 다가와서는 말했다.

"본인은 쌍도문의 장춘삼이라고 하네."

"안형표국의 부표두인 동방명언이라 합니다."

"안형표국이라… 그런 곳에 자네 같은 뛰어난 후기지수가 있으리라고는 생각지도 못했군."

"과찬의 말씀이십니다."

동방명언의 겸손의 말에 장춘삼은 고개를 끄덕이고는 품에서 종이를 꺼내어서는 그에게 건네주었고, 그것을 받아본 동방명언은 크게 놀랄 수밖에 없었다.

그가 건네준 종이는 중원에서 가장 신용이 높다고 알려져 있는 금룡전장에서 발행한 전표로 금 일만 냥이라는 거액이 적혀 있는 전표가 다섯 장이나 되었기 때문이다.

"이건……."

"우리를 도와준 보답이네."

장춘삼이 미소 지으며 말하고 있었지만, 동방명언은 그런 미소가 오히려 부담이 될 정도였다.

전표를 받은 명언은 한참 생각에 잠겼다가 전표 중 네 장을 빼내어 다시 돌려주며 말했다.

"장 선배께서 저를 생각해 주시니 감사합니다만, 너무 많은 액수입니다. 제가 이곳에 온 것은 철사방이 가로채 간 안형표국의 표물을 찾아 손해를 만회하기 위해서였을 뿐 그 이상의 금전은 바라지 않습니다. 금 일만 냥이라면 잃어버린 표물과 잃어버린 신용을 찾기 위해 쓴 돈을 만회하고도 남는 액수이니 이 정도면 충분하리라 생각합니다."

"아니, 그대가 본 문의 제자를 도와 이번 일을 성사시킨 걸 생각하면 당연한 일이네."

"그저 곽 대협이 하는 일을 옆에서 지켜보았을 뿐인데, 어찌 이런 많은 돈을 받을 수 있겠습니까? 실례가 되는 것은 알지만 저로선 이 돈을 받을 수가 없습니다."

"음."

한사코 그가 돈을 받으려 하지 않자 장춘삼은 고개를 끄덕이고는 전표를 받아 들고는 말했다.

"알겠네. 하지만 이 일은 자네가 본인에게 빚을 두는 것이나 마찬가지이니 안형표국에서 일이 생긴다면 본좌와 쌍도문은 자네들을 적극 돕도록 하겠네."

"선배님의 말씀에 감사드릴 뿐입니다."

장춘삼에게 받은 돈 중 사만 냥을 되돌려 준 동방명언은 안도의 한숨을 내쉴 수 있었다.

자신에게 돈을 주던 장춘삼의 눈은 겉으로는 인자해 보였지만, 그 안에는 무엇인가 알 수 없는 위화감 같은 것이 느껴졌기 때문이다.

그 때문에 동방명언은 그 돈을 받는다면 무엇인가 좋지 않은 일이 벌어질 것 같은 불길한 생각이 들어 한사코 그것을 거부한 것이다. 하지만 이것으로도 안심이 되지 않았던 동방명언은 옆에서 자신을 보고 있던 곽무진을 보며 포권하고는 말했다.

"저는 이만 돌아갈까 합니다."

"동방 대협."

"곽 대협, 만나서 반가웠습니다. 생각 같아서는 술이라도 나누고 싶지만 표국에서 기다리고 있는 사람이 있는지라 시간을 지체할 수 없군요."

"아! 동방 대협을 이렇게 보내니 아쉽군요."

"그렇게 생각한다면 다음달 중순에 본 표국을 한번 찾아주십시오. 이번에 받은 돈도 있고 하니 곽 대협과 거나하게 취해보고 싶군요."

"하하하. 알겠습니다. 내 꼭 안형표국으로 동방 대협을 찾아가도록 하지요."

"기다리겠습니다. 그럼 이만."

곽무진의 약속을 받아놓은 동방명언은 포권하며 장춘삼과 곽무진에게 인사를 올리고는 재빨리 동굴 밖으로 경신술을 사용하여 빠져나왔다.

'되었다. 이렇게 한다면 그자라 할지라도 당분간 손을 쓰지 못하겠지.'

동방명언이 떠나기 전 곽무진과 약조한 것은 혹시 장춘삼이 자신과 표국에 손을 쓰지 않을까 하는 생각 때문이었다.

철사방의 재보를 쌍도문이 차지한 이상 이 소문이 강호에 퍼지게 되면 자칫 큰일을 겪을 우려가 있어 쌍도문은 그런 우려를 해소하고자 암암리에 표국을 칠 수도 있기 때문이다.

하지만 쌍도문에서 중요 인물로 생각되는 곽무진과 친분을 가진다면 그를 보아서도 장춘삼이 표국에 손을 쓰지 않으리라는 생각이 든 명언은 한 달 가까이 시간을 두어 그를 표국에 초대함으로써 사전에 그것을 예방하고자 한 것이다.

"무진아, 너는 다른 문도들과 함께 이곳의 물건을 사천의 영흥문으로 옮기도록 하거라."

"예."

장춘삼의 지시에 곽무진이 문도들과 함께 나가자 동굴 안에는 장춘삼과 철사방의 방주와 그의 부하들, 그리고 문수와 복면인들만이 남았다.

"장 대협, 이자들은 이제 어떻게 할 생각이십니까?"

"우선 복면을 벗기도록 하십시오."

장춘삼의 말에 유익과 철사방의 문도들은 그들의 복면을 벗겼는데, 그들의 얼굴이 드러나자 사람들은 크게 놀랄 수밖에 없었다.

"이자들은!"

"구파일방의 명숙들이군요!"

얼굴이 드러난 이들은 모두 구파일방에서 내로라하는 인물들이었기에 유익은 정신을 차릴 수가 없었다.

"장 대협… 이 일을 어찌해야 할지……."

"유 방주, 비밀을 아셨으니 이제 만족하십니까?"

"예? 큭!"

장춘삼의 말이 끝나자마자 유익은 복부에서 뜨거운 열기를 느끼며 신음을 내지를 수밖에 없었다. 언제 풀렸는지 문수와 복면인들이 자신과 부하들을 공격해 왔던 것이다.

"이, 이런 일이… 설마……."

"잘 가시오, 유 방주."

"크윽… 비열한… 녀석……."

유익은 멀어져 가는 의식 속에서 장춘삼의 배신에 치를 떨며 쓰러지니, 동굴 안에 있던 철사방의 사람들은 모두 명을 달리하고 말았다.

"당주님!"

"오랜만이네, 문수."

유익을 쓰러뜨린 문수는 장춘삼을 보며 포권하고는 당주라 부르니 놀라운 일이라 할 수 있었다.

"문수, 나의 어깨를 검으로 찌르게."

"예?"

"아직 내가 할 일이 남아 있는데, 이렇게 끝낼 수는 없지 않은가?"

"알겠습니다."

장춘삼의 말에 고개를 끄덕인 문수는 검을 들어서는 그의 어깨를 찔렀다. 장춘삼은 어깨에 큰 통증을 느꼈지만 미간을 찌푸릴 뿐이었다.

"당주, 저희는 이제 어떻게 하면 좋겠습니까?"

"자네의 일은 끝났네. 이곳에서의 일은 본 문에 알려지면 안 되니 말이야."

"예?"

그 순간 장춘삼은 도를 들어서는 그들을 향해 도강을 날리니 문수와 복면인들은 갑작스러운 공격에 제대로 반항도 하지 못한 채 허리에서부터 양단되어서는 땅으로 쓰러지고 말았다.

"다, 당주……?"

"이곳의 돈은 쌍도문을 위해 쓰여져야 하네. 그러기 위해선 이 사실을 아는 자는 사라져 주는 것이 본 문으로선 안심할 수 있겠지."

문수는 그가 멸천문을 배신했다는 것을 증오하며 죽어갔다. 잠시 그들을 지켜보던 장춘삼은 화탄을 들어서는 심지에 불을 붙였다.

콰과광!

얼마 지나지 않아 화탄이 폭발했고, 굉음과 함께 동굴이 무너지기 시작했다.

동굴 안에서 들린 굉음에 곽무진이 놀라 장춘삼의 이름을 부르며 안으로 뛰어들어 갔다.

"장 태사숙!"

"크윽……."

동굴로 뛰어들어 가던 곽무진은 어깨에 피를 흘린 채 걸어나오는 장춘삼을 보며 크게 놀라 그를 부축해서는 급히 동굴을 빠져나왔다.

"무슨 일입니까?"

"크윽… 일점쾌검 문수가 혈도를 풀고는 화탄을 터뜨렸구나. 크윽… 철사방의 방주와 다른 이들은 모두 죽고 나만 간신히 빠져나올 수 있었다."

"그런 일이! 휴… 아무튼 태사숙께서 이렇게 무사하시니 다행입니다."

곽무진은 다른 이들에겐 안됐지만 장춘삼만이라도 살아 나온 것에 안도의 한숨을 내쉬었다.

"내 상처는 외상뿐이니 그리 걱정할 것은 없다. 다른 문도들은 무사하느냐?"

"예, 저희 모두가 빠져나온 이후에야 화탄이 터졌습니다."

"다행이구나… 큭……."

곽무진의 말에 장춘삼은 더 이상 고통을 참지 못하고 혼절하고 마니, 곽무진은 사람들에게 지시하여 급히 장 태사숙을 치료하게 했다.

무삼협에서 이런 일이 있을 무렵, 장천은 유능예와 함께 영홍문으로 향하고 있었다.

탈혼살부 유강과의 싸움에서 간신히 승리하기는 했지만, 좌검우도의 무공이 아직 미숙하다는 것을 깨닫고는 여행 중에 틈틈이 양의심공을 극성으로 익히기 위해 노력하는 동시에 소수마공과 화의 무공을 같은 수준으로 끌어올리는 데 주력했다.

능예 역시 자신의 무공이 미약함을 깨달아 장천의 짐이 되지 않고자 마교에서 배운 무공을 다시 한 번 단련하며 만약의 사태에 대비해 나갔다.

이런 두 사람의 여정은 어느새 감숙성 남단에 있는 영아현이라는 곳에 이르러 있었다.

마을에 도착한 두 사람은 간단히 요기를 할 겸 객점으로 향하고 있었는데, 그때 반대쪽에서 수십 기의 기마가 급하게 달려오는 것을 볼 수 있었다.

"길을 비켜라!"

"능예, 위험해!"

사람들이 다니는 길에서 빠르게 말을 몰고 있는지라 장천은 크게 놀라서 능예의 허리를 잡고는 겨우 말을 피할 수 있었다.

검은색의 무복을 입은 일단의 무사들은 사람들을 향해 소리치며 황급히 말을 몰아가고 있었다. 무슨 급한 일이 있는 듯했다.

장천과 능예에게 달려온 마을 사람들은 두 사람이 무사한 것을 보자 무사들을 욕하기 시작했다.

"저런 몹쓸 녀석들!"

"흥! 저런 심보를 가지고 있으니 서양 도깨비에게 당하지!"

"서양 도깨비?"

장천의 물음에 마을 사람 중 한 명이 답해주었다.

"흑수파 녀석들이 마을 밖에서 안씨네 아낙을 희롱하는 것을 서양 도깨비가 구했다던데, 그 와중에 서양 도깨비에게 호되게 당했다고 하더이다."

"오, 그래서 저렇게 바쁘게 달려가는 거군요."

마을 사람들의 이야기를 듣던 장천은 서양 도깨비란 이가 서역에서 온 사람이 분명한지라 혹시 자신의 의형제 데비드가 아닐까 하는 생각이 들었다.

데비드는 자기네 나라에서는 기사라 불리며 의협심이 뛰어난 사람이니 여인이 곤경에 처했다면 목숨을 걸고라도 구했을 성정의 인물이었다.

"능예, 저 사람들이 말하는 서양 도깨비가 혹시 데비드가 아닐까?"

"정말 그럴 수도 있겠네요. 데비드 씨라면 지금쯤 중원에 돌아왔을 수도 있잖아요."

"음… 흑수파 녀석들의 뒤를 쫓아가 보지."

"예."

능예 역시 자신의 친구들이 데비드의 처첩이 되었기에 그에 대해서 잘 알고 있었던 것이다.

결정을 하자 두 사람은 마을 밖으로 달려간 흑수파의 뒤를 경공을 사용해 쫓아갔다.

"감히 흑수파의 무사에게 검을 휘두르다니! 살아 돌아갈 생각은 하지 말아라!"

말을 몰아 마을 밖으로 나온 흑수파의 무사들이 지저분한 몰골을 하고 있는 한 갈색 머리의 털북숭이사내를 둘러싸며 소리치고 있었지만 상대는 녀석들을 한 번 훑어보는 것 외에는 아무런 미동도 하지 않고 있었다.

"쳐라!"

대장의 명령이 떨어지자 흑수파의 무사들은 말에서 내려 그를 공격해 들어갔고, 누더기를 걸친 남자는 허리에 차고 있던 이상한 생김새의 검을 꺼내어 그들에 맞서갔다.

검은 중원의 것이 아니었지만 그의 무공은 중원의 것이었으니, 검을 한 번 휘두르자 수십 개의 검영이 난무하며 포위 공격을 해오는 흑수파의 무사들을 향해 밀려갔다.

"산검의 고수다!"

흑수파의 대장은 녀석이 산검의 고수라는 것을 깨닫고는 크게 놀랄 수밖에 없었다. 설마 서양 도깨비 녀석이 무공을 사용하는 자이리라고는 생각지도 못했기 때문이다.

누더기를 쓰고 있는 털북숭이사내의 검에 순식간에 흑수파 무사들 대여섯 명이 나가떨어졌다. 대장의 지시에 물러선 무사들은 정면으로 싸우는 것이 불리하다 생각했는지 주머니에서 암기를 꺼내어 집어 던지기 시작했다.

암기를 사용하여 녀석을 지치게 한 후 공격할 생각이었는데, 흑수파의 무사들이 암기를 던지자 그는 가볍게 발을 구르고는 뛰어올랐다.

"마령검법!"

하늘로 뛰어오른 그의 손에 들린 검에서 소나기가 내리듯이 검기가 쏟아지며 흑수파의 무사를 향해 내리 꽂혔다.

"끄아악!"

"설마… 마교……?!"

흑수파의 대장 양철심은 과거 마교에서 수련을 쌓았으나 자질이 부족하여 간부가 되지 못하고 일반 무사가 되었다가, 죽마고우가 이곳에서 흑수파라는 사파의 문파를 세우자 마교를 빠져나와 흑수파의 간부가 된 사람이었다.

그 때문에 마교의 무공에 대해서 약간의 견식이 있었는데, 서양 도깨비가 사용하는 무공이 마교의 마령검법이라는 것을 알고는 등줄기에서 식은땀을 흘리고 말았다.

마령검법은 교에서 어느 정도의 지위가 없으면 익히지 못하는 검법이다. 하니 상대가 마교의 간부급 사람이라면 삼류문파에 지나지 않는 흑수파가 상대할 인물이 아니었던 것이다.

"모두 물러서라!"

이렇게 가다간 부하들의 희생만 계속될 것이라는 생각에 그가 급히 소리쳤고, 그의 말에 서역인을 공격하던 흑수파의 무사들은 모두 뒤로 물러섰다.

부하들이 모두 물러선 것을 확인한 그는 천천히 서역인의 앞으로 가서는 포권하며 물었다.

"혹시 홍련교의 교도가 아니십니까?"

"그렇소만, 그것이 지금에 와서 무슨 소용이 있겠소이까?"

서역인은 이미 피를 본 이상 여기서 끝나기는 어렵다는 말을 하고 있었기에 그로선 식은땀이 흐를 수밖에 없었다.

"대협께서 홍련교의 교도시라면 같은 교도끼리 더 이상 피를 흘릴 필요는 없을 테니까요."

"흑수파는 홍련교가 아닌 대사련의 지부라고 알고 있소만?"

흑수파에 대해 잘 알고 있는 서역인의 말에 그는 잠시 당황했지만 이내 정신을 차리고는 말을 이었다.

"흑수파가 대사련에 속해 있다 하나 그 머리가 홍련의 뜻을 따르고 있다면 홍련교 소속의 문파라 해도 이상할 것은 없지 않습니까."

"당신의 말대로 그 머리가 홍련의 뜻을 따른다면 수족이 하는 일 역시 홍련의 뜻에 따라야 하는 것이거늘, 힘없는 아녀자를 괴롭히는 건 교리에 어긋나는 행위요."

"아랫것들에게 아직 홍련의 뜻을 알리지 못한 불찰이 있었으나 이미 그만큼의 벌을 받았다 생각하오니, 대협의 넓은 아량을 바랄 뿐입니다."

"…알겠소이다. 하나 후에 다시 한 번 이런 일이 있을 시에는 용서치 않겠소이다."

"명심하도록 하겠습니다."

다행히 서역인은 그의 말대로 어느 정도 여인을 희롱하던 것에 대한 벌은 받았다 생각하고 있었으므로 고개를 끄덕였고, 흑수파의 대장은 그제야 안도의 한숨을 쉴 수 있었다.

하지만 그때 한 자루의 단검이 빠른 속도로 서역인을 노리고 날아오니, 파공음을 들은 그는 재빨리 검을 휘둘러 단검을 튕겨내었다.

"누구냐!"

"도대체 어떤 자식이야!"

그것을 본 서역인과 흑수파의 대장은 동시에 소리쳤다. 서역인은 자신을 공격한 자를 향해, 흑수파의 대장은 자신의 부하 중 누군가가 단검을 던진 것이 아닐까 하는 생각에 사색이 되어서는 소리친 것이다.

"하하하! 데비드! 실력은 변함없구나!"

"응?"

단검을 던진 자가 자신을 아는 척하자 데비드는 조금 놀란 표정을 지었다. 잠시 후 나무 뒤에서 두 사람이 나오자 그는 크게 기뻐하며 소리쳤다.

"두형!"

"하하하. 오랜만이야."

"이거 옆에 계신 분은 제수씨 아닌가? 둘이 같이 여행이라도 하나보지? 하하하."

데비드는 그가 홍련교를 나가기 전에 자신의 고향으로 돌아갔기에 아직 그가 정파의 첩자였다는 것을 알지 못하고 있었던 것이다.

두형이라는 이름을 부르자 장천은 과거를 생각하며 데비드에게 다가가 그의 손을 잡았다.

"어떻게 된 거야? 고향에서의 일은 모두 끝난 거야?"

"응. 지금 고향에서는 한창 전쟁 중이라 도망치듯 나왔지."

"도망치듯?"

"그래. 집에 가봤더니 형님이 헨리 5세 폐하의 명을 받고 프랑스로 가려 하는데, 빌어먹을 새어머니가 형님을 불러오고 날 프랑스로 보내려고 수를 쓰는 거야. 근위 기사였던 나보다는 학자인 형님이 어머니의 뜻을 어기지 못할 테니 말이야."

"너희 집도 뒤숭숭하구나."

장천의 말에 데비드는 고개를 끄덕이며 계속 말을 이었다.

"다른 곳도 다 마찬가지지. 아버진 집에 머물면서 형님 대신 나에게 가문을 계승하게 하려고 하시는 데다 새어머닌 전쟁에 보내려고 닦달이더라고."

"아무튼 잘 왔다. 한데 고향에서 색시를 맞는 것은 어떻게 됐어?"

"휴… 그것 때문에 더 고생했다고."

데이드는 색시라는 말에 골치가 아프다는 듯이 고개를 내젓고는 계속 말을 이었다.

"그건 또 왜?"

"오랜만에 찾아간 근위 기사단에서 다른 기사들이랑 몇 번 대련을 했는데, 중원에서 익힌 검술을 따를 자가 없더라고. 근위대장마저 쓰러뜨렸더니 어떻게 그 소릴 들었는지 사방에서 귀족 영애들이 나를 붙잡고 난리쳐대 그녀들 사이에서 눌려 죽을 뻔했다고."

"하하하하! 그래서 어떻게 됐어?"

"남작가의 아가씨에서부터 심지어는 헨리 5세 폐하께서도 나를 잡기 위해 공작가의 영애를 소개시켜 주기까지 하셔서 가만히 있으면 영영 중원으로 돌아올 수 없을 것 같아 도망 나왔지."

투덜거리며 말을 하는 데이드의 말에 장천은 어깨를 두드려 주며 말했다.

"그런 고생은 이곳 역시 마찬가지라고."

"아! 그러고 보니 어떻게 된 거야? 본 교 총단에 갔더니 반기기는커녕 도리어 공격을 받았다고."

"휴… 그게 조금 상황이 꼬여 버렸다."

장천은 자신의 진짜 이름과 함께 지금까지 있었던 일을 모두 데이드에게 해주었다. 진짜 이름이 장천이며 무엇을 조사하기 위해 홍련교에 온 정파 사람이었다는 말에 데이드는 놀란 표정을 지었지만, 데이드 자신이 홍련교에 입교하긴 했지만 교도라고 보기에는 조금 어려운 사람이기에 아무렇지도 않게 넘어갔다.

하지만 형제들과의 싸움 대목에 이르렀을 땐 조금 미간이 찌푸리더니, 구시독인과 천마, 그리고 불괴대제와 우경들과의 싸움 때는 한숨을 내쉬고는 말했다.

"꼬여도 단단히 꼬였군. 우리 의형제들이 뿔뿔이 흩어졌으니 말이야."

"조상이 천마의 수족으로 있어서 너와 명언이의 처들은 안전하게 보호할 수 있었던 것이 그나마 다행이지. 아! 너의 처들은 명언이의 처들과 같이 있으니 북해의 홍련교 지부에서 알아보면 될 거야."

"명언이의 처들과 같이 있다고? 다행이군."

데비드는 모두들 잘 있다는 말에 다행이라는 표정을 지었다.

"이젠 어떡하지? 사천 지부에 가서 다른 사람들 소식을 알아볼까 하고 가던 중이었는데 말이야."

"우리도 사천으로 가고 있으니까 같이 동행하는 게 어때?"

"음… 그것도 나쁘지 않겠군. 어이!"

데비드는 옆에서 자신들을 보고 있던 흑수파의 대장을 불렀다.

"예, 말씀하십시오."

"오늘 밤 흑수파에서 신세를 질까 하는데, 괜찮겠나?"

"아, 물론입니다. 제가 안내하도록 하지요."

"후후후. 어때? 간단하게 오늘 숙식은 해결된 것 같군."

"하하하하!"

변하지 않는 데비드의 모습에 장천은 미소를 지우지 못했다.

흑수파들의 뒤를 따라 말을 타고 가던 장천은 데비드의 검이 이상한

걸 느끼고는 물었다.

"그 검이 조금 이상한데? 볼 수 있겠어?"

"응? 자!'

아무렇지도 않다는 표정으로 데비드는 검을 건네주었는데, 중원에서는 볼 수 없는 형태의 검이었다.

"이건?'

"프랑스와의 전쟁 때문인지 돌아가 보니 생전 보지도 못한 검이 꽤 늘었더라고. 그건 영지에 있는 숀이라는 대장장이가 만든 건데, 숀 소드라 부르라고 하더군."

데비드의 말에 장천은 숀 소드를 자세히 살펴보았다.

쇠의 질은 중원보다는 떨어지는 듯했지만 데비드의 손에 딱 알맞게 만들어져 있어 두 손으로 강격을 사용해도 끄떡없을 정도였다.

검신은 일 촌 오 푼 너비에 길이가 삼 척 이 촌이나 되어 장천이 휘두르기에는 조금 부담스러운 크기였지만 데비드가 휘두르기에는 별문제가 없을 듯했다.

검신 윗부분에서 이 촌 정도 내려가면 길게 안쪽으로 파여져 있고, 검의 손잡이에는 손을 보호하는 장식이 붙어 있었다.

보기에는 아름답지만 과연 얼마나 쓸모가 있는지는 알 수 없었는데, 꽤 많이 사용한 흔적으로 보아 그가 사용하기에는 별문제가 없는 듯했다.

"꽤 재밌는 검이군."

"중원에서 쓰는 검이 아니니까. 솔직히 중원의 검술을 사용하는 것은 조금 어렵지만 고향의 검술과 중원의 검술을 섞어서 만든 내 특유의 검술에는 꽤 쓸 만하더라고."

"그래?"

장천은 데비드가 말하는 검술이 무엇인지 궁금했지만, 시간이 되면 대련을 통해 알 수 있다는 생각에 더 이상 묻지 않았다.

흑수파는 영아현에 서쪽에 위치해 있었는데, 상당히 큰 전각인지라 찾는 것은 그리 어렵지 않았다.

흑수파 대장의 뒤를 따라 안으로 들어서자 이십여 명 정도의 무사들이 눈에 띄었는데, 하나같이 동네 잡배와 같은 인상에 무공은 삼류 수준에 지나지 않는 듯했다.

물론 자신들을 안내하는 대장의 무공을 보면 삼류문파라는 것은 알 수 있었지만, 생각보다 더 엉망인 것이 하오문의 지부라고 봐도 이상할 것이 없을 정도였다.

장천들을 안내하던 대장은 한 전각 안으로 들어서더니 그들에게 말했다.

"이곳에서 머물도록 하십시오."

"꽤 돈벌이가 좋은가 보네?"

방 안의 전경을 보던 데비드는 탄성을 내지르며 중얼거렸는데, 그의 말대로 삼류문파치고는 꽤 전각도 크고 방 안에도 값비싼 가구들이 널려 있는지라 장천 역시 고개를 끄덕였다.

"시골 삼류문파치고는 꽤 잘 나가는 문파인가 보군."

"응. 그나저나 일단 목욕부터 하지 그래, 데비드."

"응? 킁킁. 크윽… 지독하긴 하군."

장천의 말에 잠시 자신의 냄새를 맡아보던 데비드는 코를 쥐고는 손을 내저으니 자신의 체취에 정신이 없을 정도였다.

어쨌든 흑수파 사람들을 불러 이것저것을 시킨 다음에야 데비드는 유능예가 만족할 정도로 깨끗하게 변했고, 세 사람은 술잔을 나누며 감격의 해후를 즐겼다.

"하하하. 그래서 말이지, 내가 에드워드란 녀석을 집어 던졌더니 사람들 눈이 휘둥그레지는 것이… 하하하!"

"하하하! 과연 데비드 너답다."

데비드의 이야기는 끝이 없는지라 장천과 유능예는 오랜만에 즐거운 시간을 보낼 수 있었다. 한참을 그렇게 이야기하던 그는 뭔가 아쉬운지 한숨을 내쉬었다.

"뭐야?"

"조상이하고 명언이가 있었으면 좋았겠다는 생각이 들어서 말이야."

"음."

장천 역시 그런 생각을 하고 있었기에 그의 말에 아무 대답도 하지 못했다.

자신이 배신하지 않고 그대로 홍련교에 남아 있었더라면 의형제들이 이렇게 뿔뿔이 헤어지는 일은 없었을 것이라는 생각이 들어 데비드에게 미안할 수밖에 없었는데, 그런 장천의 마음을 눈치 챘는지 데비드는 미소 지으며 두 사람을 보고 물었다.

"그나저나 두 사람은 소식 없는 거야?"

"응?"

"혼인한 지도 꽤 된 것 같은데, 아이는 없는 거야?"

"아!"

데비드의 말을 이해한 장천은 뒤통수를 긁적이고는 쑥스럽다는 표정으로 말했다.

"없을 리가 없잖나. 소천이란 이름의 듬직한 아들놈이 있어."

"그래? 축하한다. 아! 제수씨, 감축드립니다."

"고맙습니다."

"그나저나 제수씨는 이제 어머니가 돼서 그런지 조숙해지셨습니다. 본 교에 있었을 때는 그렇게 동생을 괴롭히는 것 같더니만 말입니다."

"어머!"

"하하하하……!"

자신이 언제 그랬냐는 듯한 표정을 지어 보이는 유능예를 보며 데비드는 대소를 터뜨리며 즐거워했다.

그곳에서 하룻밤을 보낸 장천과 데비드들은 다음날 흑수파 무사들의 대대적인 환송을 받으며 길을 떠날 수 있었다.

말을 타며 느긋하게 사천의 영흥문을 찾아 떠난 그들은 지금까지와는 달리 즐거운 기분을 느꼈다.

그리고 한 달 정도 후에 사천의 영흥문에 도착할 수 있게 되었는데, 영흥문에 들어서자마자 장천은 익숙한 얼굴을 볼 수 있었다.

"무진 형!"

"응? 장천?!"

영흥문으로 들어서는 문 앞에서 장천은 무엇인가를 등에 짊어지고 가는 곽무진을 볼 수 있었었기에 말에서 뛰어내려 소리치며 곽무진을 향해 달려가 안았다.

"어디 갔다 이제야 오는 거야!"

"그게… 대사형을 만나서 몇 가지 일을 처리했거든."

하지만 그 일에는 이준 사형의 일도 포함되어 있는지라 장천의 말은 조금 힘이 없을 수밖에 없었다. 곽무진은 자신의 스승이 장천에게 시킨 일에 무슨 안 좋은 일이 있었다는 것을 알 수 있었지만, 일단 그 일은 뒤로 미루어야겠다는 생각을 했다.

"그런데 옆에 있는 부인은… 혹시?!"

"응. 내 색시야!"

"아! 장가갔다는 것은 장모님께 들었는데… 와아!"

장천이 색시를 데리고 왔다는 것에 곽무진은 입이 함지박만큼 벌어질 수밖에 없었다.

장천이 돌아왔다는 소식에 영흥문은 크게 술렁거리고 있었으니, 가장 큰 이유는 그가 아내를 데리고 왔다는 것 때문이었다.

전에 왔을 때는 그런 말이 전혀 없었으니 어찌 놀라지 않을 수 있겠는가?

그중 가장 기뻐한 사람은 장천의 어머니인 임아란이었다.

아들이 며느리를 데리고 왔다는 말에 입이 함지박만해져서는 뛰쳐나오니 유능예로선 몸둘 바를 모를 정도였다. 한참 이야기를 나누다 보니 아들 이야기가 나오고, 그러자 사람들은 더 크게 놀랄 수밖에 없었다.

"광무자 사질이 데리고 있단 말이냐?"

"예. 이거 무슨 일인지 모르겠군요. 광무자 사형은 소천을 데리고 먼저 문파로 돌아간다 하셨는데……."

아직 광무자가 돌아오지 않았다는 말에 장천과 유능예는 소천에게
무슨 일이 생기지나 않았을까 걱정이 됐다.

물론 임아란 역시 자신의 손자가 걱정되기는 했지만, 광무자라면 쌍
도문에서도 가장 믿을 만한 사람 중 한 명이었기에 그리 큰 문제는 없
으리라 생각했다.

"일단 이곳까지 오는 동안 힘들었을 테니 며느리와 함께 쉬도록 하
거라."

"예."

하녀의 안내를 따라 방에 도착한 장천은 한숨을 내쉬며 말했다.

"능예는 이곳에 있도록 하시오. 난 데비드의 일도 있으니 잠시 나갔
다 오겠소."

"예."

데비드는 장천과 같이 오기는 했지만 영홍문에 들어오는 게 조금 낯
설었는지 마을 객점에서 머물기로 하고는 헤어졌었다.

문을 열고 나가자 방문 쪽으로 누군가 술병을 들고 걸어오는 것을
볼 수 있었는데, 바로 곽무진이었다.

"무진 형."

"뭐야? 어디 가는 거야? 간만에 천이랑 술이나 한잔하려고 했더니
만."

"하하하. 그럼 나랑 같이 나가자. 객점에 내 친구가 있는데 그 친구
랑 같이 마시자구."

"뭐, 할 일도 없으니까. 좋아!"

객점에 들러 데비드와 함께 주점으로 간 장천과 곽무진은 여러 가지 이야기를 나누다가 쌍도문을 습격한 자들에 대한 이야기가 나오자 심각하게 변했다.

"이번에 장인어른과 함께 철사방이 은닉해 놓은 재산을 찾아냈거든. 황금 오십만 냥이라는 엄청난 돈이 들어와서 쌍도문 재건에는 전혀 문제가 없게 되었지."

"다행이군요."

"그런데 말이야, 문제는 그 돈의 반이 전혀 다른 곳에 들어갈 운명이란 거지."

"전혀 다른 곳이라면······?"

"장강수로십팔채."

"예? 수적들에게 돈이 돌아간다네요? 그게 무슨 말이지요?"

장천으로선 곽무진의 말을 이해할 수 없었기에 고개를 갸우뚱거리며 되물었다.

"휴··· 일이 이상하게 꼬이는지··· 아무튼 하오문 쪽으로 가 있던 양우생 사조님에게서 연락이 왔더군."

"연락이라면?"

"쌍도문을 습격한 문파를 알아내셨단 거야."

"아!"

"그런데 생각보다 그 숫자가 많아서 보복을 하기에는 지금 우리 힘으로는 부족하거든. 그래서 장인어른께서 황금 이십오만 냥이라는 거금을 들여 사천에 있는 용수채, 금리채 등에서 만 명 정도의 수적들을 끌어들이게 된 거지."

"음, 수적이라… 보복이 성공했다고 하더라도 다른 정파들의 원성을 벗어나기 어렵겠네."

"뭐, 그나마 다행이라면 우리가 머무르고 있는 영홍문이 정사지간의 문파라서 다행이긴 한데, 그 비밀이 계속 지켜질지는 장담 못하지. 자칫 잘못했다가는 또다시 본문이 공격당할 수 있는지라 걱정이 태산이다."

장천 역시 그의 말과 생각이 다르지 않은지라 아버지의 결정이 무리가 아닐까 생각했다. 정파가 수적들의 힘을 빌려 보복을 한다는 걸 다른 정파들이 알았다가는 경을 칠 수도 있는 일이기 때문이다.

한편 곽무진들이 이야기를 하고 있을 때, 영홍문에서는 장춘삼이 돌아와 자신의 아내인 임아란과 이야기를 나누고 있었다.

"천이가 왔다고?"

"예."

"다행이구려. 그런데 안색이 좋지 못한데 천이에게 무슨 일이 있는 것이오?"

그녀는 크게 한숨을 쉬며 광무자가 소천이를 데리고 이곳으로 오기로 했는데 아직 도착하지 않았다는 말을 해주었다.

"음……."

손자가 있다는 말에 크게 기뻐했지만 그 아이에게 무슨 문제가 있을지도 모른다는 말에 장춘삼 역시 걱정이 될 수밖에 없었다.

"알겠소. 내 양 사형에게 광무자 사질의 소식을 알아보도록 하겠소."

임아란과의 이야기를 마친 장춘삼은 방을 나가서는 영홍문의 북문으로 걸음을 옮겼다.

북문에 도착한 그가 천천히 왼손으로 검의 손잡이를 만지작거리니, 잠시 후 복면을 쓴 남자가 그의 앞으로 뛰어와서는 무릎을 꿇었다.

"부르셨습니까?"

"구궁을 부르도록 하여라. 기한은 일주일."

"알겠습니다."

포권하며 대답한 복면인은 잠시 후 영홍문 밖으로 빠른 속도로 사라져 갔다.

장천과 유능예는 다음날 장춘삼에게 정식으로 인사를 한 후 본격적인 업무에 들어가게 되었는데, 무진의 말대로 장강수로십팔채와의 협정 때문에 영홍문은 바쁘기 그지없었다.

일만이나 되는 엄청난 인원이 동원되는 만큼 확실한 계획을 세우지 않으면 자칫 큰 혼란이 생길 수도 있는 일이었고, 수적들을 감독하는 것도 어려운 일이었기에 쌍도문의 삼대제자를 중심으로 꼼꼼하게 그들을 지휘할 수 있는 지휘 체계를 만드는 것도 쉬운 일이 아니었다.

일주일이 지난 후 쌍도문에는 또 반가운 인물이 찾아왔으니 바로 신궁 구궁이었다.

장천으로선 하나둘씩 모이는 쌍도문의 동문들을 보며 기쁘기 그지없었으나 구궁은 그리 좋은 기분을 드러낼 수 없었다.

"부르셨습니까."

가장 먼저 구궁이 찾아간 사람은 현재 영홍문에서 가장 어른인 장춘삼이었다.

"그래. 자리에 앉거라."

"예."

"광무자에 대해 아는 것이 있느냐?"

장춘삼의 질문에 구궁은 잠시 흠칫거리는 모습을 보이다가 낮은 목소리로 말했다.

"광무자… 대사형은 죽었습니다."

"광무자가 죽었다고?"

"예."

구궁이 자신이 없을 때 신창 진형과 광무자 사이에 있었던 일을 소상히 이야기하니 장춘삼은 미간을 찌푸릴 수밖에 없었다.

"겁없는 녀석… 내 더 이상 쌍도문 사람들에게 손을 대지 말라 일렀거늘……."

"무미미란 여인을 처리하려 하다 일이 꼬인 것 같습니다. 그로선 할 수 없는 선택이라 알고 있습니다."

"음… 무미미란 아이는?"

"아직 그 소재가 파악되지 않고 있습니다."

"구궁."

"예."

"지금 당장 무미미란 아이를 찾도록 하거라. 아마도 그 아이에게 천이의 아들이 있는 것 같구나."

"예? 천이에게 아이가… 그럼……."

구궁은 무미미를 구해주었을 때 그녀에게 안겨 있던 아이가 생각이 났다.

그 아이가 광무자와 관련이 있다는 것은 알고 있었지만, 설마 장천의 아들이라고는 전혀 생각하지 못했던 것이다.

"그 아이는 장천에게 일이 생긴다면 비도문을 이을 후계자가 된다. 반드시 안전하게 구해오도록."

"예."

"그리고 형님에게 전하거라. 내가 나가 있는 틈을 타서 등평 형님과 많은 사람들을 죽인 것은 이미 지난 일이라 더 이상 왈가왈부하지 않겠지만, 만약 또 한 번 그런 일이 생긴다면 가만히 있지 않겠다고 말이다."

"알겠습니다."

장춘삼의 마음을 잘 알고 있는지라 구궁은 낮은 목소리로 대답하고는 방을 나갔다. 구궁이 방을 나가자 그는 깊은 생각에 잠겼다.

'더 이상 형님이 쌍도문에 피해를 주지는 않겠지만, 광무자가 죽었다니… 큭.'

쌍도문의 복수를 완성하기 위해서 장춘삼이 세운 계획 중 하나가 바로 광무자를 문파의 장문인으로 내세우는 것이었다.

연륜과 경험, 무공까지 출중한 광무자는 강호의 중소문파에서 문주가 되고도 남을 인물이었기 때문이다.

만약의 경우 무림에 있을 환란에 쌍도문의 사람들이 휩싸이게 될 경우 그를 막을 수 있는 유일한 사람이 자신이라고 생각하고 있었기에 문주 직을 맡는다면 그 움직임에 제약을 당할 수밖에 없었기 때문이다.

'아직 요운 사질이 문주의 직을 감당하는 것은 어려울 수밖에 없는

데… 어찌한단 말인가.'

쌍도문을 이끌 사람을 생각하던 장천은 문득 자신의 처지가 우스워졌다. 처음 그가 쌍도문에 들어온 것은 작은아버지인 오립산에 명을 따랐기 때문이다.

무림에 대한 본 문의 복수를 위해 장춘삼은 구파일방의 여러 인물들과 친분을 유지하며 계획에 필요한 혼란을 야기시키는 임무를 맡음과 동시에 백부의 아들인 장천을 교육시키는 임무를 맡게 되었던 것이다.

처음에는 쌍도문이란 문파가 어찌 되어도 상관없다 생각했지만, 지금에 와서는 자신의 수족과도 같은 것이 쌍도문이었고, 문파 사람들을 지키기 위해서라면 그의 가문이 세운 복수의 계획을 포기할 수도 있다는 생각을 하고 있었다.

어린 시절부터 쌍도문에서 자라고 커온 장춘삼으로선 기억에도 없는 가문보다는 현재 자신의 터전이 중요하다 생각하고 있는 것이다.

그리고 그것을 지키기 위해 강호의 환란을 야기시키고 있는 자신의 형님과 맞설 생각을 하고 있었으니 한숨이 나올 수밖에 없었다.

장춘삼이 이런 고민에 싸여 있을 때 구궁은 영홍문의 집무실에서 문파의 일을 처리하고 있는 세 사람을 만날 수 있었다.

"오랜만이구나."

"구 사형!"

수많은 문서들에 둘러싸여 삼대제자 열 명과 함께 일을 하고 있던 세 사람은 신궁 구궁이 미소 띤 채 들어오자 크게 놀라는 표정을 지으며 자리에서 벌떡 일어섰다. 그러나 곧 그 여파로 문서들이 사방으로 흩어지자 세 사람은 흩어진 문서를 줍기 위해 혼비백산할 수밖에 없었다.

"휴우… 이걸 또 언제 정리한다지……."

사방으로 흩어진 문서들을 보며 장천이 눈물마저 흘릴 정도로 고통스러운 표정을 지으니 구궁은 자신도 모르게 대소를 터뜨리고 말았다.

"하하하! 천아, 너무 울상 짓지 말거라. 이 사형이 도와줄 테니 말이다."

"휴… 과연 얼마나 도움이 될지는 모르겠지만… 일단 빨리 도와주쇼."

"하하하!"

장천이 과연 자신이 할 수 있을까 하는 표정을 지으며 아래위로 훑어보고는 할 수 없다는 표정으로 말하자 구궁은 다시 한 번 대소를 터뜨리고는 그들 곁에 흩어져 있는 문서들을 주워 올렸다.

장천과 함께 이곳에서 작업을 하고 있던 사람은 무쌍도 요운과 선풍도 곽무진이었다. 장천이 강호로 첫발을 내디뎠을 때 같이했던 네 사람이 오랜만에 한자리에 모이게 된 것이다.

이런 혈기왕성한 젊은 네 사람이 오랜만에 모였는데, 문서 정리 작업으로 시간을 때우고 있으니 어찌 좀이 쑤시지 않겠는가.

어느 순간 서로의 눈을 보며 의미 모를 눈빛을 나누던 네 사람은 마치 짜기라도 한 듯이 들고 있던 문서들을 사방으로 던지더니 창문으로 몸을 날리기 시작했다.

"으악! 사숙님들! 그냥 가시면 어찌하십니까!"

그들이 일을 던져 버리고는 사라지자 그들과 같이 일하던 삼대제자들은 비명 지르듯이 소리쳤으나 장천들이 절대 되돌아오지 않을 것을 예감하며 통한의 눈물을 흘릴 수밖에 없었다.

문파를 빠져나온 네 사람은 주점으로 직행해서는 그동안의 일을 이야기하며 만면에 웃음을 지울 줄 몰랐다.

"내가 네 녀석들 둘이 사라져서 요 사제와 삼 일 밤낮 동안 험한 산을 헤맨 것을 생각하면 이 정도의 술로는 부족하지, 부족해. 안 그런가, 요 사제?"

"물론입니다. 뭐, 곽 사질이야 있으나 없으나 상관없지만, 천이를 찾지 못하면 얼마나 욕을 먹을까 하는 생각에 오금이 다 절었다니까요."

"에? 사숙, 너무하십니다."

"너무하긴 뭐가 너무해? 네 녀석의 평소 행실을 생각하면 당연하지!"

자신은 잃어버려도 상관없다는 말에 곽무진은 그런 것이 어딨냐는 표정을 지었지만 요운은 오히려 그런 것이 당연하지 않느냐는 듯 말을 하니 네 사람은 모두 웃음을 터뜨리고 말았다.

"그나저나 태사숙조님은 어디 계신지 궁금하네요."

"그렇군. 천이를 마교에 보낸 이후로는 행방이 묘연하시니 말이야."

구궁은 죽은 등평 문주의 명령을 받고 기문숙을 찾은 적이 있었지만 그가 도착했을 때는 이미 오두막에는 아무도 살고 있지 않았다.

'그러고 보니 자연도의 수련이 흐지부지됐구나.'

기문숙에게 배운 자연도의 무공은 아직 제대로 접해보진 않았지만 그 위력이 뛰어날 듯했다. 하지만 수련이 까다로웠기 때문에 현재 문파의 사정이 복잡한 장천으로선 시간적 여유를 내어 자연도를 익히는 것이 어려울 수밖에 없었다.

그 때문에 자연도의 구결은 모두 암기하고 있었지만 제대로 된 수련이 되지 않는 탓에 기문숙과 있을 때의 경지에서도 떨어져 지금은 겨우 이성 정도밖에 되지 않았다.

자연도의 특성상 오성 이상을 넘지 못하면 실전에도 쓸 수 없으니 장천으로선 알면서도 묵혀놓을 수밖에 없는 무공이 자연도의 무공이었다.

'화의 무공과 소수마공을 양의심공을 이용하여 화룡신도와 냉혈검으로 좌검우도에 자연도의 무리(武理)까지 따른다면 천하제일, 아니, 고금 제일이 되어도 이상할 것이 없을 것 같은데. 음…….'

확실히 장천에게는 천하제일을 노릴 수 있는 모든 것이 갖추어져 있었지만 아직까지 그 모든 것을 극성으로 익힌 것은 없었다.

가장 자신있다고 할 수 있는 화의 무공도 상당한 수련과 실전을 거치기는 했지만 아직 그 끝의 단계에는 이르지 못했으니 해야 할 일은 산더미 같을 수밖에 없었다.

"뭘 그렇게 생각하는 거야?"

장천이 고심하는 모습을 보이자 곽무진은 무슨 고민거리가 있나 하고 물었지만, 생각하고 있는 바를 말할 수 없는지라 손을 내저으며 말했다.

"별거 아니야. 그런데 무진 형, 형이 파사신검을 가지고 있잖아."

"그렇지."

"파사신검의 무공은 얼마나 익힌 거야?"

장천의 물음에 구궁이나 요운도 궁금했던 차인지라 그에게 시선을 돌리니 곽무진은 부끄러운 듯이 얼굴을 붉히곤 말했다.

"하하하. 뭐, 대충 팔성 정도?"

"팔성? 와! 파사신검을 받은 지 얼마 되지도 않았는데 굉장하다!"

"뭐, 시간날 때마다 연공실에 틀어박히니까."

"역시 광무자 대사형의 제자다워!"

"후후후. 스승보다 뛰어난 제자를 위한 것이라고나 할까? 사부님이 돌아오시면 일검에 제압해서 제자의 뛰어남을 보여 드려야지."

"하하하하!"

곽무진의 익살스러운 말에 좌중에 있던 사람들은 대소를 터뜨리며 좋아했다. 하지만 단 한 명만은 겉으로 웃음을 터뜨리고 있지만 마음이 아프기 그지없었다.

그는 바로 신궁 구궁이었다. 다른 이들과는 달리 광무자의 죽음을 알고 있었기에 이들과 같이 진짜 웃음을 터뜨릴 수가 없었던 것이다.

광무자의 시신은 그가 알고 있는 비밀 아지트에 모셔놓았다. 자신이 맡고 있는 모종의 작업을 위해 아직까지 시신을 묻어주지는 않았는데, 그 작업의 결과가 외부로 드러났을 때 이들이 보일 충격을 생각하면 가슴이 아플 수밖에 없었다.

'목이 마르군.'

믿고 있는 사람들, 그것도 친한 사람을 속인다는 것이 기분 좋을 리가 없었기 때문이다.

네 사람은 밤새도록 술을 마시며 시간을 보내곤 새벽 즈음에 문파로 돌아왔는데, 구궁은 자신의 숙소로 돌아가지 않고 세 사람이 들어가는 것을 보며 마을의 외곽으로 걸음을 옮겼다.

영홍문의 북쪽 폐사인 영천사. 이제는 아무도 살지 않는 절에 들어선 구궁은 머리가 부서져 나간 불상 앞에 서서 조용히 말했다.

"문주의 명은 내려왔는가?"

[아직까지는 령주께 내려진 명령은 없습니다.]

구궁의 말이 끝나자 불상 뒤에서는 누군가의 전음이 흘러나왔고, 그의 말에 고개를 끄덕인 구궁은 다시 절을 나와 영홍문으로 걸음을 옮기려 했다. 그때 절의 한쪽 끝에서 누군가가 반야심경을 읊는 소리가 들려왔다.

목소리의 주인이 누구인지 안 구궁은 천천히 고개를 돌려서는 말했다.

"당신까지 이곳에 있을 줄은 몰랐군요."

"문주의 명이 아직 끝난 것은 아니니까."

반야심경을 읊고 있는 인물은 그와 함께 멸천문의 일을 처리해 온 노진이었다. 구궁이 이곳으로 온 것은 계획에 있던 일이 아니기에 노진은 임무를 위해 이곳까지 구궁을 따라온 것이다.

"제발 이곳에선 일을 저지르지 않았으면 좋겠군요."

구궁으로선 자신 앞에 있는 상대가 껄끄러울 수밖에 없었다.

"잠시 동안만 이곳에 머물러 주시오. 이삼 일 정도면 본 문에서의 일이 모두 끝날 것 같으니까 말입니다."

"나무아미타불."

구궁의 말에 아무런 대답 없이 노진은 다시 불경을 외우니 더 이상 말할 필요가 없다고 생각한 그는 절을 나왔다.

다음날 오후, 장천은 능예가 떠다 준 꿀물을 마시고 겨우 쓰린 속을 진정시킬 수 있었다.

"고마워, 능예."

"여보."

"왜?"

"소천이는 언제 찾을 거죠?"

"지금 양 사숙이 백방으로 수소문하고 있으니까 너무 걱정 마."

장천의 말에 능예는 한숨을 내쉬며 괴로운 표정을 지었다.

"하지만… 우리 소천이에게 무슨 일이 생긴 건 아닐까 생각하니 잠을 이룰 수가 없어요."

"능예."

능예의 마음을 잘 아는 장천은 그녀를 가슴에 안으며 다독여 주었다.

장천 역시 소천을 빨리 보고 싶었지만, 지금은 문파를 떠날 수가 없었다. 큰일을 앞두고 자식을 찾기 위해 문파를 나갈 수 없는 노릇이기 때문이다.

아들의 일이 중요하긴 하지만 쌍도문의 다른 이들 역시 중요했다.

"미안해, 능예. 지금은 이곳을 벗어날 수가 없어."

장천으로선 미안하다는 말밖에 아무 말도 할 수 없었지만, 그런 그의 마음을 능예는 이해할 수 있었기에 고개를 끄덕이며 그의 말을 따를 수밖에 없었다.

물론 자신이 혼자 소천을 찾으러 갈 수도 있었지만, 만약 그렇게 된다면 장천이 문파 일에 신경 쓰지 못할 것은 뻔한 일이기에 혼자 찾으러 가는 것은 포기해야 했다.

"하지만 소천이의 소식이 오면 바로 찾으러 갈 테니까 너무 걱정하지 마. 하오문과 친분이 있는 구양 사숙님이라면 분명히 찾을 수 있을 거야."

장천은 일단 능예를 안심시키고는 대충 얼굴을 씻고 아버지가 있는 집무실로 걸음을 옮겼다. 집무실에는 이미 곽무진이나 요운들이 도착해 있었는데, 상당히 심각한 표정을 하고 있었다.

"아버지, 안녕히 주무셨습니까."

"천아, 잠시 이쪽으로 앉도록 하거라."

"예. 그런데 무슨 일이신지……."

장천이 곽무진들의 옆에 앉자 장춘삼은 그에게 서류를 건네주고는 말했다.

"거사를 시작하기로 했다."

"거사라면……."

아버지의 말에 장천은 긴장하는 표정을 지었다. 지금껏 계속 쌍도문에서 계획하고 있던 것은 본 문에 혈사를 일으킨 문파에 대한 복수였다.

지금까지는 어쩔 수 없는 싸움으로 살행을 했던 장천이지만 이제 거사를 시작한다면 수많은 사람을 죽여야 했기에 그의 등에선 식은땀이 흘러내렸다.

"양 사제가 보내온 서신에 따르면 본 문에 혈사를 일으킨 문파는 총 이십 개 문파, 우리들이 상대할 수 없는 대문파는 많지 않지만 상대하기 어려운 문파가 꽤 있는 것은 사실이다."

"그 문파가… 어떤 곳입니까?"

곽무진의 물음에 장춘삼이 문파를 열거하기 시작했는데, 그가 말하는 문파 중 대사련 소속의 맹호문과 정파에 속하는 청룡검장은 무림에서 상당히 역량이 있는 곳인지라 좌중에 있던 이들은 미간을 찌푸렸다.

다행히 구파일방이나 대사련의 거대 문파가 끼어 있지 않았지만, 이 정도의 문파라면 복수를 완성하기 위해선 상당한 피해를 각오해야 했다.

"이미 우리와 약속했던 용수채와 금리채 등 네 개의 수채에선 장강을 따라 제일 처음 목표가 될 청룡검장으로 향하고 있다."

"사숙, 정파 녀석들이 가만히 있겠습니까? 아무리 그래도 청룡검장이라면 무림맹에 속해 있는 인물인데 말입니다."

요운의 물음에 다른 이들 역시 궁금함을 느끼고 있었기에 장춘삼에게 시선을 돌렸다. 다른 이도 아니고 장춘삼이 이런 계획을 짰다면 대책은 충분히 갖추었을 것이기 때문이다.

"물론 무림맹이 가만히 있지는 않겠지. 하지만 그들은 우리가 이 일을 했다는 것은 알지 못할 것이다."

"알지 못하다니요?"

"본 문과 장강의 수채에서 힘을 합쳐 공격한다고는 하지만 실제로는 저들의 적대 문파와의 싸움으로 되어 있기 때문이다."

"적대 문파?"

"문파가 성대하면 성대할수록 적은 늘어가는 법이니까."

장춘삼의 말에 다른 이들은 모두 고개를 끄덕이며 수긍했다. 제일 처음에 싸우게 되는 청룡검장의 경우에도 수십 년 동안 주변의 중소문파를 힘으로 누르며 자신들의 영역을 넓혔기 때문이다.

그로 인하여 수백 명에 이르는 사람들이 죽임을 당한 것이 사실이었고, 그들 중에는 청룡검장이 무림맹에 막대한 돈을 투자함으로써 아무런 보상도 받지 못하고 오히려 정파의 적이 되어 쫓긴 이들도 없지 않았다.

장춘삼의 말대로 무림맹 쪽에 약간의 돈을 투자하여 이 싸움이 청룡검장에게 희생된 자들에 의한 복수라고 한다면 정파 각각의 문파들의 사소한 싸움에 끼어들 명분이 없는 무림맹은 그저 보고만 있을 것이다.

"그런 이유로 이 싸움은 겉으로는 청룡검장에 의해 멸문된 청인문(靑刃門)의 소주였던 전운이라는 자가 실질적인 우두머리로 활동하게 된다. 물론 각 수채에서 보내어준 인원들의 실질적인 지휘자들은 너희들이다."

"알겠습니다."

"요운, 넌 금리채에서 온 인원들을 맡아라. 무진은 용수채, 그리고 천이는 나와 함께 나머지 수채에서 온 인원들을 맡는다."

그의 말에 장천은 건너편에 있던 구궁을 보며 말했다.

"구궁 사형은……?"

"구궁은 다른 일을 할 것이다."

"다른 일이오?"

"자세한 것은 후에 알려주도록 하마. 지금부터 너희들은 내일 떠날 준비를 하는 것이 좋을 듯하구나."

장춘삼의 말에 좌중에 있던 네 사람은 모두 고개를 끄덕이고는 집무실을 나왔다. 집무실을 나오면서도 모두들 생각에 잠겨 있는 모습이다. 많은 수의 사람들을 인솔하여 적과 싸우는 것은 이번이 처음이기에 당연한 일이었다.

"휴… 막막하네."

가장 처음 말문을 연 사람은 곽무진이었다. 그로선 이런 분위기가
익숙하지 않았기 때문이다.

"갑작스럽긴 하군. 설마 장 사숙님이 우리조차 알지 못하게 일을 준
비하고 계신 것은 몰랐어."

요운은 계속 장춘삼과 같이 있었기에 이 계획이야 알고 있기는 했지
만 이렇게 빠른 시간 안에 모든 준비가 마쳐지리라고는 생각지 못했다.

문파에 상당한 문제가 쌓여 있음에도 복수를 준비하는 것이 빨리 이
루어졌기 때문이다.

"아무래도 우리가 알지 못하는 조력자가 있는 것 같군요."

곽무진의 말에 모두들 고개를 끄덕였다.

쌍도문 내에서도 중심부에 있던 자신조차 몰랐다는 것은 다른 이들
역시 마찬가지일 것이 분명했기 때문이다.

이렇게 빠르게 일을 처리하는 것은 장춘삼의 혼자의 힘으로는 불가
능하니 자신들이 모르는 조력자가 있는 것은 당연한 일이었다.

다른 이들 모두 조력자의 존재가 궁금할 수밖에 없었지만, 이 중에
서 장춘삼에게 물어볼 수 있는 사람은 단 한 명뿐이기에 모두 그에게
시선이 돌아갔다.

"응?"

모두의 시선을 받은 장천은 잠시 당황하는 표정을 지었지만 벗어날
수 없다는 것을 깨닫고는 한숨을 내쉬며 말했다.

"알았어요. 가면 되잖아요."

모두의 따가운 시선을 받으며 장천이 다시 집무실로 들어갔다. 장춘삼은 문서를 정리하고 있었다.

"웅? 무슨 일이냐?"

방문 앞에서 인기척을 느낀 장춘삼은 들어온 사람이 장천이라는 것을 알고는 고개를 들어 물었는데, 그 순간 장천은 최대한 귀여운 표정을 하며 천천히 그의 앞으로 걸음을 옮겼다.

"아버지."

곁에 선 장천이 손가락으로 장춘삼의 옆구리를 찌르며 무언의 압력을 가하자 그로선 식은땀을 흘릴 수밖에 없었다.

"그, 그래, 무슨 일이냐?"

"아버지, 솔직히 말해 봐요. 저희가 모르는 조력자가 있지요?"

"음……."

그 순간 장춘삼의 얼굴이 조금 굳어졌으나 이내 원래의 표정을 되찾고는 장천을 보며 조용히 말했다.

"천아……."

"예."

"이 아비를 도와주는 사람은 언젠가 너도 알게 될 것이니 그때까지 궁금하더라도 참고 기다리도록 해라."

"에잉~ 아버지~"

"아직은 말해 줄 수 없구나."

아버지가 말해 주지 않자 장천은 어쩔 수 없다는 듯 한숨을 내쉬며 말했다.

"후, 알겠어요. 하지만 나중에 꼭 가르쳐 줘야 해요."

"후후후. 우리 귀여운 천이한테 이 아비가 제일 먼저 알려주마."

이제 자식까지 있는 장성한 아들이지만 장춘삼의 눈에는 아직도 장천이 어리게 보일 뿐이었다. 동안이라 아직 귀여운 모습이 남아 있는 장천의 머리를 쓰다듬어 주었고, 그 탓에 장천은 더 이상 조르지도 못하고 집무실을 나올 수밖에 없었다.

장천이 나오자 세 사람은 기대에 찬 눈으로 장천을 보았지만, 어찌하랴, 차마 아버지를 강제로 조를 수도 없는 나이이거늘.

"미안하지만 실패야."

"천하의 미동계가 실패…… . 음… 하긴 이제 미동이 아니군."

장천의 유명한 미동계를 잘 알고 있는 곽무진은 그것이 실패했다는 것에 놀란 표정을 지었지만, 자식까지 있는 놈인지라 이제는 절대 미동일 수가 없다는 생각을 하며 고개를 끄덕이고 있었다.

"무진아, 이 일은 그냥 넘어가도록 하자."

구궁은 이들의 모습을 보며 인자한 목소리로 말했고, 그의 말에 다른 이들도 할 수 없다는 표정을 지으며 포기할 수밖에 없었다.

"어쩔 수 없지. 무진 사형, 이번 일에 동행할 삼대제자들을 뽑을 생각인데, 같이 가지 않을 테야?"

"천이는?"

"난 됐어. 아버지만 따라가도 별문제가 없을 텐데 뭘."

"게으른 것은 여전하구나. 알았다. 우리 둘이 다녀오지 뭐."

요운과 곽무진이 사라지자 장천은 잽싸게 마을 쪽으로 달려갔다. 바로 마을 객점에 있는 데비드를 만나기 위해서였다.

데비드는 자신이 쓸 무기를 만들고 있었는데, 영흥문, 즉 쌍도문의 병장기를 만들고 있는 곳인지라 이곳에서 자신의 무기를 만드는 것은 그리 어려운 일이 아니었다.

"데비드!"

"아! 장천."

데비드는 대장장이의 모습을 지켜보다 장천이 부르는 소리를 듣고는 미소 지으며 말했다.

"검은 잘 만들어지는 것 같아?"

"글쎄, 내가 이 일을 잘 알아야지 뭐라고 말을 하겠는데 말이야."

대장장이가 만드는 것이 원뿔형의 창 촉과 같은지라 장천으로선 그것이 뭔지 궁금할 수밖에 없었다.

"이건 뭐지?"

"랜스의 촉. 우리 고향에선 기사들이 사용하고 있는 마상용 창이야."

"음."

마상용 창 같은 것은 중원의 무사들이 사용하는 것이 아닌지라 고개를 갸웃거릴 수밖에 없는 그였지만, 데비드를 중원의 보통 무사와 비교할 수는 없기에 분명 쓸 만한 무기가 나올 거라 생각했다.

"데비드, 이번에 쌍도문을 공격한 문파에 대한 보복을 할 생각이거든. 고수가 한 명이라도 더 필요한 실정이라서 너한테 도움을 받고 싶은데 괜찮을까?"

"음……."

장천으로선 데비드 정도의 고수가 도움을 준다면 이번 싸움에 큰 도움이 될 것이란 생각에 부탁을 한 것이다. 데비드로선 달리 할 일도 없었던지라 의형제인 장천을 도와주기로 했다.

"형제의 일인데 도와주는 것이 당연하지. 그래, 출발은 언제지?"

"내일."

"조금 빠르긴 하지만… 랜스는 오늘이면 완성이 되니 별문제는 없을 것 같군."

"고마워, 데비드!"

다음날, 영홍문에선 백 명이 넘는 대인원이 문파를 빠져나가 청룡검장으로 향했다. 드디어 쌍도문 혈사를 일으킨 자들에 대한 복수가 시작된 것이다.

각 수채들과 약속된 수적들의 숫자만도 거의 일만 명에 육박할 정도였으니 그 기세가 얼마나 대단한지 알 수 있을 정도였다.

물론 청룡검장에 투입되는 숫자는 이천여 명 정도로 약속된 숫자의 오 분의 일에 지나지 않았지만, 이 정도의 숫자에 과거 대문파와 버금갈 정도였던 쌍도문의 정예 일백여 명이 나서는 만큼 청룡검장 일개의 문파로선 이들을 막아낼 도리가 없는 것은 당연했다.

장춘삼은 쌍도문이 청룡검장을 공격함으로써 다른 문파들이 담합하는 것을 막기 위해 상당히 용의주도한 계획을 세웠다.

수로채에서 보내오는 수적들은 한 달이 넘는 기간 동안 한 무리씩 차례로 청룡검장으로 향하게 해 대인원이 청룡검장으로 향하고 있는 것을 숨겼다. 또 이번에 출발하는 쌍도문의 문도 역시 쌍도문 출신의 금영표국의 깃발을 이용함으로써 다른 이들이 보기에는 금영표국의 표행으로 알게 만들었다.

이와 함께 하오문에 있는 양우생에게 연락하여 과거 청룡검장에 의해 멸문된 청인문의 소주 전운이 서장의 상행으로 큰돈을 벌어 낭인 무사들을 고용하여 청룡검장과 싸우려 한다는 소문을 내 강호의 시선이 자신들에게 쏠리는 것을 막았기에 어느 누구도 쌍도문이 청룡검장을 멸문시키려 한다는 걸 알지 못했다.

이런 이유로 한 달이란 시간이 지난 후 쌍도문과 수채에서 보내온 무사들 모두 청룡검장으로 모일 수 있었기에, 장춘삼의 용의주도함에 다른 이들은 혀를 내두를 정도였다.

청룡검장에선 자신들이 멸문시킨 청인문의 소주가 낭인 무사들을 고용한다는 말에 어느 정도 준비는 하고 있었지만, 혼자의 힘으로 모은 자들이라면 기껏해야 자신들과 비슷한 숫자일 것이라 생각한 탓에 큰 위기감은 보이지 않고 있었다.

장천이 맡은 임무는 청인문의 전운을 도와 전초전을 벌이는 것이었다.

"하하하하! 감히 우리 청룡검장에 삼류낭인 무사들로 도전을 해오다니, 우습군."

청인문의 전운이 일백여 명의 낭인 무사들과 함께 청룡검장으로 향하니 상대로선 우스울 뿐이었다.

청룡검장이 대문파는 아니지만 장주인 청룡대협 문수와 그의 아우 문철, 문경은 강호에서도 꽤 이름이 알려져 있는 고수인데다 검장의 문도들의 숫자도 이백여 명이 넘기 때문에 삼류낭인 무사를 이끌고 온 전운이 우습게 여겨질 뿐이었다.

전운 앞으로 나선 이는 청룡검장의 문가 삼 형제의 막내인 문경이었다.

복수를 다짐하는 전운의 앞에 선 그는 한 자루의 검을 들고는 대소를 터뜨리며 조롱하니 전운의 미간은 찌푸려질 수밖에 없었다.

문경의 뒤에는 청룡검장의 장로급 인물 두 명과 함께 삼십여 명의 문도들이 당장이라도 싸울 기세로 살기를 뿌리고 있었으니 전운의 뒤에 있던 낭인 무사들의 등줄기에는 식은땀이 흘러내렸다.

낭인 무사들이 아무리 강하다고는 하지만 명문가의 무사들과 비교한다는 것은 무리가 있는 것이다.

전운 역시 무공이 그리 뛰어나지 않은지라 그가 기댈 사람은 그의 옆에서 재밌다는 듯 미소를 짓고 있는 장천밖에 없었다.

"장 대협."

"맡겨주십시오."

허름한 옷을 입고 낭인 무사로 변장하고 있는 장천은 전운을 안심시키곤 천천히 문경의 앞으로 걸음을 옮겼다.

그의 허리에는 십대신병이 아닌 보통의 검과 도가 매어져 있었으니, 그것이 청룡검장의 인물들에게는 장천을 우습게 보이는 결과를 만들었다.

"하하하! 삼장주님, 저 녀석은 저에게 맡겨주십시오."

장천이 앞으로 나오자 문경의 앞으로 한 젊은 무사가 대소를 터뜨리며 나섰다. 청룡검장의 젊은 후기지수인 양평이란 자였다.

청룡검장의 후기지수 중에서도 다섯 손가락 안에 드는 무공을 지니고 있는지라 문경은 낭인 무사를 상대하는 데 별문제가 없으리라 생각하고는 고개를 끄덕이며 말했다.

"양평, 네가 저 겁없는 하룻강아지에게 본때를 보여주어라."

"예, 삼장주."

문경의 허락을 받은 양평은 천천히 장천의 앞으로 걸음을 옮겨서는 조롱하듯 소리쳤다.

"어디에서 굴러온 비렁뱅이인지 모르지만, 감히 청룡검장에게 칼을 들이대다니 살아 돌아갈 생각은 말아라!"

하지만 장천으로선 그가 우스울 뿐이었다. 마교에서도 천마들과 같은 강호에서 손에 꼽힐 정도의 고수들을 상대해 왔던 그로선 양평이란 자는 십수지적도 되지 않기 때문이다.

말할 필요도 없다고 생각한 장천은 귀찮다는 듯이 고개를 내젓고는 녀석을 향해 손가락을 까딱거리니 양평으로선 황당할 뿐이었다.

"네 녀석이 죽고 싶은 게로구나!"

"잔소리 말고 덤벼, 이 호로자식아!"

"끄아악!"

장천의 말에 더 이상 참지 못한 양평은 검을 뽑아 들고는 괴성을 지르며 쇄도해 들어왔다.

"청룡검법의 무서움을 보여주마! 차압!"

하늘로 치솟아오른 양평은 장천의 정수리를 향해 일검에 양단시킬 기세로 밀려왔으니, 그것을 보던 전운과 낭인 무사들은 그의 엄청난 기세에 기가 눌릴 지경이었다.

하지만 애석하게도 상대가 너무나 안 좋았다. 자리에서 한 발자국도 움직이지 않고 양평의 검을 지켜보던 장천은 입가에 미소를 흘리더니 천천히 오른손을 머리 위로 들어 올렸다.

챙!

"헉!"

그 순간 날카로운 쇳소리가 일대를 울리니 놀랍게도 양평이 휘두른 검은 장천의 손에 막혀서 두 동강이 나고 만 것이다.

"헉!"

녀석이 내려치는 검을 보며 장천이 오른손에 소수마공을 시전했고, 내력이 그다지 강하지 못한 검은 소수마공을 운용한 손에 의해 부러지고 만 것이다.

"가소로운 녀석! 서장의 왕으로 군림하는 본 빙천마수(氷天魔手)에게 네까짓 어린아이의 검이 통할 줄 알았더냐?"

"빙천마수! 끄악!"

손이 얼어버릴 정도의 냉기에 양평은 부러진 검을 들고 있을 힘조차 없었으니, 장천은 그의 머리채를 잡고 소수마공으로 그대로 얼려 버렸다. 괴성을 지르던 양평은 잠시 후 머리가 얼어버린 채 절명하고 말았다.

"저런!"

"음……."

믿었던 양평이 제대로 싸워보지도 못하고 쓰러지니 문경과 청룡검장의 무사들은 모두 크게 놀랄 수밖에 없었다.

문경 자신이라 할지라도 양평을 상대로 일초도 되지 않아 쓰러뜨릴 자신은 없었기 때문이다.

[장로! 서장의 빙천마수라는 자에 대해 들어본 적이 있습니까?]

[글쎄요, 서장의 고수들에 대해서는 잘 모르겠지만 아무래도 만만치 않은 자인 듯합니다.]

그들이 서로 간에 전음을 나누기 위해 시선을 돌리고 있는 것을 보던 장천은 기다리지 않고 앞으로 내달았다. 청룡검장의 무사들은 크게 놀랄 수밖에 없었다.

"삼장주! 피하십시오!"

"빙풍장!"

장천이 장풍을 날리려 하자 크게 놀란 장로가 급히 삼장주를 밀어젖히고는 검을 뽑아 들었다. 하나 그들은 강렬한 냉기의 장풍에 순식간에 얼음덩이가 되어버렸다.

"헉!"

문명으로선 장로급 정도의 인물이 일장을 견디지 못하고 얼음 기둥이 되어버리자 크게 놀라 뒷걸음질치며 소리치기 시작했다.

"저, 저 녀석을 막아!!"

"홍!"

문명의 소리에 뒤에 서 있던 무사들이 일제히 검을 뽑아서는 장천을 공격해 들어왔다. 하지만 어느 누구도 소수마공의 냉기를 막을 순 없었다.

순식간에 수십 명이 얼음 기둥이 되어버렸고, 문명은 사색이 되어서 장원 안으로 도주했다.

"뭐야, 저 녀석!"

부하들을 방패막이로 한 채 도주하는 녀석을 보며 장천은 황당할 수밖에 없었다. 그리고 한심함마저 느꼈으니, 저런 녀석들의 공격에 쌍도문이 비참한 꼴을 당했다는 것이 도무지 믿어지지가 않았던 것이다.

그리고 다음 순간에는 참을 수 없는 분노까지 밀려왔다. 장천은 자신을 막아서던 청룡검장 무사들의 머리를 밟고 뛰어올라서는 순식간에 문명 앞까지 경공을 펼쳐 날아갔다.

"끄아악!"

녀석의 앞으로 몸을 날린 장천은 그대로 왼손을 들어서는 화의 무공을 시전했고, 문명의 머리는 불꽃과 함께 타오르기 시작했다.

"한심한 녀석!"

장천이 그대로 화의 무공을 운기하여 녀석의 머리를 태워 버리려 하는 순간, 뒤에서 날카로운 기세가 느껴져 왔다.

"당장 그 손을 놓지 못하겠느냐!"

문명이 장천의 손에 잡히자 장원 쪽에서 한 명의 고수가 그를 향해 일검을 내질렀고, 장천은 급히 왼손으로 검을 뽑아서 녀석의 검을 막았다.

채재쟁!

"청룡십이검!"

청룡검장의 독문무공인 청룡십이검이 펼쳐지자 날카로운 검기가 장천의 요혈을 노리며 밀려들어 왔다. 하지만 장천의 검술이 상당한 경지에 이르렀기에 녀석의 검기는 장천의 옷자락조차 스치지 못했다.

"오호! 네 녀석이 청룡검장의 이장주 문철이란 놈이로구나!"

"당장 동생을 놓지 못할까!"

청룡검장의 이장주 문철은 무림맹에서도 상당히 이름을 떨친 무사로 문명과는 격이 다른 고수였다.

"끄으윽! 혀, 형님!!"

장천의 손에 잡힌 문명은 머리가 타오르는 고통에 신음을 내지르며 문철에게 도움을 청하니, 동생의 위기에 그로선 정신을 차릴 수가 없었다.

"어디, 얼마나 동생을 아끼는지 구경이나 해볼까?"

그 말과 함께 장천은 문철을 향해 문명을 집어 던지고는 그 뒤로 빠른 속도로 쇄도해 들어갔다. 문철은 크게 당황할 수밖에 없었다.

동생을 받자니 그 뒤로 밀려오는 상대의 공격이 무섭고, 그렇다고 그대로 동생을 내버려 둔다면 땅에 떨어져서는 크게 다칠 판이었으니… 문철은 떨어져 내려오는 문명의 밑으로 들어가서는 검을 위로 찔러 장천을 공격해 들어갔다.

"호!"

오히려 이렇게 되니 문명을 방패로 삼아 공격하는 꼴이 되었으니 장천으로선 재밌을 수밖에 없었다.

설마 동생을 살리기 위해 나온 녀석이 동생을 방패로 자신을 공격해 올 줄은 생각지도 못했기 때문이다.

마음 같아서는 문명의 몸을 일도양단하며 밑의 녀석을 함께 베어버리고 싶은 생각도 없지 않았지만, 형의 방패가 된 문명이란 놈이 불쌍한 생각도 드는지라 녀석의 복부를 밟고는 하늘로 솟구쳐 올라갔다.

펑!

"끄아악!"

장천이 밟고 올라간 여파로 문명의 몸은 더욱 빠르게 밑으로 떨어져 내려가니 그를 방패로 삼았던 문철과 충돌하며 두 사람은 땅바닥에 나뒹그러졌다.

"끄으윽."

"명아, 괜찮으냐."

"괜찮습니다."

다행히 떨어지는 와중인지라 형이 자신을 방패막이로 했다는 것을 모르는 문명은 문철의 말에 괜찮다는 대답을 하곤 몸을 일으켰다.

"음."

주위를 돌아보자 전운이 고용한 낭인 무사들과 청룡검장의 무사들이 혈전을 벌이고 있는 모습을 볼 수 있었는데, 장천이 소수마공으로 상당수의 무사들에게 부상을 입힌 덕에 싸움은 전운과 낭인 무사들에게 더 유리하게 전개되고 있었다.

문철은 문도들을 돕고 싶은 마음이 굴뚝같았지만, 자신 앞에 있는 빙천마수를 쓰러뜨리지 않는 이상 어렵다는 것을 깨닫고는 문명과 함께 장천을 공격해 갔다.

청룡십이검은 강한 검기를 발출하는 검술이니만큼 두 사람의 협공이 시작되자 사방에서 검기가 난무하여 밀려왔다. 장천은 검과 도를 모두 뽑아서는 좌검우도로 녀석들의 협공을 막았다.

좌검으로 검막을 만들어 두 사람의 공격을 막아가긴 했지만, 상당한 검기에 장천은 견디지 못하고 뒷걸음질칠 수밖에 없었다.

들고 있던 검이 냉혈검이 아니기에 강한 검기를 막아서자 검이 부러질 듯한 모습을 보였기 때문이다.

"훙! 패룡포효!"

녀석들의 공격에 대항하여 장천은 우도로 강한 위력의 패룡포효를 시전했다. 엄청난 강기가 두 사람의 검기를 튕겨내며 밀려갔다.

"끄윽!"

패룡도법의 엄청난 위력에 문가 형제들은 손목에 큰 통증을 느끼며 뒤로 몸을 날렸다. 내력 면에서는 장천과 상당한 차이가 나는지라 함부로 접근할 수가 없었다.

"패룡십자쌍도!"

녀석들이 뒤로 물러서자 장천은 반격할 기회를 주지 않고 밀고 나갔고, 문가 형제들은 계속 뒷걸음질치다 장원의 외담장까지 밀리고 말았다.

"크으윽……!"

엄청난 장천의 무공에 두 사람은 어찌할 바를 모르고 있었는데, 그때 머리 위에서 무엇인가가 자신의 발치로 떨어져 내려오는 것을 느낄 수 있었다.

"헉!"

담장 위쪽에서 떨어진 물건을 본 순간, 문가 형제들은 가슴이 철렁했다. 그것이 바로 청룡검장의 장주이자 그들의 맏형인 청룡대협 문수의 머리였기 때문이다.

"설마……."

당황한 문명이 고개를 올려보자 담장 위쪽으로 청룡검장의 장로급 인물들의 머리가 걸려 있었다. 그제야 자신들이 나와 있는 사이에 다른 쪽으로 적이 침입해 이미 장원을 점령했다는 것을 알 수 있었다.

"혀, 형님……."

문명은 그 모습에 어찌할 바를 모르고 형을 쳐다보았지만, 이미 장원은 적의 습격에 무너진 이후이니 어찌하겠는가? 문명은 검을 떨어뜨리고는 장천을 보며 말했다.

"더, 더 이상 대항하지 않을 테니 목숨만은 살려다오."

"명아!"

동생이 겁에 질려 검을 떨어뜨리고 목숨을 구걸하자 문철은 놀라서 소리쳤다. 하지만 이미 대세가 기운지라 포기할 수밖에 없었다.

이번 싸움의 계획은 전운과 장천이 일부의 무사를 이끌고 청룡검장의 시선을 자신들에게로 돌리는 동안 곽무진과 요운이 장원의 다른 쪽을 급습하여 빠른 시간에 싸움을 끝내는 것이었다.

문명과 문철이 항복하자 낭인 무사들과 싸우던 청룡검장의 문도들 역시 검을 버리며 항복했다. 장천은 사람들에게 지시하여 모두를 포박한 후 문이 열린 청룡검장으로 들어갔다.

두 시진 후, 청룡검장의 주요 인물들은 포박당하여 무릎이 꿇려졌고, 장춘삼은 상좌에, 그 옆으론 장천과 요운, 곽무진들이 시립하여 이들을 내려다보았다.

"우리들이 싸움에서 졌다 하나 이런 식으로 대우하는 것은 무인의 명예를 더럽히는 일이 아니오이까!"

문철은 무릎을 꿇는 것이 치욕이라 생각하며 소리쳤지만, 녀석의 말에 어느 누구도 움직이지 않았다. 장춘삼은 잠시 녀석들을 내려다본 후 가볍게 오른손을 들자 문철 옆에서 고개를 숙이고 있던 문명이 장춘삼에게로 끌려오기 시작했다.

"끄아악! 형님!"

"헉! 격공섭물(隔空攝物)!"

격공섭물은 내공을 이용하여 멀리 있는 물건을 자신에게 끌어당기는 수법이었다. 혈도를 금제당했다고는 하나 인간을 끌어당긴다는 것은 무림에서도 초고수가 아니면 힘들다는 것을 알고 있는 문철로선 크게 놀랄 수밖에 없었다.

"혀, 형님! 살려주세요!!"

"명아!!"

문철은 한달음에 달려가고 싶었지만 이미 혈도를 제압당한 상태였기에 어찌할 방법이 없었다.

격공섭물로 문명을 자신의 앞까지 끌어당긴 장춘삼이 그의 손목을 잡고 가볍게 내력을 돋우자 문명은 엄청난 고통을 느껴야 했다.

"끄아아악!"

장춘삼이 문명의 손목을 잡고 시전한 것은 바로 분골착근(粉骨搾筋)의 수법이었기에 문명은 온몸의 뼈가 부서지고 근육이 찢어지는 고통을 느낄 수밖에 없었다.

이각가량을 아무 말 없이 문명을 고문하던 장춘삼은 천천히 분골착근의 수법을 없애고는 조용한 목소리로 물었다.

"고통스러우냐?"

"끄흐흐흑… 제발 목숨만은 살려주십시오……. 흑흑흑……."

분골착근에 수법에 당한 문명은 눈물을 쏟으며 살려달라고 비니 장춘삼은 미소를 짓고는 그를 보며 물었다.

"묻는 말에만 대답하면 목숨만은 살려주마."

"끄흑흑흑… 뭐든지 대답할 테니 제발 목숨만은……."

"그럼 묻겠다. 십 개월 전 너희들은 감숙의 한 문파를 치기 위해 대거 문도들을 보냈는데, 그것이 사실이냐?"

"끄흐흑… 예, 예, 저희 문파로 흑백쌍노가 찾아와 감숙의 쌍도문을 치는 데 도움을 준다면 금 오만 냥을 주겠다고 약속했었습니다."

"문명!"

문철은 문명의 말에 크게 놀라 소리쳤다. 그 일은 절대로 밝혀서는 안 되는 비밀이었기 때문이다.

금 오만 냥이라는 거금을 받았다고는 하지만 만약 그것이 밝혀지면 청룡검장의 어느 누구도 살아남지 못한다는 것을 알고 있는 문철로선 크게 놀라 소리쳤다. 하지만 지금의 문명에겐 자신의 목숨만이 중요할 뿐 문파나 형제들은 안중에도 없었다.

"호오… 그렇단 말이지. 청룡검장에선 그 일로 누가 나섰더냐?"

"흑흑흑… 쌍도문을 치기 위해 저희 세 형제들과 오장로, 그리고 오십여 명의 문도들이 나섰습니다."

"너희들이 친 곳이 쌍도문의 금오각 근처였다 들었는데 사실이냐?"

"그, 그렇습니다."

장춘삼의 말에 주위에 서 있던 세 사람은 크게 놀랄 수밖에 없었으니, 요운과 곽무진의 아내인 등소소와 남궁소화 두 사람 모두 금오각 근처에서 죽임을 당하거나 큰 상처를 입었기 때문이다.

그중 요운은 녀석들이 금오각 쪽에 있었다는 말에 노기를 참지 못했으니, 그의 아내인 등소소가 그곳에서 강간당한 후 죽임을 당했기 때문이다.

물론 강간을 저지른 이는 대사련 하위 문파의 무사인 흑백쌍노에 의해 죽임을 당했다고는 하지만 그것을 알지 못하는 요운으로선 당장이라도 녀석들에게 달려가 목을 베어버리고 싶은 심정이었다.

"그때 너희들이 함께한 문파 중 구대문파의 인물들이 있었더냐?"

장춘삼의 물음에 그는 고개를 끄덕이고는 겁에 질린 목소리로 말했다.

"서로 복면을 써서 알지는 못했지만, 그들 중 검을 쓰는 자가 있었는데, 첫째 형님은 그를 곤륜파의 하문이라 했습니다."

"하문이라······."

요운과 곽무진은 곤륜파의 하문이란 자를 잘 알고 있었다.

명문 곤륜파의 제자라고는 하지만 강호에서 소문이 좋지 않은 사내였으니 뭇 여자들의 몸을 빼앗는 것은 다반사요, 마음에 들지 않는 자는 곤륜파의 위세로 누명을 씌워서 베어버리기 일쑤였기에 정파의 젊은 무사들 사이에서도 눈총을 받는 자였다.

하지만 그의 스승이 곤륜에서 가장 배분이 높은 우현 진인이기에 곤륜에선 누구도 그의 행동을 제지할 수가 없었다.

문명이 모든 것을 밝히자 문철은 고개를 숙일 수밖에 없었다. 한참을 그렇게 문명의 말을 듣던 장춘삼은 왼손을 들어서는 녀석의 단전을 향해 내뻗었다.

"끄아악!"

장춘삼의 일수는 녀석의 단전을 파고들었고, 문명은 비명을 지르며 괴로워하다 혼절하고 말았다.

"약속대로 목숨만은 살려주지."

문명의 단전을 파괴한 장춘삼은 쌍도문의 문도들을 보며 소리쳤다.

"청룡검장의 열 살 이상의 남자는 모두 단전을 파괴하고 여인들은 낭인들에게 건네주어라!"

"예!"

"헉!"

장춘삼의 명령에 문철은 크게 놀랄 수밖에 없었다. 단전을 파괴당한다면 이제 평범한 사람보다 못한 몸이 되어버리는 데다가 낭인 무사들에게 여자들을 준다는 것은 몸을 버리는 것은 둘째 치고 어디로 팔려갈지도 모르는 운명이 되어버리기 때문이다.

"끄아악! 네 녀석이 정파의 인간이란 말이냐! 더러운 녀석!"

문철은 노기를 터뜨리며 장춘삼을 보며 소리쳤지만, 그의 말에 조소를 터뜨린 장춘삼은 무엇이 문제인가 하는 목소리로 말했다.

"네 녀석들은 정예가 모두 빠져나간 쌍도문을 급습하여 여인들을 간하고 어린아이의 목숨마저 해하지 않았더냐? 강호에 인과응보는 당연한 것. 본인은 네 녀석들이 했던 행위를 그대로 행할 뿐이다! 아니, 오히려 단전만을 파괴하고 살려두었으니 네놈들보다는 자비롭다 할 수 있겠군."

"끄흐흑흑흑……."

수백 년의 전통을 지닌 청룡검장이 이런 식으로 무너질 줄은 몰랐던 문철은 통한의 눈물을 흘릴 뿐이었고, 잠시 후 쌍도문의 문도들에 의해 단전이 파괴당하는 청룡검장 무사들의 비명 소리가 사방에서 울려 퍼졌다.

이 모든 것을 지켜보던 장천은 아버지의 행위가 조금 과한 것이 아닌가 하는 생각이 들었다. 물론 자신들이 당한 것을 생각한다면 뼈를 갈아 마셔도 족하지 못했지만, 이런 식으로 은원을 해결한다는 것은 마음에 들지 않았던 것이다.

'아버지가 변했어. 백부의 죽음이 아버지에게 그렇게 충격이었을까?

잔인해진 아버지를 보며 장천은 백부가 살아 있었으면 하는 생각이 들었다.

성질이 급하기는 하지만 등평은 정의로운 사내였기에 이런 식의 행동은 극구 반대했을 것이었다.

잠시 후 청룡검장의 주요 인물들이 모두 지하에 있는 감옥에 갇히게 되니, 그들은 이제부터 평생을 그곳에서 살아갈 수밖에 없는 운명이 되고 만 것이다.

청룡검장이 무너졌다는 소문은 얼마 지나지 않아 강호에 퍼지게 되었고, 그들과 친분이 있던 많은 무사들이 청룡검장으로 몰려왔지만 모두 장천에게 일패도지하여 무너지고 말았다.

장천은 인피면구를 착용하여 냉천마수란 이름으로 그들 모두를 격퇴하니 서장에서 온 냉천마수란 이름은 순식간에 강호 전체에 퍼지기 시작했다.

장춘삼은 냉천마수의 이름이 알려지자 그를 방주로 내세워 강호의 은원을 해결해 준다는 은원방(恩怨幇)을 만들고 개파대전을 여니, 무림에서 은원이 있는 사람들은 하나둘씩 은원방으로 모이기 시작했다.

장춘삼이 은원방을 만든 이유는 강호의 여러 가지 은원을 해결하면서 그와 함께 쌍도문의 혈사를 일으킨 문파들을 하나씩 섬멸해 나가는 방식을 취하기 위함이었다. 그 때문에 그들의 행사가 쌍도문의 복수라는 것은 그와 관련이 있는 자들을 제외하고는 어느 누구도 알 수 없었다.

강호상에서 어느 정도 이름을 날린 문파라면 은원이 한두 개쯤 있는 것은 당연한 일이니, 이것이 쌍도문의 복수의 하나라는 것을 어찌 알 수 있었겠는가? 또 정, 사, 마가 서로의 문파를 공격하며 자신들의 입지를 강하게 내세우고 있었던 것이 현재 강호의 모습이기에 은원에 의한 싸움에는 어느 누구도 신경 쓰지 않았다.

인과응보에 의한 싸움은 강호에서 비일비재한 일이었기 때문이다.

청룡검장을 무너뜨린 후 쌍도문은 쌍도문 혈사에 관련된 일곱 개의 문파들을 차례대로 무너뜨린 후 잠시의 휴식을 가지게 되었다.

무진은 휴식 시간을 즐길 겸 장천과 함께 근처의 친분이 있는 사람의 집에서 술이나 한잔하자는 생각에 그가 살고 있다는 곳으로 걸음을 옮겼다.

그들이 도착한 곳은 바로 안형표국으로, 바로 동방명언이 부표두로 있는 곳이었다.

"이곳인가요, 무진 형이 도움을 받았던 사람이 있는 곳이?"

"그래. 동방명언이라는 녀석인데, 무공도 무공이지만 생긴 것도 꽤 잘생기고 의기도 있어 사귈 만한 친구지."

"예? 동방명언?"

"천아, 혹시?"

데비드와 장천은 동방명언이란 말에 크게 놀랄 수밖에 없었다. 혹시 자신들의 의형제가 아닐까 하는 생각이 들었기 때문이다.

잠시 후 안형표국 앞에 도착한 곽무진은 문을 지키는 무사에게 다가갔다.

"본인은 감숙성 쌍도문에서 온 곽무진이라 하오. 귀 국의 동방 부표두님을 만나고자 해서 왔소이다."

곽무진의 말에 무사는 놀란 표정을 짓고는 포권하며 말했다.

"부표두님의 손님이시군요. 저를 따라오십시오."

동방명언의 이름을 대자 그는 공손하게 대답하고는 일행을 표국 안으로 안내했고, 얼마 지나지 않아 표국의 한 전각에 도착할 수 있었다.

그곳에는 몇몇 사람들이 무엇인가를 열심히 정리하고 있는 것을 볼 수 있었는데, 장천과 데비드는 그 사람들 가운데서 익숙한 얼굴을 볼 수 있었다.

"명언 아우!"

데비드가 그 사람이 명언이라는 것을 깨닫고는 크게 놀라 소리치니, 자신을 부르는 소리에 뒤를 돌아본 그는 놀랍게도 서역으로 갔던 데비드가 있는지라 크게 기뻐하는 표정을 지으며 뛰어왔다.

"데비드 형님!"

"아우!"

동방명언은 한달음에 달려와서는 그의 두 손을 맞잡으니, 오랫동안 만나지 않았던 의형제를 본 것이 기쁘지 않을 수 없었던 것이다.

"아우, 오랜만이군……."

"장 형님……."

장천 역시 동방명언을 다시 만난 것이 반가웠지만, 과거의 일이 있어서 어찌할 바를 몰라 했다.

데비드와 동방명언이 서로의 손을 잡으며 인사하는 것을 보며 장천이 힘없는 목소리로 인사하자 명언 역시 과거의 일이 있는지라 죽어들어가는 목소리로 대답했다.

"뭐야, 서로들 아는 사이였어?"

곽무진으로선 세 사람이 서로 간에 형제라 부르는 소리를 듣고는 조금 놀랄 수밖에 없었다. 그에 데이비드는 미소를 지으며 대답했다.

"그렇습니다. 여기 장천과 저, 동방명언, 그리고 이곳에는 없지만 은조상이란 친구가 의형제를 맺었지요."

"음… 그런 일이 있었군."

이들이 장천의 의형제들이란 말에 의외라는' 생각을 하기는 했지만, 네 사람이 모두 안면이 있는 사람들인지라 미소 지으며 말했다.

"어쨌든 이렇게 모였으니 술이라도 한잔하지 않으면 서운하겠지. 오늘은 자네들 의형제들이 모인 기념으로 내가 한잔 살 테니 가자고."

명언과 장천이 조금 서먹한 일이 있었다는 것을 눈치 챈 곽무진은 분위기를 바꾸기 위해 그렇게 말하곤 일행을 가까운 주점으로 이끌었다.

"…그동안 어떻게 지냈는가?"

"글쎄요, 일이 있은 후 북해로 돌아갔다 숙부가 표국을 운영하신다는 말에 이쪽으로 오게 됐습니다."

어느 정도 술이 들어간 후 장천이 동방명언이 어떻게 지냈는지를 묻자 그는 무표정한 얼굴로 간단하게 대답했다. 아직 장천에게 앙금이 남아 있었기 때문이다.

그도 그럴 것이 동방명언이 마교에서 쫓겨난 가장 큰 이유가 장천이 다시 마교로 돌아와 구시독인 일문을 무너뜨린 때문이다.

가문 대대로 홍련교의 교도였던 동방명언으로선 교에서 쫓겨났다는 것이 큰 충격일 수밖에 없었으니 이런 장천이 마음에 들 리가 없었던 것이다.

명언은 퍼뜩 무슨 생각이 들었는지 그를 보며 물었다.

"그런데 데비드 형은 왜 곽 대협과 같이 있는 거지?"

"우연히 장 형제를 만나서 근처에 머물러 있다가 장 형제의 문파에 조금 일이 있어서 그걸 도와주고 있었지."

"문파의 일?"

데비드의 말에 동방명언은 한참 생각에 잠기는 듯하다가 장천을 보며 말했다.

"쌍도문에 관한 일?"

"내가 데비드에게 도와달라고 부탁했어."

"복수……."

"……."

쌍도문 혈사에 대해서 잘 알고 있던 동방명언으로선 자신도 모르게 복수라는 단어를 말했으니, 장천과 곽무진의 표정이 변했다.

"어떤 방식인지는 모르지만, 근래에 있었던 청룡검장의 일도 장 형의 문파가 저지른 일인가요?"

동방명언에게 거짓을 말할 수는 없는지라 장천은 고개를 끄덕이며 그것을 인정했고, 그는 한참 장천을 아래위로 훑어보다 고개를 끄덕이고는 말했다.

"턱과 코에 희미하기는 하지만 가짜 수염을 붙인 흔적이 있군요. 그렇다면 장 형이 냉천마수라는 은원방의 주인이겠군요."

"오오오! 명언, 굉장한데!"

단순히 몇 가지의 사실만으로도 장천이 냉천마수로 은원방의 방주라는 것을 밝혀내는 것을 보며 데비드는 크게 놀랄 수밖에 없었다.

"표국에 있었더니 강호의 소문은 금세 들어오더군요. 정, 사, 마의 싸움에 많은 방파가 무너지는 가운데 은원방의 행로는 상당히 세인들 관심의 표적이더군요."

"음……."

곽무진은 동방명언이 단번에 쌍도문의 계획을 알아채는 것을 보며 만만치 않다는 생각이 들었다.

"이 계획의 실질적인 주도자는 그분이겠군요. 아닙니까?"

동방명언은 또다시 생각에 잠기는 듯하다가 미소를 지으며 곽무진에게 말했고, 그가 말하는 사람이 장춘삼이라는 것을 아는 무진은 고개를 끄덕였다.

"그렇소."

"역시 제 눈이 틀리지 않았군요."

"오오! 관심법이라도 익힌 거야?"

"데비드 형님… 지혜롭다고 말씀해 주십시오."

"하하하!"

데비드는 그의 반응이 재미있는 듯 크게 웃더니 미소를 지으며 말했다.

"표국에서 썩을 테냐, 아니면 나랑 같이 강호의 전설로 남을 테냐?"

"데비드 형!"

"표국에서 백 년이고 이백 년이고 살아봤자 명표두 이상은 될 수 없다. 하지만 네가 강호로 나와 같이 나간다면 무림사에 길이 남을 영웅이 될 수 있지. 어때, 나와 함께 강호로 나가지 않겠나?"

"데비드 형… 언제 그런 야심가가 된 거야?"

과거의 데비드라고는 전혀 믿을 수 없는 모습에 동방명언은 정신을 차릴 수가 없었다. 하지만 데비드는 아무것도 아니라는 듯이 손을 내저으며 말했다.

"동탁의 양자였던 여포… 들려오는 소문에는 그가 서역인이었다는 말이 있더군. 재밌지 않나? 오랜 기간은 아니지만 여포는 천하를 손에 쥐었던 인물이었으니 말이야."

"데비드 형."

엄청난 야심을 보이는 데비드의 말에 동방명언이나 장천은 크게 놀랄 수밖에 없었다. 지금까지 데비드는 조금은 순진한 이방인의 모습이었기 때문이다.

"명언, 부디 나의 힘이 되어주지 않겠어?"

데비드의 부탁에 한참 생각에 잠겼던 동방명언은 천천히 고개를 끄덕이고는 말했다.

"알겠습니다. 형님의 힘이 되어보도록 하지요."

"명언! 고마워!"

명언이 자신을 도와준다고 하자 데비드는 크게 기뻐하며 그의 손을 잡으니 장천으로선 이 상황을 이해할 수가 없었다.

다음날 새벽이 돼서야 술자리는 끝이 났다. 장천은 데비드를 따로 불러 그에게 물어보았다.

"데비드, 도대체 무슨 소리야?"

"후후후, 놀랐냐?"

"놀랐다기보다는 당황스러워서……."

"하하하! 명언이를 우리 쪽으로 끌어들이려면 이 방법밖에 없잖아."

"······?"

장천이 그의 말을 이해할 수 없어하자 데비드는 미소를 지으며 자신이 왜 그런 이야기를 했는지 이유를 말해 주었다.

"너도 알다시피 명언이는 능력은 뛰어나긴 하지만 다른 사람과는 조금 다른 기질을 보이고 있잖아."

"다른 기질?"

"그래. 바로 이인자 기질이라고나 할까?"

"음… 이인자 기질이라······."

장천은 명언에게 이인자 기질이 있다는 것을 생각해 본 적이 없는지라 잠시 고심하는 모습을 보였다.

"녀석은 자신이 이인자가 되어 모시고 있는 자를 최고로 만들고자 하는 기질이 조금 강해. 그런 이유로 천마에 비해서 능력이 떨어지는 구시독인의 휘하에 들어간 거지. 아! 그 이야기는 명언이가 나한테만 해준 이야기야."

"그렇군."

동방명언과 데비드가 절친하다는 것은 알고 있었지만, 설마 그런 이야기까지 오고 갔는지는 몰랐는지라 고개를 끄덕였다.

"그런 이유로 내가 야심을 보인다면 상당한 관심을 보일 것이라 생각했지."

"응? 데비드가 야심을 보인다면 관심을 보인다니? 그게 무슨 소리야?"

"너도 알다시피 난 중원에선 이방인일 수밖에 없는 사람이라고. 그런 내가 무림일통을 한다는 것은 삼류무사가 천하제일고수가 된다는 것과 같이 어려운 일이라고."

"그렇지."

"하지만 명언은 그런 힘든 길이 오히려 구미가 당기는 녀석이라고 할까? 음… 그래, 제갈공명이 유비의 책사가 된 것과 비슷한 거라 할 수 있지."

갑자기 어려운 이야기가 나오자 장천은 머리가 복잡해질 수밖에 없었다.

"제갈공명?"

"그래. 솔직히 촉의 유비는 장비와 관우라는 뛰어난 무장이 자신의 의형제이긴 했지만 난세의 패자로선 부족한 점이 많은 사람이지. 일단 성격이 유약한 데다 조금은 우유부단한 면이 없지 않은 사람이지. 오로지 잘난 것은 인의 하나뿐이랄까? 인의가 있는 사람은 사람들에게 존경을 받을 수 있을지는 모르지만 패자로서는 어울리지 않는 사람이지."

"음."

"그에 반해 제갈공명은 패황의 책사로서 어느 누구에게도 뒤지지 않는 인물이야. 대세를 보는 눈은 물론이요, 병법에까지 능통하니 그만한 책사가 또 어디 있겠어. 물론 제갈공명 역시 자신이 최고라는 것을 알고 있었고 말이야."

"그건 그랬지."

삼국지에서 제갈공명은 자신을 어느 누구보다 뛰어난 자라 이야기하고 있었기에 장천 역시 고개를 끄덕였다.

"그런 제갈공명은 조조와 손권 같은 사람에게 천하의 패권을 쥐어주는 것은 너무 쉬웠다는 거야. 뭐랄까? 자신의 취미를 누리기에는 너무나 간단했었다고나 할까? 그런 이유로 그는 인의밖에 내세울 것이 없는 유비에게 붙었다고 생각해. 어렵긴 하지만 성공하면 뭔가 보람이 있을 것 같지 않아?"

"음."

"명언이도 그 능력이라면 다른 이를 섬기는 것도 별로 어렵지 않지만 이왕이면 최대한 자신의 능력을 발휘할 수 있는 사람, 즉 패권을 쥐기에는 조금 어려운 나 같은 사람을 섬기고 싶어하는 거지."

"우우우!"

더욱더 머리가 어지러워 기절하고 싶은 장천이었지만 일단 의형제가 자신과 함께 길을 간다는 것에 만족할 수밖에 없었다.

지와 무를 고루 갖춘 동방명언이 가세하자 은원방의 세력은 더욱더 커지게 되고 동방명언과 데비드에게도 각각의 명호가 붙게 되었다.

데비드는 장천이 어렵게 구해준 적토마를 타고 거대한 랜스로 적진을 헤집으며 다녀 거창기마(巨槍騎魔)란 명호를 얻었고, 한 자루의 검을 들고 수백이 넘는 무사들로 진세를 이루어 순식간에 승리로 이끄는 동방명언은 마검지괴(魔劍智怪)라는 명호로 불렸다.

이 때문에 냉천마수, 거창기마, 마검지괴를 세인들은 세외삼마라 부르며 두려워하게 되었고, 은원방의 손길이 자신의 문파에 닿지 않을까 두려워했다.

은원방의 세력이 커지기 시작하자 지금까지 서로 간의 싸움만을 일삼던 정, 사, 마는 은원방으로 시선을 돌릴 수밖에 없었다. 가장 먼저 손을 쓴 이는 대사련이었다.

정파는 세외의 세력과 손을 잡는다는 것에 자존심이 허락하지 않았으며, 홍련교는 교리를 따르는 사람들만이 모인 무림 세력이기에 은원방과 손을 잡고자 하는 것은 대사련뿐이었던 것이다.

은원방의 행사에 결코 가벼운 것이 없다는 것을 안 대사련에서는 부련주 양진으로 하여금 수하 이십여 명과 함께 직접 은원방을 찾게 하였다.

"대사련의 부련주께서 몸소 저희 은원방을 찾아주시다니 영광입니다. 자, 안으로 드시지요."

"은원방주께서 이렇게 마중해 주시니 저희가 더 감사할 뿐입니다."

실질적인 은원방의 방주라고 할 수 있는 장춘삼은 정, 사, 마에서도 이름있는 인물이기에 대사련의 부련주 양진을 맞은 것은 장천이었다. 그는 정중하게 문파로 찾아온 양진에게 인사하고는 은원방의 접객실로 안내했다.

'음……'

은원방에 들어선 양진은 놀랄 수밖에 없었다. 생각보다 은원방의 규모가 상당했기 때문이다.

언뜻 보이는 문도들의 숫자만도 천이 넘을 정도인데다 크기도 무림 명문대파와 비교해도 뒤지지 않을 정도였다.

수백 명의 무사들이 정렬하여 군사 훈련을 하는 모습은 대사련에서는 볼 수 없는 그런 모습이었기에 시간이 갈수록 양진은 두려움마저 느끼고 있었다.

접객방으로 들어서기 전 양진은 또 하나의 훈련장을 지났는데, 그곳에선 백 명 정도의 무사들이 무공을 수련하는 모습을 볼 수 있었다.

그것을 본 양진은 지금까지와는 전혀 다른 충격을 받았는데, 이곳에서 연무를 하고 있는 이들은 대사련 정예에 비교해도 결코 뒤지지 않은 듯했기 때문이다.

"저들은 세외에 있는 본 문에서 데려온 문도들입니다."

양진이 놀란 표정으로 그들을 보자 장천은 미소를 지으며 말했다. 양진으로선 세외에 또 다른 세력이 있다는 말에 더욱 놀라지 않을 수 없었다.

"본 문이라 하심은……?"

"이곳 은원방은 제가 사사롭게 만든 문파입니다. 은원방의 뿌리는 세외에서 저희 사부께서 세우신 만마문(萬魔門)이지요. 저의 은원방은 아직 본 문에 비해 조족지혈에 지나지 않습니다."

"음……."

은원방 하나만 하더라도 무시 못할 수준인데, 은원방의 뿌리라 할 수 있는 만마문에 비해 조족지혈이라는 말에 양진의 등줄기에선 식은 땀이 흘러내렸다.

'정, 사, 마가 서로 싸우고 있는 가운데 세외의 세력이 이렇게 강성해졌을 줄은 생각지도 못했구나.'

물론 실제로 세외에 만마문이라는 문파는 없었다.

양진이 보고 있는 자들은 쌍도문의 정예들로, 일련의 계획을 위해 이곳에서 무공을 수련하고 있는 모습을 대사련의 부련주 양진에게 보여준 것이다.

하지만 양진으로선 이들이 쌍도문의 무사라는 것을 알 도리가 없었으니, 점점 드러나는 은원방의 힘에 처음 이곳에 왔던 때의 위세는 크게 줄어들어 있었다.

처음에 은원방이 강호의 신흥 강호로 명성을 날리자 그들을 대사련으로 끌어들여 정, 사, 마의 싸움에서 승기를 잡고자 한 것이 목적이었지만, 은원방의 본모습을 본 양진은 지금까지의 생각을 전면 수정할 수밖에 없었다.

전체의 힘을 따진다면 은원방쯤이야 대사련에서 무너뜨리는 것은 어려운 일이 아니었지만, 만약 이들이 대사련에 병합된다면 사정은 달라질 수밖에 없었던 것이다.

대사련에도 명문이 있기는 했지만, 거의 대부분이 중소문파들이 합쳐져 이루어졌기 때문이다. 이런 상황에서 은원방과 같은 거대 세력이 대사련에 병합된다면 련의 힘은 크게 강해질 수 있을 테지만 자칫 대사련이란 거대 세력이 은원방에게 먹힐 수도 있기 때문이다.

대사련의 주축이 되는 련주와 나머지 간부들은 모두 사파의 명문 출신으로 수백 년이 넘게 련 내의 간부 직을 세습하고 있다고 해도 과언이 아니었다.

이런 이유로 중소문파들 사이에는 상당한 불만이 쌓여 있었으니, 만약 은원방이라는 거대 신흥 세력이 대사련으로 들어오게 된다면 다른 사파의 명문에 뒤지지 않는 힘을 지니고 있었기에 어느 정도의 간부 직을 내려주어야 하는데, 그렇게 되면 수많은 중소문파들이 은원방에 붙을 것이 분명했다.

새롭게 떠오르는 신흥 세력에 편승하여 대사련에서 한몫 잡아보려는 자들이 속출할 것은 당연한 일인 것이다.

사파십대거두가 모두 행방불명이 된 후 정파와 마교의 세력에 크게 밀리고 있는 상황이기에 은원방의 힘을 반드시 얻어야 하는 그로선 답답할 뿐이었다.

접객실에 들어선 후에도 양진은 고민에 고민을 더할 수밖에 없었으니, 세외삼마의 일 인인 동방명언이 그런 그를 보며 미소를 지으며 말했다.

"부련주께서는 저희들이 련에 가입하는 것을 걱정하실 필요가 없습니다."

"예? 무슨 말씀을……?"

"단도직입적으로 말씀드리겠습니다. 한 가지 약조만 하신다면 은원방에선 조건없이 부련주님의 힘이 되어드릴 용의가 있습니다."

"한 가지 약조라 하심은?"

양진으로선 그들이 힘이 되어준다는 말보다 그 한 가지 약조에 더욱 신경이 쓰일 수밖에 없었기에 마른침을 삼키며 동방명언을 보며 그 약조에 대해서 물었다.

제40장
은원방과 독문의 대결

　"대사련이 중원을 일통할 때 한중과 서촉을 저희 은원방에게 내어준
다는 약조만 하신다면 은원방뿐 아니라 만마문의 협조까지 약조해 드
릴 수 있습니다."

　"한중과 서촉?"

　한중과 서촉은 삼국시대 때 장로와 유장이 다스리던 땅으로 후에 유
비의 촉나라의 땅이 된 곳이었다. 양진으로선 그들이 왜 이곳의 땅을
원하는지 모르지만 대사련의 권력에 참여하지 않고 이 정도의 약조만
으로 도움을 받을 수 있다면 그것도 나쁘지 않다는 생각이 들었다.

　서촉에는 정파에서도 가장 문젯거리인 사천당가와 함께 아미파, 청
성파 등이 있는 정파의 요지였기 때문에 가장 골치 아픈 땅일 수도 있
었으니 은원방이 그들을 맡아준다면 오히려 대사련으로선 편해진다고

할 수 있었다.

거기다가 서촉의 땅은 대사련의 힘이 거의 미치지 않는 곳이었기에 양진은 고개를 끄덕이며 동방명언의 뜻을 받아들였다.

"알겠소이다."

"옳은 선택이십니다."

양진이 자신의 뜻을 받아들이자 동방명언은 자리에서 일어나서는 그에게 포권하며 미소를 지었다.

몇 가지 이야기가 오간 후 양진이 다시 대사련으로 떠나자 좌중에 있던 사람들은 크게 시끄러워질 수밖에 없었다. 동방명언이 양진에게 제시한 일은 상의가 없던 일이었기 때문이다.

"명언, 도대체 무슨 짓이야! 난데없이 한중과 서촉 땅을 달라니!"

"대사련에 들어가는 것이 계획이긴 했지만, 그런 말은 없었잖아?"

장천과 곽무진의 말에 동방명언은 이미 예상하고 있었던지 미소를 지으며 말했다.

"어차피 근거지가 필요한 것은 사실이니, 서천과 한중의 땅에서만큼은 대사련의 간섭을 받지 않는 것이 좋을 것 같아서 한 말입니다."

"말도 안 되는 소리! 한중이야 그렇다 쳐도 서촉은 사천당가는 물론 청성, 아미까지 무림 명문대파가 몰려 있는 곳이라고! 그런 곳을 어떻게 근거지로 하겠다는 거지?"

장천의 말에 곽무진 역시 고개를 끄덕였는데, 동방명언은 오히려 이들이 이상하다는 표정을 지으며 되물었다.

"어라? 서촉의 땅에서 쌍도문이 뭐가 문제야?"

"응?"

"뭔가 착각하고 있나본데, 은원방이야 서측의 땅에선 정파의 명문세가 때문에 위험할지 모르겠지만 그걸 쌍도문으로 바꾼다면 서측의 땅은 오히려 우리들에게 유리한 곳이라고. 내가 알기로는 쌍도문은 사천당가와 친밀한 관계인데다가 쌍도문의 문주이신 장 대협께선 아미파의 문주인 절진 사태와 안면이 있다고 알고 있는데 말이야."

"……!"

동방명언의 말이 틀리지 않은지라 두 사람은 잠시 생각에 잠길 수밖에 없었다. 그의 말대로 은원방은 사파 쪽으로 기울어져 있었지만, 쌍도문은 구파에 들어간다는 소문이 있을 정도의 명문대파. 그런 만큼 서측의 땅에선 쌍도문은 오히려 안전하다고 볼 수 있었다.

"문제는 청성파가 있다는 것이지만, 사천당가와 아미파의 협조를 얻을 수 있다면 문파의 세가 기울고 있는 청성쯤이야 쉬운 상대라고 생각하는데, 그게 아니었나?"

"음……."

동방명언의 말에 반박할 말이 없는지라 두 사람은 다시 침묵에 잠길 수밖에 없었다. 그때 그들의 뒤에서 누군가의 목소리가 들려왔다.

"사천당가, 아미, 청성은 솔직히 문제가 아니지만 더 골치 아픈 상대가 사천에 있다는 것을 간과하고 있군, 동방 소협."

"아버지!"

목소리의 주인공은 바로 장천의 아버지인 장춘삼이었다. 그는 미소를 지으며 자리에 앉더니 동방명언을 보며 말했다.

"어차피 대사련에 들어갈 계획이었다면 그들의 눈을 피할 수 있는 사천을 선택한 것은 잘한 결정이다. 하지만 대사련에 너무 치중하여 독문이라는 존재를 놓치게 된다면 어렵게 생각한 일도 모두 헛수고가 되어버리지."

"독문이라면 남만의 당가라 불리는 독의 명문 아닙니까? 한데 그들이 왜 사천에……?"

용의주도한 동방명언이었지만 강호의 모든 정보를 알 수는 없었기에 남만의 독문이 사천에 있다는 말은 금시초문이었다.

"독문이 사천에 진출했다는 것을 아는 이는 본 문과 몇 개의 문파 외에 없으니 너무 억울해하지는 말게나."

"음… 그렇군요. 철사방의 비고에서 독문의 인물들이 나타났던 것이 조금 이상하긴 했는데, 설마 그들이 사천까지 진출했을 줄이야……. 그렇다면 그들의 근거지는 과거의 철사방이겠군요."

"그렇다네. 다행히 사제인 양우생이 하오문의 문도들을 통해 독문의 위치를 모두 파악한 후이니 대사련에서 본격적으로 일을 처리하기 전에 독문을 사천의 땅에서 완전히 몰아내는 것이 먼저이네."

하지만 독문은 만만한 상대가 아니었다.

강호에서 사천당가를 상대하기 어려운 것은 바로 수많은 암기와 독 때문이었으니 독문 역시 대량 살상이 가능한 독을 가지고 있는 문파이니만큼 만만히 볼 상대가 아닌 것이다.

독문의 독은 사천당가와 버금간다고 하니 거의 대부분 수채에서 데리고 온 하급무사인 것을 감안한다면 수적에선 앞서나 은원방이 그리 유리하다고는 볼 수 없었다.

"은밀히 사천당가의 도움을 얻어낼 수 있기야 하겠지만, 그렇다 해도 그들의 독을 무시할 수 있는 것은 아니네. 이런 이유로 독문과의 싸움에서는 백 명 이내의 정예로만 상대할 생각인데, 어떤가?"

독을 상대로 많은 무사들을 이끌고 갈 수는 없는지라 모두 고개를 끄덕이며 그의 의견에 수긍했다.

"이미 사천당가와는 연락이 되어 있으니 근시일 내에 사람을 보내올 것이네. 이번 독문과의 싸움에 나설 사람이 있는가?"

장춘삼의 말에 장천과 곽무진이 자리에서 일어났고, 뒤이어 데비드와 동방명언이 일어났다.

"이번 싸움을 통해 독문의 절독을 입수할 수 있다면 나중에 있을 대사련과의 싸움에서도 유리한 고지를 차지할 수 있을 것이네. 자네들은 이것을 꼭 명심하고 그들을 상대하도록 하게."

"예."

이렇게 해서 은원방은 대사련에 들어서기 전에 독문과의 일전을 결정하게 되었다.

이 주일 후 장춘삼의 말대로 사천당가에서 이십여 명의 사람들이 도착했고, 그들 중에는 장천과 안면이 있는 사람도 꽤 있었다.

사천당가의 인물들을 맞이하기 위해 나선 장천은 한 사람의 얼굴을 확인하고는 크게 기뻐하며 달려가 인사했다.

"당철 형님! 오랜만입니다!"

"오! 장천 아우 아닌가!"

당철은 장천의 얼굴이 옛적 모습 그대로 남아 있는지라 크게 반가워하는 표정을 지으며 그의 인사를 받았다.

"감숙에서 자네들이 변을 당했다는 말을 듣고 지금껏 안타까워하고 있었는데, 이렇게 도움을 줄 수 있게 되니 이제야 마음이 놓이는군."

"사천당가에서 이렇게 도움을 주시니 저희들이 오히려 감사할 뿐이지요. 자, 안으로 드십시오."

사천당가는 장천 일행의 도움을 받아 당가타를 독문에게서 되찾은 후 한시라도 빨리 은혜 갚을 날만을 기다리고 있었다. 그러니 장춘삼의 서한을 받자마자 당가의 가주인 당이가 지체할 것 없이 당철을 비롯한 정예를 은원방으로 보낸 것은 당연했다.

"장 대협, 오랜만이에요."

"당세문……?"

당철을 모시고 안으로 들어가려 할 때 뒤에서 누군가 자신을 부르는 소리에 뒤돌아본 장천은 아름다운 한 여인을 볼 수 있었는데, 그 여인이 당세문이라는 것을 알고는 조금 놀랄 수밖에 없었다.

과거 당세문이 중성적인 면모만 가득했다면 지금은 중성적인 면모 속에서도 색기가 흐르는 뭐랄까, 색다른 매력을 풍기는 여인으로 자라 있었다.

"당 여협, 오랜만이군요."

"소수마공은 잘 받으셨는지 모르겠군요."

"아! 예, 당 여협의 도움으로 십성의 경지에 이르렀습니다."

"십성?!"

장천의 말에 당세문은 크게 놀랄 수밖에 없었다. 장천보다 먼저 소수마공을 익힌 그녀의 수준은 아직 팔성에 지나지 않았기 때문이다. 그의 자질이 자신보다 뛰어난 것은 알고 있었지만, 설마 이런 짧은 시간 안에 소수마공을 십성의 경지까지 익혔으리라곤 생각지도 못한 것이다. 그것은 옆에 있던 당철 역시 마찬가지였다.

하지만 당세문은 장천의 손을 보고는 십성의 경지를 익혔다는 것이 믿어지지가 않았으니 팔성의 경지에 이른 자신의 손과는 크게 달랐기 때문이다.

"이상하군요. 소수마공은 어느 정도 경지에 이르면 마공의 영향으로 손이 하얗게 변한다고 하던데… 장 소협의 손은?"

"아! 저 역시 그렇게 알고 있었습니다만 저의 경우에는 소수마공과 함께 극성이 되는 양강의 무공을 같이 익히고 있기 때문에 영향을 받지 않는 것 같습니다."

"음……."

양강의 무공이란 말에 당세문과 당철은 그것이 무엇일까 하는 궁금증이 일었다. 서로 상반되는 무공은 익히는 것이 어려울 뿐 아니라 익혔다고 해도 한쪽의 무공이 너무 높다면 다른 쪽은 높은 무공에 눌려 사라지는 경우가 있기 때문이었다.

하지만 장천의 경우에는 그런 영향이 전혀 보이지 않고 있었으니, 그가 익히고 있던 양강의 무공이 소수마공에 뒤지지 않는 상승의 무공이란 뜻이기 때문이다.

이런저런 궁금증을 가지고 본관으로 들어선 당철과 당세문은 내전에서 장춘삼을 만날 수 있었으니, 인사를 나누고는 본격적인 회의에 들어갔다.

장춘삼의 부탁으로 은원방에 오기는 했지만 아직 자세한 것은 알지 못하고 있는 그들이었다.

"예?! 독문이라고 하셨습니까?"

"그렇다네."

"으드득!"

장춘삼에게 이번에 싸우게 될 상대가 독문이라는 것을 들은 당철은 크게 놀라고는 이를 갈아댔다. 사천당가가 독문에게 당한 것을 아직도 잊지 않고 있는 것이다.

사천당가는 은원에 관해서는 받은 것에 수배로 갚아주는 것이 관례와도 같은 문파였으니 지금은 아직 가문의 세가 안정되지 않아 복수는 이루어지지 않고 있었지만, 당가타에서는 언젠가 남만으로 가 독문에 복수하기를 다짐하고 있었다.

이런 분위기의 당가였으니 이번 상대가 독문이라는 것을 알자 투기가 치솟아오를 수밖에 없었다.

"현재 독문은 사천 동봉현의 이문산을 거점으로 하여 총 네 곳에 위치해 있네. 이문산에는 현 독문의 소문주라고 알려져 있는 구독망 양견이라는 자와 독문의 사대봉공 중 두 사람이 있다고 하네."

"독문의 사대봉공이요?"

장천의 물음에 장춘삼은 고개를 끄덕이며 계속 말을 이어갔다.

"구독망 양견의 무공도 만만히 볼 것은 아니라 하나, 가장 큰 문젯거리는 이들 사대봉공 두 사람이다. 그들 중 한 명이 절명독수(絶命毒手) 장간(張干)이라는 것은 밝혀졌지만, 나머지 한 명은 하오문의 정보로도 알려지지 않은 상태다."

"절명독수 장간이라면 과거 청성파의 사대검수를 쓰러뜨렸던 독문의 고수가 아닙니까?"

동방명언의 말에 다른 이들은 크게 놀랄 수밖에 없었다.

과거 청성파는 사천의 당가나 아미를 압도할 정도로 성세를 이룬 적이 있었는데, 그것이 바로 청성의 사대검수의 덕이기 때문이다.

하지만 청성의 사대검수는 어이없게도 남만에서 온 한 무사에 의해 어이없이 쓰러지게 되니 그 후로 청성은 크게 세력이 떨어지게 되고만 것이다.

"음… 청성의 사대검수라면 하나하나의 실력이 등 백부님과 비슷하다는 고수인데, 그들을 쓰러뜨린 자가 독문의 사대봉공 중 한 사람이었다니……."

장천으로선 독문에 이렇듯 엄청난 고수가 있었을 것이라고는 생각지도 못했기에 조금 놀랄 수밖에 없었다.

"하지만 가장 큰 문제는 이름이 밝혀지지 않은 자다. 하오문의 정보에 따르면 그는 독문의 수석봉공으로 그 무공은 현 독문의 문주을 압도하고 있다고 하더군."

"아!"

"역대 독문의 문주 중 가장 강한 무공을 지니고 있다는 현 독문의 문주를 압도할 정도의 실력이라면 적어도 강호 서열 십위 안의 드는 초고수라고 할 수 있다."

강호에서 열 손가락 안에 든다는 것은 천하를 넘볼 수 있다 할 수 있는 것이었으니, 좌중에 있던 사람들의 안색은 더욱 굳어질 수밖에 없었다.

장춘삼은 그런 그들의 모습을 보고는 장천과 곽무진을 보며 조용히 말했다.

"오늘부터 천이와 무진은 본격적인 싸움이 시작되기 전까지 연공관에서 폐관수련에 들어간다."

"예?"

갑작스러운 폐관수련을 하라는 명에 두 사람은 놀랄 수밖에 없었다. 장춘삼은 차를 한 모금 음미한 후 계속 말을 이었다.

"독문의 수석봉공을 상대로 싸우기 위해선 무림십대신병을 가지고 있는 너희 두 사람의 무공이 절실히 필요하다 할 수 있다. 무진이는 파사신검의 무공을 극성까지, 천이는 좌검우도의 무공을 십성 이상으로 끌어올려야 할 것이다."

"알겠습니다."

오랫동안 제대로 무공을 익힐 시간이 없었던 두 사람은 장춘삼의 말에 포권하며 대답을 했다. 물론 다른 사람이 독문과 싸울 준비를 할 때 자신들은 연공관에 틀어박혀 있어야 한다는 것이 조금 억울하기는 했지만, 가장 문제가 될 수석봉공을 상대로 장춘삼이 자신을 지적한 것에 투지가 솟고 있었다.

장천과 곽무진이 연공관에서 수련을 시작하자 나머지 사람들은 독문과 싸울 쌍도문의 무사들을 선출하는 한편, 독문의 독에 대항할 해약을 만드는 데 주력하기 시작했다.

사천당가와 독문은 오랜 세월 동안 서로 독의 양대산맥으로 경쟁하고 있었기 때문에 서로의 독에 대해서 잘 알고 있었다.

그런 이유로 독문의 십대절독을 제외하고는 사천당가에서는 거의 모든 독을 해독할 수 있었기에 당철과 당세문은 그 십대절독에 대항하기 위한 준비를 하고 있는 것이다.

한편 곽무진과 함께 연공관에 들어간 장천은 제일 먼저 자연도의 수련에 들어갔다.

자연도는 득의에 의한 수련이기에 바람 한 점 불지 않는 곳에서 기의 흐름을 찾는 것은 힘들 수밖에 없었지만, 장천으로선 오히려 그것이 더 좋다 생각했다.

어느 정도 바람의 흐름을 볼 수 있는 장천은 미약하기는 하지만 지하에서 흐르는 작은 공기의 흐름을 감지하는 훈련을 하기 시작한 것이다.

"……."

가부좌를 튼 장천이 천천히 호흡을 정리하여 자연도의 힘을 끌어올리자 미약하긴 하지만 자신의 기와 외부의 기운이 부딪치는 것을 느낄 수 있었다.

하지만 얼마 지나지 않아 기는 외부의 기운과 서로 융합하기 시작하니 장천의 내식이 점점 안정을 되찾고 있다는 것을 말해 주고 있었다.

그렇게 한 식경 정도가 지나자 이제 외부의 기운과 장천의 기운은 거의 하나가 된 듯 보였다. 이것이 자연도의 첫 번째 단계인 자연합기(自然合氣). 자연도의 두 번째 단계는 유기적신(流氣適身)으로 하나로 합해진 기운이 흐르는 것에 따라 자신의 몸을 움직이는 단계이다.

자리에서 일어난 장천은 지하의 수맥에서 흐르는 기운을 따라 몸을 움직이니 그의 몸놀림은 물 흐르듯이 부드러우며 외부의 기운을 거스르지 않는지라 주위에 있던 벌레조차 그의 움직임에 놀라지 않을 정도였다.

유기적신의 단계까지 자연도를 끌어올린 장천은 아직 자신이 익히지 못한 자연도의 삼 단계를 시행하니 그것이 바로 기류조종(氣流操縱)이었다.

이것은 외부의 기운을 자신의 힘으로 움직이게 하는 단계인데, 장천이 손을 한 번 휘젓자 강한 기류가 형성되며 그의 주변을 맴돌기 시작했다.

"큭!"

하지만 잠시 후 장천은 더 이상 버티지 못하고 무릎을 꿇고 마니 아직 기류조종의 초입이기 때문에 외부의 기운을 움직이는 데 상당한 힘이 소모되고 있었기 때문이다.

자연도의 세 번째 단계의 극성에 이르게 되면 강호에서 말하는 이화접목의 단계는 자연적으로 성취될 수 있었다. 그것은 엄청난 기운이 아니라면 상대에게 그대로 돌려줄 수 있는 능력이 생기게 되는 것이다.

하지만 애석하게도 기류조종의 단계는 이 무공을 만든 기문숙조차 이르지 못한 단계인지라 장천 역시 초입에 이르러 간신히 기를 움직였을 뿐, 한순간 주화입마에 이를 것 같은 충격을 맛보아야 했다.

"아직은 이른 것 같군. 유기적신의 수련에 계속 치중해야겠는데……."

유기적신의 단계가 아직 십성을 넘지 못하는 상태에서 기류조종의 단계를 수련했던 것을 자책한 장천은 다시 가부좌를 틀어 몸의 기운을 정리한 후 수련을 계속해 갔다.

하지만 답답한 마음도 없지 않았으니, 기류조종조차 수련하지 못하는 자신이 언제 자연도의 최고 단계 천지동아(天地同我)에 이를 것인가 하는 고민 때문이었다.

하늘과 땅이 자신과 같아지는 천지동아의 단계에 이른다면 이제 장천은 천지와 하나가 되기에 주화입마의 두려움에서 벗어날 수 있을 뿐 아니라, 무림제일인이라는 혈비도 무량과 싸워도 승리를 점할 수 있는 위치에 이를 수 있는 것이다.

무림제일인 혈비도 무량은 역대 무림의 어떠한 고수도 상대할 수 없을 정도의 절대고수였기에 그를 쓰러뜨리고 무림제일인의 자리를 얻고 싶은 것은 무인으로서의 어쩔 수 없는 욕망이었다.

이런 이유로 장천 역시 하루 빨리 천지동아의 단계에 이르고 싶었으나 애석하게도 몸은 생각만큼 따라주지 않고 있었다. 천무신골이라는 희대의 무골을 지닌 그조차도 익히기 어려운 무공이 바로 자연도였다.

장천이 한참 유기적신의 단계를 수련하고 있는 그때 연공실의 벽을 두드리는 소리가 들려왔다. 곽무진이었다.

"무진 형, 무슨 일이야?"

"수련에 진척이 있나 궁금해서 들렀다."

무진의 말에 장천은 한숨을 내쉬고는 손을 내저으며 말했다.

"아직 어려워. 태사숙조님이 계신다면 모를까 나 혼자 자연도를 익히려니까 막히는 곳이 한두 군데가 아니야."

곽무진 역시 자연도에 대해서 들어 알고 있는지라 고개를 끄덕였다.

이전에 장천과 함께 자연도를 수련해 본 적이 있었지만, 자신은 일주일을 넘길 수가 없었기 때문이다.

자연도의 수련은 제일 처음 자연의 기운을 느끼기 위해 가부좌를 튼 채 수십 일이고 명상에 잠겨야 하는데, 그로서는 그런 명상이 어려울 수밖에 없었던 것이다.

장천이야 천무신골로 가장 힘든 난관을 쉽게 넘겼다고는 하지만 곽무진은 그처럼 희대의 무골이 아니었기 때문이다.

기문숙 역시 자연도를 익히기 위해 거의 반죽음 상태까지 명상에 잠긴 후에야 간신히 일 단계를 익힐 수 있었으니 참을성없는 곽무진으로선 평생 연공이 불가능한 무공이라 할 수 있었다.

"어디 한번 대련이라도 해볼까?"

"음… 좋아!"

곽무진의 말에 장천은 잠시 생각하다 고개를 끄덕였다. 자연도의 두 번째 단계인 유기적신을 시험해 보고 싶은 생각 때문이었다.

곽무진은 목검 한 자루를, 장천은 목검과 목도를 좌우에 쥔 자세로 대결을 시작했다. 처음 일격을 가한 사람은 곽무진이었다.

"천부유운(天浮遊雲)!"

마치 신선이 날아다니는 것처럼 부드러운 보법으로 움직이는 곽무진은 천부유운의 초식을 사용하여 장천의 미간을 노리며 일검을 내질렀다.

'무진 형의 검술이 상당히 능숙해졌구나!'

곽무진의 공격에 장천은 놀랄 수밖에 없었다. 보법과 초식이 물 흐르듯이 어우러져 있는 것이 초식 운용이 상당히 부드러워졌기 때문이다.

"합!"

그 때문에 장천은 부드럽게 휘어져 목젖을 향해 무진의 검이 밀려오자 급히 뒤로 몸을 꺾어 검을 피하고는 오른발로 곽무진의 검신을 걸어차며 뒤로 몸을 날렸다.

장천의 각법에 의해 곽무진은 검을 잡은 손에 상당한 충격을 받았지만, 기회를 놓치지 않고 다시 그를 향해 쇄도해 들어갔고, 쉴 새 없는 공격에 장천은 방어에 치중할 수밖에 없었다.

이렇게 가다간 제대로 된 공격도 해보지 못한 채 무진에게 당하겠다는 생각을 한 장천은 크게 마음을 가다듬고 천천히 자연도의 기운을 끌어올리기 시작했고, 잠시 후 무진이 행하는 무당검의 기의 흐름이 서서히 눈에 보이기 시작했다.

과연 무당의 검이라고나 할까? 곽무진은 자신의 몸에서 흐르는 기운을 능숙하게 조종하고 있었으니 무진의 주위로 원형을 그리는 기운이 서로 연환하며 자신을 향해 밀려오는 것을 볼 수 있었다.

"유기적신!"

단전에서 기를 끌어올린 장천은 무진의 기운에 몸을 맡겼고, 무진은 형세가 크게 변하자 놀랄 수밖에 없었다.

장천이 유기적신을 행하자 지금까지와는 달리 검의 흐름에 부드럽게 반응하는지라 공격을 행함에도 손에 검이 부딪친 느낌조차 남아 있지 않았기 때문이다.

'이것이 자연도인가?'

곽무진으로선 자연도의 무리를 처음 접하는지라 크게 놀라긴 했지만, 유기적신의 단계는 무당의 검에서도 없는 것은 아닌지라 잠시 후엔 적응해 갈 수 있게 되었다.

하지만 무당의 검술보다는 자연도가 무리의 흐름이 한 단계 위였기에 장천에 대한 공격은 차츰 약화될 수밖에 없었다.

'이때 기류조종의 단계를 행한다면 무진 형을 단숨에 쓰러뜨릴 수 있을 텐데 아깝군.'

무당의 검은 태극의 원리를 이용한 무공이기에 기류조종의 단계에서 그 흐름을 약간만 흐트러뜨리기만 한다면 무진의 검은 크게 혼란해질 것은 뻔한 일이지만, 현재 장천의 단계에서 조금 어려운 일이라 할 수 있었다.

물론 화의 무공과 소수마공을 끌어올린다면 쉽게 승기를 점할 수 있기는 하지만 지금은 수련일 뿐인지라 두 개의 무공 사용을 자제하고 있었던 것이다.

점차 무진의 기운에 익숙해지기 시작한 장천은 십여 초식이 지나자 이제는 거의 비등한 수준으로 그의 공격을 상대할 수 있었다. 하지만 승기를 점했다고 보기에는 어려웠다.

현재 그의 상태는 그저 무진의 검의 흐름에 따라 움직이는 것밖에 되지 않았다. 이에 유기적신의 단계는 어느 정도 수련했다고 생각한 장천은 본격적으로 좌검우도의 무리에 따라 무진을 공격하기 시작했다.

"쾌섬일점! 풍룡유운!"

광무자 대사형이 가르쳐 준 좌검우도의 공격 초식을 시전한 장천은 곽무진의 사혈을 향해 일검을 날리니, 공방의 초식이 합쳐진 장천의 공격에 곽무진은 놀랄 수밖에 없었다.

"좌검우도!"

드디어 자신의 사부가 만든 좌검우도의 무공이 시작됐다고 생각한 곽무진은 크게 긴장을 하며 녀석의 공격에 대응해 갔다. 그러자 빠른 속도로 뻗어 나온 검과 태풍 같은 도의 공격은 원을 그리는 듯한 무진의 초식에 연이어 막히기 시작했다.

검과 도의 공격이 막히자 장천은 손이 어지러워지는 것을 느꼈으나 양의심공을 사용하여 검과 도의 흐름을 다시 정리하고는 곽무진을 향해 다시 초식을 시전해 갔다.

원형의 초식이 닿지 않는 발목을 노려 도를 휘두르자 곽무진은 가볍게 몸을 띄워서는 그의 어깨를 향해 검을 내려쳤다.

크게 놀란 장천은 급히 빠른 속도로 검을 휘둘러서는 검막을 만들어 그의 검을 막았지만, 무진의 검은 마치 미꾸라지가 빠져나가듯이 움직여서는 검막을 꿰뚫어 버렸기에 황당함이 밀려왔다.

"말도 안 돼!"

아무리 내공에 신경을 쓰지는 않았다고는 하지만 거의 모든 공격을 막던 검막을 꿰뚫어 버린 것에 어찌 놀라지 않을 수 있겠는가?

그렇게 보니 무당의 검을 시전하는 무진의 검이 오히려 기의 흐름에 더 민감하게 보이는지라 미간이 찌푸려졌다.

'무진 형의 검은 자연도의 유기적신의 흐름과 상당히 비슷하다. 도대체 난 그동안 뭘 하고 있었던 거지?'

무당의 검이 태극의 기운에 치중한다고는 하지만 설마 검막을 뚫을 정도의 유연함을 보일 줄은 생각지도 못한 장천은 크게 흔들렸다. 하지만 이내 정신을 차리고 도를 눕혀서는 어깨에 가져가니 무진의 검은 도의 면에 부딪쳐서는 날카로운 소리를 내며 튕겨 나갔다.

장천이 급히 도에 내공을 집중하여 검공을 튕겨 버린 것이니 장천에 비해 내공에서 크게 떨어지는 무진은 손아귀에 통증을 느낄 수밖에 없었다.

"엄청난 내공이다. 역시 천이야!"

"내공 면에선 아버지보다 내가 한 수 위라고!"

무진의 소리에 장천은 자랑하듯 소리치고는 좌검과 우도를 엇갈려 든 후 내공을 집중하기 시작했다.

"음양합격(陰陽合擊)!"

그리고 곽무진이 재차 공격하는 것을 보며 음양합격의 초식을 시전 하며 검과 도를 휘둘렀다. 그 순간 엄청난 검기와 도기가 난무하여 그를 향해 소나기처럼 쏟아져 내리기 시작했다.

"헉!"

음양합격은 좌검우도의 무리를 익히고 그것을 제대로 융합할 수 있는 무당의 양의심공을 익히고 있는 장천만이 가능한 무공이었다. 엇갈리듯 밀려오는 검기와 도기의 홍수는 엄청난 기세로 곽무진을 압박해 갔다.

"끄아악!"

도저히 피할 공간이 없는지라 곽무진은 그의 공격을 허용할 수밖에 없는 위기를 맞고 말았기에 자신도 모르게 두 눈을 질끈 감았다.

하지만 장천의 음양합격의 초식은 잠시 후 어이없이 끝나고 마니, 음양합격의 검기와 도기는 처음에는 잘 뻗어 나가는 듯했으나 몇 개의 검기와 도기가 엇갈려 부딪치는가 싶더니 눈 깜짝할 사이에 기의 방향이 사방으로 흩어져 나갔기 때문이다.

"끄윽!"

양의심공으로 검과 도의 힘의 균형을 잡아야 했으나 아직 익숙지 못한 장천은 그 힘의 균형이 틀어지면서 두 개의 기운이 서로 충돌한 것이다. 한번 흐트러진 검과 도는 잠시 후 걷잡을 수 없이 무너졌고, 장천이 만들어낸 검기와 도기는 사방으로 튕기더니 연공관의 내벽에 충돌하기 시작했다.

쿠구구구궁!

"우와악!"

이렇게 되고 보니 더욱 놀란 것은 장천이었다. 자신이 시전한 초식에 자신이 당할 판이었기 때문이다.

다행히 사방으로 튕기던 검기와 도기는 장천의 어깨에 약간의 상처만을 입히는 것으로 끝났다. 잠시 후 엉망이 된 연공관의 벽을 보며 안도의 한숨을 쉬는 그였다.

"무진 형, 괜찮아?"

"크윽… 검기에 옆구리를 강타당했다고……."

검기에 옆구리를 강타당한 곽무진은 미간을 찌푸리며 괴로워하고 있었다. 만약 장천이 든 검이 진검이고, 내공을 한 단계 더 끌어올렸다면 무진은 옆구리가 뚫리는 중상을 면치 못했을 것이다.

하지만 지금 이 상태로도 상당한 충격이었으니, 검기에 적중당한 옆구리는 시퍼렇게 멍든 것은 물론이요, 아무래도 갈비뼈에 금이 간 듯했다.

"휴. 무진 형, 미안해……."

"됐다고. 너도 그 초식을 상대에게 시전하는 것이 처음이지?"

"응."

"혼자서만 익히니까 실전 때 검과 도의 균형이 맞지 않는 거라고. 오늘부터 계속 나랑 같이 수련하면서 그 초식에 실수가 없도록 수련하자."

"무진 형……."

무진의 말에 장천은 감동할 수밖에 없었다. 처음 쓰는 초식을 자신에게 행했다고 화를 내는 것이 아니라 오히려 자신을 상대로 초식을 완성하라고 하니 어찌 감동하지 않을 수 있겠는가?

한 달 후, 연공관에 틀어박혀 있던 두 사람은 간신히 그곳을 나올 수 있었다. 그리 길지 않은 기간의 폐관수련이었지만 무공에는 상당한 진전이 있었다.

파사신검이나 자연도 모두 상승의 무학이지만, 극에 이른 무공이니만큼 서로 부합하는 면도 없지 않았기에 두 사람 모두에게 상당한 도움이 되었던 것이다.

이번 연공의 결과로 곽무진은 파사신검의 무공을 십성으로 끌어올릴 수 있었고, 장천 역시 좌검우도를 자연도의 기류조종 초입의 단계까지 끌어올리게 되었기에 독문과의 싸움에 두 사람 모두 크게 자신감을 가지게 되었다.

한 달이란 시간 동안 데비드와 동방명언은 사천당가의 사람들과 힘을 합쳐 사천에 있는 독문의 두 개 지부를 무너뜨리는 데 성공했다.

물론 사대봉공과 같은 초고수와의 싸움이 없었기에 이룰 수 있었던 일이라고는 하지만 백여 명 정도의 인원으로 독문과 같은 큰 문파의 지부를 두 개나 쓰러뜨렸다는 것은 상당한 공적이라 할 수 있었다.

폐관수련을 마친 두 사람은 이 주일 후 데비드들과 합류할 수 있었다.

"남은 곳은 이문산과 오십 리 정도 떨어진 곳에 위치한 영아현의 지부야. 하오문 문도가 보내온 서한에 따르면 이문산에 있는 독문의 소문주와 수석봉공은 움직이지 않았지만, 아무래도 상황이 심상치 않다고 판단했는지 영아현에 절명독수 장간과 함께 오십여 명의 문도들을 보냈다고 하더라고."

동방명언의 말에 두 사람은 이제부터가 진짜 싸움이라는 것을 짐작할 수 있었다.

아무리 많은 무사가 있다 하더라도 그 우두머리가 형편없다면 그 힘은 크게 떨어지기 마련이다. 하지만 이번 싸움부터는 독문의 사대봉공 중 한 사람이 참여하는 만큼 조금은 치열한 싸움이 될 것이라 예상할 수 있었다.

"이번 싸움에서 승기를 이끌어내기 위해선 절명독수 장간을 처리하는 것이 가장 중요하다고 생각한다. 장천, 너에게 절명독수 장간을 맡기고 싶은데, 어때?"

"음. 이긴다는 보장은 못하겠지만 최대한 녀석을 잡고 시간을 끌어 보도록 할게."

그의 말에 당철은 고개를 끄덕이며 말했다.

"독문의 일반 문도들은 용독술을 제외한다면 무공에서는 이류에 지나지 않으니 쌍도문의 무사들이라면 문제될 것은 없을 것이다. 이미 당가에서 제조한 해독제를 나누어 주었으니 결전만 남은 듯하구나."

"그렇습니다, 당 대협."

동방명언은 당철에게 포권하며 대답하고는 다른 이들을 보며 이번 계획에 대해서 이야기해 주었다.

이미 절명독수가 지부로 가 있으니 경계가 상당할 것은 예상할 수 있으니만큼 장천과 곽무진을 중심으로 한 고수들이 먼저 적의 시선을 끈 후 후방에서 데비드와 동방명언이 무사들을 이끌고 급습하는 방법이었다.

이런 이유로 장천과 곽무진들의 일은 상당히 중요하다고 할 수 있었다.

"명심해야 할 것은 절대 이 싸움에서 시간을 끌어서는 안 된다는 것입니다. 당가에서 제조한 해독약이 있다 하나 독문의 독이라면 두 시진을 버티지 못한다는 당 대협의 말씀이 있기 때문입니다."

다음날 장천과 곽무진, 그리고 당철, 당세문과 사천당가의 무사들이 독문의 지부가 있는 영아현으로 들어갔다.

독문의 지부는 영아현의 북쪽에 위치해 있었는데, 그 바로 아래에서는 한창 장이 열리고 있었기 때문에 장천으로선 망설여질 수밖에 없었다.

일반 사람들이라면 독에 대한 대비책은 전무할 것이 뻔한 일. 자신들이 싸움을 벌이다 무고한 사람들이 희생될 수도 있기 때문이었다.

"이거 큰일이군요. 이대로 공격했다가는 사람들이 다칠 것은 분명하나 그들을 피신시켰다가는 이번 계획은 실패할 수밖에 없으니 말입니다."

"그렇군."

당철 역시 정파의 인물. 일반 평민들이 싸움에 휩싸여 희생당할 것을 뻔히 알면서 공격한다는 것은 정파의 무사로서 망설여질 수밖에 없는 일이었다.

하지만 자신들이 나서지 않는다면 남쪽에서 기다리고 있는 동방명언들은 움직일 수 없었기에 어떻게든 이 문제를 처리해야 했다.

소란을 일으켜 사람들을 피하게 하자는 의견도 나왔지만 독문의 무사들이 그런 것을 눈치 못 챈다는 보장도 없으니 망설이고 있었는데, 그때 당세문이 좋은 생각이 떠올랐는지 사람들을 보며 말했다.

"제가 한번 해봐도 될까요?"

"세문아, 네가 할 수 있겠느냐?"

"지금은 여름이잖아요. 저의 힘이라면 충분히 사람들의 시선을 돌릴 수 있어요."

당세문이 도대체 무슨 수를 쓰려 하는지 알 수 없었지만, 일단 그녀에게 이 일을 맡기기로 결심한 장천은 그녀에게 포권을 하며 정중히 부탁했다.

"당 여협, 부탁드립니다."

"열심히 해보겠습니다."

그 말과 함께 당세문은 시장 쪽으로 몸을 날렸다.

당세문이 사라진 지 반 시진 정도 지난 후 갑자기 장터에선 사람들이 웅성거리는 소리가 들리며 바구니를 들고는 바쁘게 뛰어가는 모습을 볼 수 있었다.

"오!"

"당 여협이 일을 잘 처리한 것 같군요."

곽무진으로선 당세문이 도대체 무슨 수를 써서 사람들을 모이게 한 건지 알 도리가 없었다. 하나 잠시 후 사람들의 웅성거리는 소리에 그 연유를 알 수 있게 되었다.

"아! 그렇군! 여름이기 때문에 그녀가 이 일을 할 수 있었겠구나!"

장천은 사람들의 말을 듣고서야 어떻게 당세문이 장터에 있는 사람들을 자신 쪽으로 모았는지 알 수 있었다.

그것은 바로 당세문의 무공과도 관계가 있었으니, 그녀가 익히고 있는 무공은 음기가 강한 소수마공, 그녀가 내공을 끌어올려 일장을 날린다면 웬만한 무공을 지니지 않고는 얼음덩어리가 되는 것을 면할 수 없었다.

그만큼 소수마공은 강렬한 냉기를 포함하고 있는 무공이었는데, 그녀가 간 곳은 바로 마을의 우물이었다.

우물에 도착한 당세문은 같이 온 몇몇 당문무사들에게 물을 준비하라 지시하며 소수마공으로 얼음을 만들었던 것이다.

한여름에 얼음이란 일반 평민들은 꿈도 꾸지 못할 정도로 귀한 것이기에, 당세문이 사람들에게 얼음을 나누어 준다는 소문은 삽시간에 장터에 퍼졌고, 저마다 얼음을 얻기 위해 우물 쪽으로 달려간 것이다.

당세문이 일을 잘 처리하는 것을 보며 장천은 사람들에게 손짓하고는 독문 쪽으로 몸을 날렸다.

하나 조용히 일을 처리했다고는 하지만 많은 사람들이 한꺼번에 장터에서 사라진 것이 독문의 눈에 띄지 않을 리는 없었고, 지부에 있던 무사들이 나와 사람들에게 연유를 묻고 있는 것을 볼 수 있었다.

장천 일행은 단숨에 그 무사들을 쓰러뜨린 후 독문무사의 복장으로 갈아입고는 지부를 향해 걸음을 옮겼다.

지부의 담 높이는 족히 일 장은 되는 듯했다. 문 옆에선 독문의 무사가 지키고 서 있었는데 장천 일행이 다가가자 한 무사가 문 안쪽으로 신호를 보냈고, 잠시 후 몇몇의 무사들이 장천들을 향해 다가와서는 물었다.

"장터에서 사람들이 왜 사라졌다고 하던가?"

"우물에서 장돌뱅이 호객꾼이 무엇을 나누어 주는 듯합니다. 그것을 받으려고 사람들이 몰려갔다고 하더군요."

"그래? 아무튼 주의를 기울이도록 해라. 가까운 시일 내에 두 지부를 무너뜨린 녀석들이 이곳으로 올 테니 말이다."

"예."

별문제가 없다고 생각한 그는 장천 일행과 함께 안으로 들어섰다.

무사히 독문으로 잠입해 들어온 장천은 당가의 무사 몇을 동방명언들이 들어올 북쪽 문으로 보낸 후 계획대로 일을 진행해 가기 시작했다.

당철이 화약을 근처 전각에 장치하여 불을 붙이니 잠시 후 큰 굉음과 함께 한쪽 전각이 무너지며 큰불이 일어났다.

"불이야!"

"습격이다!"

폭음과 함께 불이 일어나자 독문의 무사들은 적이 나타났다 생각하며 바쁘게 불이 난 전각 쪽으로 달려갔다. 더구나 당가의 무사들이 사방으로 흩어져 여기저기 불을 지르기 시작하자 독문은 순식간에 아수라장이 되고 말았다.

장천은 이미 하오문의 정보를 통해 절명독수가 거처하고 있는 전각을 파악하고 있었기에 곽무진, 당철과 함께 녀석을 향해 몸을 날렸다.

독문 내부에서 크게 소란이 일자 절명독수는 자신의 부하 십여 명과 함께 사태를 파악하기 위해 나와 있었고, 장천은 그들을 확인하고는 황급한 표정으로 뛰어갔다.

장천이 뛰어오자 절명독수와 함께 있던 무사들이 그를 가로막았다.

"멈춰라! 도대체 이 무슨 소란이냐?"

"지부를 무너뜨렸던 적이 내부로 들어온 것 같습니다."

"적이?!"

침입자가 들어왔다는 말에 그는 놀란 표정을 지었고, 장천은 그들이 등을 보이는 것을 기다렸다가 병기를 뽑아 순식간에 네 명을 베어 쓰러뜨렸다.

"끄악!"

"저 녀석이 침입자다!!"

자신들의 동료가 쓰러지자 무사들은 병기를 뽑아 들고 소리치고는 장천에게 달려들었다. 하지만 이내 담장 쪽에 숨어 있던 곽무진과 당철에 의해 쓰러지고 마니, 한순간에 일곱 명의 무사들이 제대로 싸우지도 못한 채 명을 달리하고 말았다.

"누구냐!"

"독문의 쓰레기들! 중원의 땅을 밟았으니 이곳에서 목을 내놓아야 할 것이다!"

당철이 녀석들을 향해 소리치고는 암기를 뿌리자, 그의 암기 수법이 사천당가의 수법이라는 것을 안 절명독수는 급히 부하들에게 소리쳤다.

"사천당가의 암기 수법이다!"

하지만 그것을 알았을 때는 이미 늦었다. 또다시 당철에 의해 세 명의 무사가 쓰러지자 이제 남은 것은 절명독수와 그의 좌우에 있는 두 명의 무사뿐이었다.

"으드득!"

부하들 대부분이 쓰러지자 절명독수는 이를 갈며 장천 일행을 노려보았고, 당철은 대소를 터뜨리고는 그를 보며 소리쳤다.

"하하하! 본 가의 원한을 이제야 갚는 듯하구나! 각오해라!"

"으드득! 찢어 죽일 녀석! 쳐라!!"

이를 갈며 소리친 절명독수가 두 명의 무사들과 함께 쇄도해 들어오자 장천은 달려오는 그를 향해 우도를 휘둘렀다.

"패룡포효!"

장천의 우도에서 패룡도법의 강맹한 기운이 뻗어 나오자 절명독수는 크게 놀란 표정을 지었다. 자신의 상대는 당철이라고 생각했는데, 젊은 무사의 도에서 상상치도 못한 기운이 자신을 향해 밀려왔기 때문이다.

"절명수(絶命手)!"

허투루 볼 수 없는 공격이라 생각한 절명독수가 장천이 휘두른 도의 기운을 향해 절명수를 내뻗자, 초록색의 흐릿한 독기가 뻗어 나와서는 굉음을 내며 부딪쳤다.

쿵!

"큭!"

절명수 하나로도 녀석이 휘두른 도기를 압도할 수 있다 생각했던 그였는데, 생각 외로 절명수의 독장이 밀리자 급히 옆으로 몸을 틀어 도기를 피할 수밖에 없었다.

쿠구궁!

절명독수의 옆을 지나친 도기는 담벼락과 부딪치고는 굉음과 함께 터져 나갔다.

"만만히 볼 녀석은 아니로구나! 절명십오장(絶命十五掌)!"

상대의 실력이 뛰어나다는 것을 안 절명독수는 자신의 비전절기인 절명십오장을 시전해서 압박해 들어갔고, 장천 역시 좌검우도를 휘두르며 공격에 맞서갔다.

무림에서 상당히 오랫동안 명성을 누려왔던 그였는지라 장법 하나하나가 날카롭기 그지없었지만 장천은 좌검과 우도를 적절히 사용하며 대등한 싸움을 유지하고 있었다.

'아직도 서 있다니 이상하군.'

장천과 몇 초식을 나누던 절명독수는 상대가 쓰러지지 않자 이상하게 생각할 수밖에 없었다. 그가 과거 청성의 사대검수를 쓰러뜨린 가장 큰 힘은 바로 절명수에 깃들어져 있는 독문의 십대절독의 하나인 괴사독(怪蛇毒)에 있었다.

남만에서 극독을 가진 독사들의 독을 모아 특수한 방법으로 손에 깃들게 한 괴사독은 절명수를 시전할 때 무형의 안개와도 같이 퍼져서는 상대를 중독시켜 쓰러뜨리는데, 그는 이 괴사독이 스며든 절명수로 인해 강호에서 절명독수란 이름을 얻게 된 것이다.

지금까지 이 괴사독으로 쓰러지지 않은 자는 전무하다시피 했는데, 자신과 싸우는 이 젊은 무사가 전혀 중독되지 않은 모습을 보이자 자신의 괴사독이 약해진 것은 아닐까 하는 생각이 들 정도였다.

괴사독의 해독약은 독문에서도 극히 구하기가 힘들어 문주만이 가지고 있을 정도이기에 상대가 해독약을 먹었다고는 생각할 수도 없는 일이었다.

'설마 백독불침?!'

만약 백독불침이라면 절명수의 힘이 반감될 수밖에 없었기에 등줄기에선 식은땀이 흘러내렸다.

절명독수와 싸우는 장천보다 다른 곳에서 싸우고 있던 당철이 독에 대해서는 더 빨리 알아차렸다. 오른손에 차여 있는 은 수갑(銀手匣)의 색이 변질되자 금세 주위에 독이 퍼져 있음을 알 수 있었다.

"장천! 곽무진! 독이 퍼져 있다! 나누어 준 우각분을 마셔라!"

"예."

당철의 말에 곽무진은 싸우던 녀석에게 벗어나서는 우각분을 마셨는데, 장천은 절명독수와의 싸움 때문에 우각분을 마실 기회가 좀처럼 생겨나지 않았다.

하지만 그럼에도 불구하고 독에 중독된 기미는 느껴지지 않으니 조금 이상하다는 생각이 들었다. 그러나 잠시 후 과거의 일이 생각나서 그 연유를 알 수 있었다.

'화기의 내식인가!'

화기는 독을 태우는 성질을 가지고 있었으니 홍련교에서 화의 무공을 익히고 화룡신도를 다루는 장천은 상당한 경지에 이르렀기 때문에 백독불침의 몸을 지니게 된 것이다.

물론 그 역시 모르는 것이 또 하나 있었으니, 화룡신도와 냉혈검의 위력이었다.

멸천독수의 손에서 나오는 괴사독은 독문이 자랑하는 절독의 하나. 아무리 화기의 내식이라 해도 쉽게 견딜 수 있는 것은 아니었으나 장천이 화룡신도와 냉혈검을 사용하자 음양이 기운이 그를 감싸면서 사기가 침범하지 못하도록 하는 장벽을 만든 것이다.

그런 이유로 괴사독은 장천에게로 다가오지도 못하고 소멸되었기에 멀쩡한 모습을 보이는 것이다.

독기가 침범하지 못하자 절명독수의 힘은 크게 감소되었고, 점점 더 치열해지는 격전에서 뒷걸음질치는 것이 잦아질 수밖에 없었다.

"끄악!"

그사이 곽무진이 상대하고 있던 부하 한 명이 죽임을 당했고 또다시 뒤이어 당철이 상대하던 나머지 한 명이 당하게 되자 이제 남은 것은 자신 혼자뿐이라는 생각에 긴장하지 않을 수 없었다.

"장천, 내가 가세하겠다!"

곽무진이 절명독수에게로 몸을 날리려 하자 당철이 그를 붙잡고는 소리쳤다.

"곽 소협, 멈추게나!"

"당 대협."

"아무래도 공기 중에 흐르는 독은 절명독수의 손에서 흘러나오는 것 같네."

"독장?"

"청성의 사대검수가 당한 것도 아마 저 독 때문일 테지. 독문의 십대절독이 분명할 것이니 우각분을 마셨다 하나 쉽게 접근하지 않는 것이 좋을 거네."

"칫!"

독 때문에 장천을 도와줄 수 없는 그로선 이를 갈 수밖에 없었다.

파사신검에도 독을 밀어내는 성질이 있었으나 그것은 공기 중에 흐르는 독을 밀어내는 것뿐이었다. 만약 절명독수의 독장에 스치기라도 한다면 그의 목숨은 보장할 수 없는 일인 것이다.

더구나 장천과 곽무진은 서로 협공은 연습하지 않은지라 그가 가세했다면 오히려 힘이 반감될 수도 있는 상황이었기에 당철이 막은 것은 옳은 판단이라 할 수 있었다.

그가 도와주지 않아도 장천이 냉혈검으로 산검을 펼쳐 밀고 들어가자 절명독수는 더 이상 견딜 재간이 없었다.

냉혈검의 엄청난 냉기로 인하여 그의 몸에는 허연 서리가 맺혀 몸을 움직이는 것조차 힘든 상황이 되었다.

'어디서 이런 청년 고수가 나타났단 말인가! 아무래도 소문주께서 큰 착오를 범하신 것 같군.'

이미 몇 합을 겨루는 사이 절명수를 시전하는 그의 손은 꽁꽁 얼어붙었기에 패배를 예감하고 있던 그는 소문주가 적을 너무 과소평가했다는 것에 아찔함을 느꼈다.

"차압!"

그러는 사이 장천은 쾌검을 시전하여 녀석의 심장을 꿰뚫었고, 절명독수는 피를 토하며 무릎을 꿇고 말았다.

"크윽……."

"절명독수, 너의 이름도 이곳에서 끝나는군."

"애, 애송이… 나 하나 쓰러뜨렸다 하여 좋아하지 말아라……. 네 녀석의 실력으론 본… 본 문의 수석봉공… 발끝에도 이르지 못할 것… 이… 다……."

그 말과 함께 절명독수는 숨을 거두고 마니, 드디어 사천의 독문 세 번째 지부를 무너뜨리게 된 것이다.

사람들은 장천이 절명독수를 쓰러뜨리자 환호성을 질렀지만, 당사자인 장천은 그리 마음 편하지 않았다.

분명 일방적으로 절명독수와 같은 고수를 제압했다고는 하나 그의 실력을 감안한다면 수석봉공은 자신과 비슷하거나 상위의 실력을 가지고 있을 것이 뻔했다.

또 만약 장천에게 절명독수의 괴사독이 통했다면 이렇게 쉬운 싸움은 되지 않았을 것이니 다음 대전은 그리 쉽지 않을 것임을 암시하고 있었다.

영아현의 독문 지부를 무너뜨린 은원방과 사천당가의 무사들은 이제 이문산의 마지막 결전을 향해 움직이니, 사기가 충천한 것이 어느 누구와 만나도 지지 않을 자신감을 보이고 있었다.

하지만 세 개의 지부를 무너뜨린 적을 대하여 이문산의 독문 소문주와 수석봉공은 이제 상당한 주의를 기울일 것이 분명하기에 지금까지의 싸움처럼 기습을 통해서 승기를 얻는 일은 힘들 것이 분명했다.

이문산의 독문 지부가 올려다보이는 곳에 이른 장천 일행은 이번 싸움을 대비하여 계획을 짜고 있었지만, 그것에도 상당한 어려움이 있었다.

"지금까지는 모두 마을이나 성에 위치해 있어 하오문의 문도들이 정보 수집을 통해 적에 대한 자세한 것을 알 수 있었지만, 이번 싸움은 다릅니다."

"산중턱에 위치해 있는 만큼 하오문도들이 적의 정보를 수집하는 것은 어려웠겠군요."

동방명언의 말에 당세문은 어느 정도 이해할 수 있는지 자신의 생각을 말하니 동방명언 역시 고개를 끄덕이며 계속 말을 이었다.

"하오문에서는 이문산에 백여 명의 문도들을 보내 적을 탐색하려 했다 하나 모두들 기관 장치과 독에 당하고 살아 돌아온 이는 단 하나도 없다고 합니다. 그 때문에 저 역시 그것에 대해 알아보았으나 안타깝게도 제가 알고 있는 이상의 것인지라 방법을 찾을 수 없었습니다."

"음… 독이야 어떻게든 처리할 수 있겠지만, 기관 장치은 어떻게 해야 할지……."

독이야 이미 사천당가에서 준비해 온 해독약이 있지만 기관 장치은 당철로서도 어쩔 수 없는 문제였다. 암기와 독에 능하다 하나 기관 장치은 그런 것과는 전혀 다르다 할 수 있기 때문이었다.

"우리 중에 진세나 기관 장치에 능한 이는 명언밖에 없는데, 그마저 알 수 없다 하니, 문제인 것 같군요."

"그렇습니다."

이들 중에선 그래도 진세에 대해 아는 사람은 동방명언뿐인데 독문의 기관 장치를 알아내지 못했다니 고민될 수밖에 없었다.

"아무래도 구양 사숙의 도움을 받아야겠습니다."

의견이 나오지 않자 장천은 구양생의 도움을 얻자는 의견을 내었고, 무진 역시 그의 의견에 동감을 표시했다.

쌍도문의 구양생은 유림과 밀접한 관계를 가지고 있는 인물이니 기관 장치에 대한 답을 줄 사람을 알 수 있을 것이라 생각했기 때문이다.

다행히 구양생은 사천의 영홍문에 있었기 때문에 그의 도움을 받는 것은 어렵지 않으리란 생각이 들었다.

영홍문으로 향하는 이는 기마술이 이들 중에서 가장 뛰어난 데비드와 내공과 경공이 뛰어난 장천이었다.

데비드가 느긋하게 말을 타고 뛰어갈 때 장천은 뼈 빠지게 뛰는 운명을 지녔으니 다른 사람들이 보기에는 조금 불쌍하다는 생각이 들었지만, 실제로 두 사람은 그리 큰 차이를 보이지는 않았다.

쌍도문은 도와 함께 중요시하는 것이 보법과 경신술이었다. 장춘삼, 광무자, 기문숙이라는 걸출한 스승을 만난 장천의 경신술은 말을 타고 가는 데비드에 못지않았고, 강력한 내공이 뒷받침해 주자 상당히 여유 있는 모습까지 보이고 있었다.

그 때문에 영흥문에 도착했을 때는 오히려 데비드가 더 지친 모습을 보일 정도였다. 기사로서 기마술에는 조예가 깊었지만, 오랜 시간 달리자 내공의 부족함이 여실히 드러난 것이다.

영흥문에 도착하자 어머니인 임아란과 함께 유능예가 기쁜 표정으로 달려나왔다.

"여보!"

"능예!"

"다친 데는 없어요?"

"응."

걱정스러운 표정으로 자신을 보며 묻는 능예를 안심시킨 장천은 옆에 있던 무사를 보며 물었다.

"구양 장로님은 어디 계시는가?"

"서쪽 장원에서 문주님과 함께 계십니다."

장천은 급히 서쪽 장원으로 향했다. 장원 안에선 장춘삼과 구양생이 무엇인가를 심각한 표정으로 이야기하는 것을 볼 수 있었다.

두 사람은 갑작스럽게 찾아온 장천을 보며 고개를 돌리니, 그는 정중히 인사를 올리고는 문주를 보며 지금의 사태를 이야기했다.

"이문산 주위에 상당한 진식과 기관이 장치되어 있어 구양 숙부의 도움을 얻고자 해서 왔습니다."

"사형."

장춘삼은 이미 하오문에서 들어온 정보를 통해 알고 있었기에 구양생을 불렀고, 그는 고개를 끄덕이며 장천을 보며 말했다.

"자세한 것은 문주에게 들었으니 걱정 말거라. 네 사형인 임성(林星)

이 기관 장치에 조예가 깊으니 그와 함께 가도록 하여라."

"아! 임성 사형께서 돌아오셨습니까?"

장천은 조금 놀란 표정을 지으며 되물었다. 그 역시 임성을 잘 알고 있었기 때문이다. 구양생의 제자들은 막내 제자였던 이준을 제외하고는 모두 학문에 뛰어난 인재들이었는데, 그중 임성은 벌써 팔 년째 다른 곳에서 수련을 받고 있었다.

바로 강호에서 기관 장치로 명성을 날리고 있는 제갈세가에서 공부를 하고 있었는데, 임성은 제갈세가에서도 가장 뛰어난 진법가라 알려져 있는 제갈호(諸葛晧)의 밑에서 공부를 하고 있었다.

제갈호는 과거 제갈세가를 침범한 대사련의 호연문과의 싸움에도 진법 하나로 삼백이 넘는 무사들을 사로잡은 것으로 크게 이름을 떨친 인물이니 강호에선 그를 귀진자(鬼陣子)라 부르고 있었다.

귀진자에게는 모두 일곱 명의 제자가 있는데, 그 하나하나가 뛰어나지 않은 자가 없어 각파에선 그들을 영입하기 위해 상당한 노력을 기울이고 있었다.

서필에도 상당한 조예가 있는 귀진자는 무림의 유림이라 불리는 흑유림과도 상당한 친분이 있었기에 구양생은 자신의 제자 중에서 진법에 크게 관심있어 하는 임성을 그에게 보내어 진법을 수련하게 한 것이다.

잠시 후 장원 안으로 구양생의 오제자 임성이 들어왔다.

귀까지 뻗은 아름다운 검미를 지닌 미공자인 임성은 여인과 같이 유려한 손을 들어 문주와 사부에게 포권하며 인사를 올렸다. 임성을 오랜만에 보는 장천은 크게 반가운 표정으로 맞았다.

"임 사형."

"아! 장 사제인가?"

임성은 쌍도문을 떠난 지 팔 년이 넘었기에 처음에는 장천을 못 알아보았으나 아직 어린 시절의 모습이 남아 있는지라 이내 장천임을 알아보았다.

장성해 버린 장천을 보며 임성은 세월이 유수같이 흐른다 생각했다.

"성아, 어제 말했던 것은 생각해 보았느냐?"

"예. 제가 선비로서의 삶을 살아가고 있다 하나 무파의 제자이니 이번 일을 해보도록 하겠습니다."

"고맙구나."

"사부께서 저에게 내려주신 은혜를 생각한다면 목숨을 달라 한들 무엇이 아깝겠습니까?"

임성의 말에 구양생은 자신의 제자가 자랑스러울 뿐이었다.

다른 이들과는 달리 구양생은 자신의 제자들이 무림의 싸움에 끼어드는 것을 극도로 제한하고 있었다. 물론 다른 사형제들 때문에 막내 제자인 이준에게 무공을 익히게는 했지만, 실제로 구양생은 싸움을 싫어하는 온유한 성격이었다.

그런 그가 임성을 이들에게 보냈다는 것은 큰 결심을 한 것이었고, 진법의 대가 임성이 독문의 토벌에 참여하자 일행은 크게 활기를 띠기 시작했다. 지금껏 동방명언이 모든 계획을 짜긴 했지만, 그 역시 무인으로서 한계를 느끼고 있었는데, 제대로 된 책사가 들어오자 그가 진 무게가 한층 가벼워졌다.

"동방 소협, 이문산의 지도를 잠시 보여주겠소이까?"

"예."

회의장에 이번 거사의 우두머리급이 모두 모이자 임성은 동방명언에게 말했고, 그는 임성의 말에 따라 지도를 꺼내어서는 탁자 위에 올려놓았다.

"이문산의 동쪽은 완만하나 서쪽은 깎아지른 절벽이니 독문의 기관 장치은 독문의 장원을 중심으로 삼방에 퍼져 있을 것이 분명하겠군요."

"그렇다면 서쪽의 절벽을 통해 독문으로 침범하는 것이 좋지 않을까요?"

데비드는 오르는 것은 어려우나 지관진식이 없는 서쪽으로 가는 것이 어떤가 하며 물었지만 임성은 고개를 내저으며 말했다.

"데비드 소협의 의견은 상대가 주의를 기울이지 않았을 때는 적합하나 지금은 적도 상당한 주의를 기울이고 있으니 아마도 어려울 것입니다. 또한 적이 기관 장치에 자신감을 가지고 있다면 상당수의 경비가 서쪽을 지키고 있을 것이 분명합니다."

"음……."

"그렇다면 어찌하면 좋겠습니까?"

"일단 데비드님의 말씀대로 서쪽으로 일단의 무사들을 보내도록 합시다."

"성동격서(聲東擊西)이군요."

장천의 말에 임성은 고개를 끄덕이며 말했다.

"그렇습니다. 하지만 단지 이것뿐이라면 독문을 치는 것은 어렵습니다. 저는 암도진창(暗渡陳倉)의 계도 같이 할까 합니다."

"암도진창이라면 기습과 정공을 같이 하는 것이 아닙니까?"

"그렇습니다. 장 사제, 곽 사질, 그리고 여기 계시는 동방 소협께서 십여 명 정도 벽호공이 가능한 무사들과 함께 서쪽으로 가십시오. 여기 계시는 당철 대협과 데비드 소협은 저와 함께 독문의 기관 장치을 파해하며 정면으로 나설까 합니다."

임성의 계책에 따라 은원방의 무리들은 마지막 남은 중원의 독문 이문사의 분타를 공격하기 위해서 움직이기 시작했다.

서쪽 절벽으로 향하고 있는 이들은 장천과 곽무진을 포함하여 무공이 뛰어난 자들을 선출하여 움직이고 있었기 때문에 그들의 종적은 아직 독문의 무사들에게 알려지지 않았다.

그들의 시선은 동쪽의 산등성으로 오르고 있는 자들에게 쏠려 있었는데, 그들의 행보가 심상치 않았기 때문이다.

"소문주! 큰일 났습니다!"

"무슨 일인가? 본 타로 오는 녀석들은 진세와 기관 장치에 의해 별문제가 없을 텐데?"

독문의 소문주 구독망 양견은 수석봉공과 함께 느긋하게 차를 마시고 있다가 난데없이 부하가 뛰어들어 와 소리치자 미간을 찌푸렸다. 방으로 뛰어든 자는 황급한 목소리로 답했다.

"그것이… 진세와 기관이 깨어지고 있습니다!"

"진세와 기관이? 말도 안 돼! 그것은 본 문의 봉공인 독진자(毒陣子) 강문(康聞)이 만든 것이 아닌가!"

독진자 강문. 중원에는 알려지지 않았지만 남만에서는 최고의 현자로 알려져 있는 인물로 독문의 사대봉공 중 한 사람이었다.

남만의 많은 사람들은 그를 중원의 귀진자와 버금간다 하여 독진자라는 명호를 붙여주었으니 명성대로 독을 이용한 만독진(萬毒陣)은 귀진자와 칠성대진(七星大陣)과 비교해도 뒤지지 않는 무시무시한 진세였다.

그런 이유로 양견은 독진자의 제자들이 직접 만든 진세와 기관에 대해 큰 믿음을 지니고 있었다. 그간의 몇 번의 싸움에서 많은 자들이 그것을 뚫지 못하여 쓰러지는 것을 보며 적의 침입에 안심하고 있었던 것이다.

그런데 지금에 와서 그것이 무너진다니 어찌 믿을 수 있겠는가?

두 사람의 이야기를 듣고 있던 수석봉공은 들고 있던 찻잔을 내려놓고는 구독망 양견을 보며 부드럽게 말했다.

"사람이 만든 것은 사람이 부술 수 있는 법입니다. 소문주께서는 일단 진세와 기관 장치이 깨어질 때를 대비하는 것이 좋을 듯합니다."

"음… 수석봉공님의 말씀이 옳습니다. 사마타주."

"예, 소문주님."

"지금 즉시 본 타의 무사들을 동문에 집결시키도록 하시오."

"예."

소문주의 명령을 받은 타주는 포권하며 인사를 하고는 급히 방을 나가니 양견은 수석봉공을 보며 미소 지으며 말했다.

"독진자의 진세와 기관 장치이 무너진 것이 의외이긴 하나 수석봉공께서 저와 함께 계시니 안심입니다."

"송구스럽습니다."

양견의 말에 독문의 수석봉공이 가볍게 포권하며 겸손을 표하니, 양견으로선 그것조차 마음에 들었다.

사대봉공 중 말석이었던 쌍도혈편의 구랍과 자신과 함께 차대 문주의 유력한 후보자였던 철령이 실종되자 다음 대 문주로서 완전히 자리를 잡은 구독망 양견은 독문에서 문주 다음으로 존경을 받고 있는 수석봉공을 자신의 편으로 끌어들임으로써 문주의 자리를 확실히 굳히고 있었다.

'세 개의 분타가 적습에 무너지긴 했지만, 수석봉공이 나서주기만 하면 사천쯤이야 어렵지 않게 차지할 수 있다. 어떻게든 이자를 직접 나서게 하는 것이 중요한데……. 음…….'

하지만 구독망 양견에게도 하나의 고민이 있었으니 수석봉공인 그가 쉽게 나서지 않는다는 것이었다.

사실 그가 이곳까지 나선 것도 자신의 부친인 독문의 문주가 정중하게 예를 갖추어 요청을 함으로써 간신히 이루어진 일일 정도였기 때문이다.

독문의 문주조차 함부로 다루지 못하는 인물이 수석봉공이기에 소문 주인 그로선 그에게 적과 싸우라는 명령을 내릴 수 없는 것은 당연했다.

또 독문의 문주가 되기 위해선 그의 도움이 절실했기 때문에 정중하게 모시고 있을 뿐 어찌하진 못하고 있었기에 이번 싸움에 그가 나선다는 것은 양견이 바라는 일이기도 했다.

한편 동쪽 능선을 따라 오르고 있던 임성과 당문, 은원방의 무사들은 연이어 계속 드러나는 진세와 기관 장치에 그 행로가 더딜 수밖에 없었다.

"음……."

임성은 눈앞에 있는 초록색 빛의 안개에 고심하는 표정이 가득했으니 그 진세가 간단치 않았기 때문이다.

"임 소협, 무슨 문제가 있는가?"

"아무래도 이번 진세는 조금 까다로운 것 같습니다."

"까다롭다니?"

당철의 물음에 임성은 자리에서 일어나서는 안개를 향해 두 곳을 손가락으로 가리키고는 말했다.

"이번 진세는 그 진 자체는 그리 어려울 것이 없습니다. 남과 북에 위치한 진주(陣柱)를 파해하면 되는 것이지요. 하나 그 진주를 파해할 길이 막막합니다."

"음… 독무 때문인가?"

"예. 독무 밑에 있는 초목으로 보아 그 독이 결코 범상치 않을 듯하니, 아무래도 독문이 자랑한다는 십대절독 중 하나인 것 같아 그렇습니다."

"십대절독이라……"

사천당가 역시 독의 일문. 하지만 독문의 십대절독의 경우에는 중원에서는 찾아볼 수 없는 독물과 독초를 수백 가지 조합하여 만든 독이기에 그 독의 정체도 파악하지 못하고 있었다.

한참 고심하던 당철은 임성을 보며 비장한 목소리로 말했다.

"이 일을 나에게 맡겨주지 않겠는가?"

"당 대협께요?"

"십대절독이라 하더라도 수십 년 동안 독을 접하여 내성이 생긴 나를 쉽게 중독시키지는 못할 것이네. 거기에다 당가에서 만든 비전 해독약을 복용하고 행동한다면 적어도 반 시진은 견딜 수 있으리라 생각하네."

"음… 알겠습니다. 이 일은 당 대협께 맡기도록 하겠습니다."

자신에게 일이 떨어지자 그는 임성에게 남과 북에 있는 진주의 정확한 위치를 들은 후 당가의 무리들에게 돌아가 준비를 하기 시작했다.

"숙부……"

그것을 보고 있던 당세문으로선 걱정되지 않을 수 없었으니, 당철은 미소를 지으며 그녀의 머리를 쓰다듬어 주며 말했다.

"걱정하지 말거라. 사천당가가 남만의 독문에 미치지 못한다 생각하느냐?"

"하지만……."

"내 반 시진 안에 모든 일을 마무리하고 돌아올 터이니 술이나 준비하고 기다리도록 하여라."

"…예. 숙부, 조심하세요."

당철의 자신감있는 말에 당세문은 자신도 마음을 다져야 된다는 생각을 하고는 입술을 깨물며 고개를 끄덕였다.

모든 준비를 마친 당철은 몇 가지 장비를 등에 지고 독진의 앞에 섰다. 임성은 그에게 한 장의 종이를 건네주며 말했다.

"대략적인 진형을 적어놓은 것입니다."

"맡겨두게!"

종이를 받아 든 당철은 던지듯이 말하고는 독무 안으로 뛰어들어 갔다.

"음……."

독무 안으로 들어서자 향긋한 내음이 코를 자극했지만, 그것이 결코 좋은 것이 아님을 잘 알고 있는 당철이었다.

'섭혼향이로군. 독문의 탈혼귀독(奪魂鬼毒)… 만만치 않은 독이군.'

탈혼귀독은 혼을 빨아들일 정도로 강렬한 독으로 이 독에 당한 이는 혼을 빼앗겨 살아 있으나 살아 있지 않은 상태가 된다고 알려져 있었다.

이 독이 탈혼귀독이라는 것을 알아챈 당철은 급히 품에서 섭혼독을 막는 환단을 삼켜 혼을 뺏기는 것을 막은 후 남쪽의 진주를 향해 경신술을 펼쳤다.

강렬한 독 기운이 몸으로 흘러 들어오고 있었지만, 내공을 사용하여 그것을 최대한 밀어내고 있었기에 어느 정도 견딜 수 있었다.

그렇게 경신술을 펼치자 얼마 지나지 않아 남주에 도착할 수 있었다.

'이것이 남주인가…….'

독진의 한쪽 기둥이 되고 있는 남주로 가까이 가자 강렬한 독기가 밀려오는 것을 느낄 수 있었다.

내공을 사용하여 밀어내는 것도 힘거울 정도의 강렬한 독 기운에 당철은 잠시 휘청거렸지만, 이내 진정하고는 품에서 검은 구슬을 꺼내어 들었다.

화약을 사용하여 만든 독탄으로, 포함되어 있는 독 역시 강렬하기는 하지만 가장 큰 위력은 그 폭발력이었다.

독탄이라면 충분히 남주를 부수어 버릴 수 있다 생각한 그는 그것을 날릴 준비를 했다. 그때 왼쪽에서 살기가 강렬하게 느껴졌다.

"적?"

슈슉!

그 순간 바람을 가르는 소리와 함께 무엇인가 빠른 속도로 그에게 날아오니 당철은 급히 뒤로 몸을 날려서는 것을 피했다.

파바박!

그러자 땅을 파헤치는 소리와 함께 뭔가가 돌 더미에 박혀들었다. 당철은 자신을 향해 날아온 물체가 세 치 정도 크기의 비표(飛鏢)임을 확인할 수 있었다.

"켈켈켈… 겁도 없는 녀석이구나. 감히 본좌의 남주를 부수려 하다니 말이다."

"누구냐!"

"켈켈켈. 남주를 지키는 남주독괴(南柱毒怪)라 하지. 켈켈켈."

"남주독괴라……."

들어본 적은 없지만 방금 전에 날아온 비표의 기세로 보아서는 만만치 않은 상대라는 것을 알 수 있었다.

또 사천당가의 해독약을 복용하고도 반 시진을 견디지 못하는 곳에서 머물러 있는 것을 보며 탈혼귀독으로 만든 독인이라는 것을 알 수 있었다.

'녀석의 독에 당한다면 반 시진이 아니라 그 반도 견딜 수가 없겠군.'

하지만 자신 역시 사천당가를 이끌어가고 있는 일 인. 독으로 남만의 독문에게 지고 싶은 마음은 없었기에 등짐에서 가죽 주머니 하나를 꺼내어서는 주위에 뿌리기 시작했다.

그 순간 푸릇한 연기와 함께 그의 주위에 있던 독무가 가루로 빨려 들어가기 시작하자 남주독괴는 크게 놀란 표정을 지었다.

"사천당가의 흡독분?! 당가의 아해로구나!"

"흥!"

불혹이 넘는 나이에 아해라 불린 당철은 콧방귀를 뀌어주고는 녀석을 향해 암기를 뿌렸다.

"켈켈켈……."

남주독괴가 경공을 사용하여 그것을 가볍게 피하고는 당철을 향해 일권을 내지르자, 순간 소맷자락에서 무엇인가가 빠른 속도로 뻗어 나와 당철의 미간을 향해 뻗어왔다.

"차압!"

당철이 급히 몸을 회전시키며 오른발로 그것을 튕겨내자 그것은 바닥에 떨어져서는 그 모습을 드러냈다.

"비조(飛爪)?!"

녀석의 소맷자락에서 나온 것은 날카로운 철비조로 그 끝에 푸르스름한 빛이 흘러나오는 것이 절독이 묻어 있다는 것을 알 수 있었다.

비조의 끝에 매어 있는 줄에는 짧은 침이 달려 있었는데, 그 역시 독이 묻어 있어 스치기만 해도 중독되는 것을 면할 수 없을 듯이 보였다.

"켈켈켈!"

괴이한 웃음을 흘리며 남주독괴는 또 다른 손에서 비조를 꺼내서 공격하기 시작했고, 당철은 반격할 새도 없이 그의 공격을 피하기만 할 뿐이었다.

하지만 그 역시 이대로 당할 생각은 없었기에 암기 주머니에서 수십 개의 암기를 꺼내어 남주독괴를 향해 던졌다.

하지만 암기들은 어이없게도 남주독괴의 앞으로 떨어지고 말았다. 당철의 공격이 실패하자 남주독괴는 대소를 터뜨렸다.

"켈켈켈, 사천당가가 암기술에 뛰어나다 했는데, 허명뿐이었구나."

"과연 그럴까?"

다음 순간 당철의 말이 끝나자마자 남주독괴의 앞으로 떨어졌던 암기가 귀청을 찢을 듯한 굉음과 함께 폭발했고, 순식간에 일대는 흙먼지로 덮여 아무것도 보이지 않게 되었다.

"화탄?"

쿠구궁!

녀석이 던진 것이 화탄이라는 것을 깨달은 남주독괴는 크게 놀라며 소리쳤는데, 그 순간 또 하나의 폭발음이 들리며 무엇인가 땅으로 부딪치는 굉음이 들려왔다.

"헉!"

굉음을 내며 쓰러진 것은 바로 그가 지키던 남주였기에 남주독괴는 당철이 자신이 아닌 남주를 노렸음을 알 수 있었다.

크게 당황하던 그는 그 순간 등에서 통증을 느꼈다.

흙먼지로 남주독괴의 시선을 가린 후 남주를 파괴하고, 남주가 파괴되어 남주독괴가 당황하고 있는 것을 틈타 비표를 던진 것이다.

비표가 사혈에 박힌 남주독괴는 당철을 노려보며 숨을 거두고 말았다. 무사히 남주를 파괴할 수 있었던 당철은 안도의 한숨을 내쉬었다.

'이제 남은 것은 북주. 하지만 이곳처럼 지키는 자가 있을 것이니 조심해야겠군.'

남주독괴 역시 만만치 않은 인물이었다는 것에 이마에 흐르는 땀을 닦은 당철은 북주를 향해 몸을 날렸다.

이제 체내에 스며드는 독을 막을 시간은 이각 정도밖에 없었기에 지체할 수가 없었다.

일각 정도가 지난 후 당철은 북주에 도착할 수 있었다.

북주는 남주와 같은 모습을 하고 있었기에 그것을 발견하는 것은 그리 어렵지 않았지만, 문제는 남주독괴와 같은 자가 분명히 있을 것이기에 주의를 기울어야 한다는 것이다.

아니나 다를까, 당철은 자신의 주변으로 철질려(鐵蒺藜)가 뿌려져 있는 것을 볼 수 있었다.

당가 역시 비전무기로 독질려를 사용하고 있었으니 그것을 파악하는 것은 그리 어렵지 않았던 것이다.

"슬슬 정체를 드러내시지."

북주의 왼쪽에서 살기를 느낀 당철이 조용히 말하자 잠시 후 한 사람의 인영이 그 모습을 드러내었다.

"호호호. 과연 남주독괴를 쓰러뜨린 자답군요."

"너는?"

"이곳 북주를 담당하고 있는 북주독랑(北柱毒琅)이라고 한답니다."

북주독랑은 요염한 자태를 드러낸 속이 훤히 드러나 보이는 나삼을 입고 있어 당철은 색기에 정신이 아찔할 지경이었다.

하지만 이내 정신을 차리고는 그녀에게 암기를 던질 준비를 했다. 이렇게 시간을 끌다가는 더 이상 독의 침투를 막을 수 없기 때문이다.

품에서 흡독분을 꺼내어 주위에 뿌려 일단 독을 약화시킨 당철은 북주를 향해 화탄을 내던졌다.

"흥!"

당철이 화탄을 던지자 북주독랑은 콧방귀를 뀌며 소맷자락을 휘둘렀고, 그녀의 손에서 푸른 섬영이 번쩍이더니 북주를 향해 가던 독탄은 굉음과 함께 공중에서 폭발했다.

"뭐지?"

나신이 훤히 드러나 보이는 나삼 안에는 어떠한 무기도 감추어져 있지 않았기에 당철은 그녀가 화탄을 막을 수 없다고 생각하여 던진 것인데, 그것이 막히자 놀라지 않을 수 없었다.

분명 그의 눈에는 섬광이 내비쳤기에 암기의 종류라는 것은 알 수 있었지만, 그녀에게선 어떠한 암기 주머니도 보이지 않기 때문이다.

"호호호!"

"흥!"

당철은 일단 그녀를 쓰러뜨리는 것이 우선이라 생각하고는 품에서 독침(毒針)을 꺼내어서는 그녀를 향해 집어 던졌다.

"독봉비천(毒蜂飛天)!"

수십 개의 독침이 그녀의 주위를 감싸듯이 뿌려지자 피할 곳이 없어 보였다. 하지만 놀랍게도 북주독랑은 나삼을 벗어서는 휘둘렀고, 독침은 힘을 잃고 땅으로 떨구어졌다.

"큭……."

그와 함께 그녀는 실 한 오라기 걸치지 않은 나신이 되어 있었으니 그녀의 모습에 당철은 침음성을 터뜨릴 수밖에 없었다.

"호호호, 섭혼색무(攝魂色舞)를 보여 드리지요."

그 말과 함께 북주독랑이 춤을 추기 시작하니, 잠시 후 그녀의 몸에서 강렬한 색기가 뿜어져 나오며 당철을 끌어들이기 시작했다.

"큭."

혼을 빼앗아 버릴 듯한 색기에 정신을 차릴 수가 없었던 당철은 자신도 모르게 뒷걸음질치고 말았는데, 그 순간 발바닥에서 큰 통증이 밀려왔다.

"이런… 철질려……."

북주 주변에는 수많은 철질려가 깔려 있었는데 북주독랑의 섭혼색무에 정신을 차리지 못하던 당철은 미처 철질려를 피하지 못한 것이다.

다행히 용천혈을 피하긴 했지만 발바닥의 상처를 통해 독이 밀려들어 오기 시작했다. 당철의 안색은 점점 시퍼렇게 변해갔다.

철질려에 묻어 있는 독은 주위에 퍼져 있는 독무와 마찬가지인 탈혼귀독이었다.

발바닥에서부터 밀려오는 독이 북주독랑의 섭혼색무와 동조하자 더욱 빠른 속도로 퍼지기 시작하니 당철은 머뭇거릴 시간이 없다 생각하고 급히 자신의 몸에 있던 암기 주머니를 모두 열어서는 하늘을 향해 높이 던졌다.

"만천화우(滿天花雨)!"

만천화우는 사천당가 암기술 중 최고라고 알려져 있는 수법이었고, 그가 하늘을 향해 던진 암기들은 잠시 후 하늘 가득히 비가 내리는 것처럼 북주독랑을 향해 쏟아져 내리기 시작했다.

"흥!"

당철이 만천화우의 수법을 시전하자 북주독랑은 나삼을 사용하여 회전하며 암기들을 떨구어 내려 했는데, 그때 당철이 화탄을 사용하여 북주를 부수려 하는 것을 볼 수 있었다.

"크윽! 그렇게 마음대로 되지는 않을 것이다!"

당철이 내던진 화탄은 또다시 북주독랑에 의해서 공중에서 폭발하고 말았기에 북주를 부수는 데 실패한 당철은 미간을 찌푸릴 수밖에 없었다.

하지만 그것으로 약간의 득은 볼 수 있었으니 자신이 던진 화탄을 막기 위해 집중력이 흩어졌던 북주독랑은 만천화우의 수법을 모두 막지 못한 것이다.

그녀의 팔과 다리에는 대여섯 개의 암기가 박혔다.

"과연… 당가로구나. 하지만 이대로 끝내지는 않을 것이다. 내 너만

은 반드시 지옥으로 끌고 가리라!'

당철과는 달리 북주독랑은 이곳 탈혼귀독에만 강렬한 내성이 있었기 때문에 당가의 절독을 견디지 못하니, 이를 갈며 당철을 보던 그녀는 손을 들어서는 당철을 향해 무엇인가를 내쏘았다.

"수전?!"

그녀의 손에는 작은 크기의 수전이 들려 있었기에 지금까지 화탄을 공중에서 터뜨린 것이 수전이라는 것을 알 수 있었다.

슈욱!

그녀의 손에서 발출된 수전은 맹렬한 속도로 뻗어 나왔고, 당철은 그것을 피하기 위해 몸을 날리려 했다. 하지만 주위에는 수많은 철질려가 뿌려져 있어 착지할 공간이 없었다.

이미 철질려들의 위치를 상세히 알고 있는 북주독랑이 그것을 노리며 수개의 수전을 날렸던 것이다.

"크윽!"

당철은 급히 몸을 피하기는 했지만 또다시 철질려를 밟고 말았으니 그의 몸속에 스며드는 독은 더욱 빠르게 퍼져 나가기 시작했다.

"아, 안 돼… 북주만은……."

북주를 파괴해야 한다는 생각에 고통을 참으며 간신히 화탄을 꺼내어서는 북주를 향해 집어 던졌다.

쿵! 쿠구궁!

화탄에 적중당한 북주는 굉음과 함께 부서져 나갔고, 드디어 일대를 뒤덮고 있던 독무는 서서히 사라져 가기 시작했다.

'서, 성공인가…….'

이미 온몸에 독이 퍼져 나간 당철은 북주를 파괴한 것에 안심하며 쓰러지고 말았고, 그의 몸으로 철질려가 잔인하게 파고들었다.

한편 독무가 사라지자 임성은 당철이 성공했다는 것을 깨닫고는 급히 기둥이 있는 곳을 향해 뛰어갔다. 북주에 도착한 임성은 철질려 속에서 당철이 쓰러져 있는 것을 보며 크게 놀랄 수밖에 없었다.

"당 대협!"

급히 철질려를 쳐내며 당철에게 뛰어갔지만 이미 그의 숨은 끊어져 있었으니 임성으로선 뭐라 말할 수 없는 감정을 느꼈다.

"숙부!"

당세문 역시 당철이 쓰러져 있는 것을 보며 급히 뛰어왔지만 이미 그의 숨은 끊어져 있었으니 오열을 터뜨릴 뿐이었다.

"숙부… 흑흑흑……."

"당 소저… 죄송합니다."

위험한 것을 알고 있었지만 이 일은 당철밖에 할 수 없었다.

그 때문에 어쩔 수 없이 그를 보낸 것이지만, 그를 보내기로 한 이가 바로 자신인지라 미안한 마음에 사죄하였다. 하나 그의 사죄에 당세문은 고개를 내저으며 말했다.

"아니에요. 숙부께서 원하신 일이었는걸요. 흑흑흑."

그녀가 고개를 내저으며 눈물을 흘리니 임성은 가슴이 찢어지는 것 같았다.

하지만 이렇게 시간을 지체할 수 없었으니 사람들에게 지시하여 당철의 시신을 수습한 임성은 다시 독문의 지부를 향해 나아갔다.

독무가 사라지자 독문에서도 술렁거리기 시작했다. 이제 적이 지부로 쳐들어오는 것은 시간문제였기 때문이다.

"소문주, 탈혼독무진이 무너졌습니다."

"남북마주가 패했나 보군. 어차피 예상했던 일이다. 타주는 궁수를 배치하고 적에 대비하도록 하시오."

"예."

독문이 만들어놓은 기관 장치 중 가장 뚫기 어려운 탈혼독무진이 무너진 이상 진식과 기관은 더 이상 버티지 못한다는 것을 잘 아는 양견은 타주에게 지시하여 궁수대를 배치시켜 적을 대비하게 한 후 천천히 몸을 일으켜 자신도 남문으로 걸음을 옮겼다.

한편 서쪽의 절벽을 타고 오르고 있던 장천과 곽무진들은 이제 독문의 담을 눈앞에 둘 수 있었다.

삼 장 정도의 거대한 돌벽 위로 몇 명의 무사들이 경비를 서고 있는 것을 볼 수 있었기에 장천은 크게 숨을 들이쉰 후 천천히 품에서 비도를 꺼내어 들었다.

'혈비도 무랑의 비도술은 자제하기로 했지만, 지금은 비상 사태니까……'

자연도와 좌검우도에만 전념하고 있던 중요한 이유 중 하나는 혈비도 무랑의 비도술에 의지하지 않기 위함도 있었는데, 원거리에서 적을 쓰러뜨리는 것으로 그의 비도술만한 것이 없는지라 어쩔 수 없다 생각하는 장천이었다.

눈앞에 보이는 보초는 세 명. 그 정도면 한 번의 초식으로 쓰러뜨릴 수 있다 생각한 장천은 세 개의 비도를 손가락 사이에 끼워서는 집어 던졌다.

"연환비도(連環飛刀) 삼곡격(三曲擊)!"

그의 손에서 뻗어 나간 비도는 빠른 속도로 나아갔다. 경비 무사들의 시선 반대쪽으로 휘어져 들어간 비도는 정확하게 그들의 목 뒷덜미에 꽂혔다.

"끄윽."

경비 무사들은 제대로 된 신음도 지르지 못하고 쓰러졌고, 장천은 다른 이들에게 손짓해 벽호공을 사용하여 빠른 속도로 벽을 타고 올랐다.

성벽 위로 오르자 십여 장 너머로 다른 무사들의 모습이 보였다. 장천은 무진과 명언에게 손짓해 그들을 처리하게 하였다.

쌍도문에서도 정예 중의 정예만을 선출했기 때문에 이들은 소리없이 무사들을 처리하기 시작했고, 잠시 후 성벽 위의 무사들을 모두 처리할 수 있었다.

성동격서의 계를 사용하여 독문의 시선을 동쪽으로 집중시켰다고는 하나 성벽 아래의 곳곳에는 아직도 많은 수의 무사들이 대기하고 있었기에 장천들은 경비 무사로 변장하고 때가 오기를 기다렸다.

임성이 동쪽 문에 도착하여 신호탄을 쏘게 되면 그때부터 자신들의 일이 시작되기 때문이다.

얼마간의 시간이 지났을까? 잠시 후 동쪽 성문 쪽에서 푸른 연기가 솟아오르자 장천은 사람들에게 지시하곤 서쪽 벽을 타고 먼저 빠른 속도로 뛰어내렸다.

하지만 일은 그렇게 쉽게 풀리지만은 않으니, 그들이 땅에 내려서자마자 날카로운 파공음이 들리더니 순식간에 두 명의 무사가 피를 흘리며 쓰러지고 말았다.

"헉!"

"이제야 오는가?"

장천들 앞으로 십여 명의 인영이 그 모습을 드러내었는데, 장천은 그중 선두에 서 있는 이가 결코 범상치 않은 인물임을 알 수 있었다.

푸른색의 장삼을 걸치고 섭선을 들고 있는 모습을 보면 명문가의 어르신과 같은 중년인이었다. 하지만 그의 몸에서 뿜어져 나오는 기도는 허투루 볼 것이 아니어서 장천 일행은 압박감마저 느꼈다.

그리고 그런 모습에 장천은 그가 하오문에서 말했던 문제의 인물임을 알 수 있었다.

"당신이 독문의 수석봉공이오?"

"하하하! 그렇다네."

장천의 말에 대소를 터뜨리며 답하는 중년인. 그는 마치 정천들을 자신의 집에 찾아온 손님을 대하는 것과 같은 모습이었다.

<6권 끝>